KB096019

화려한 유괴

安全と平和

華麗なる誘拐

화려한 유괴

니시무라 교타로 장편소설

이연승 옮김

安全と平和

차례

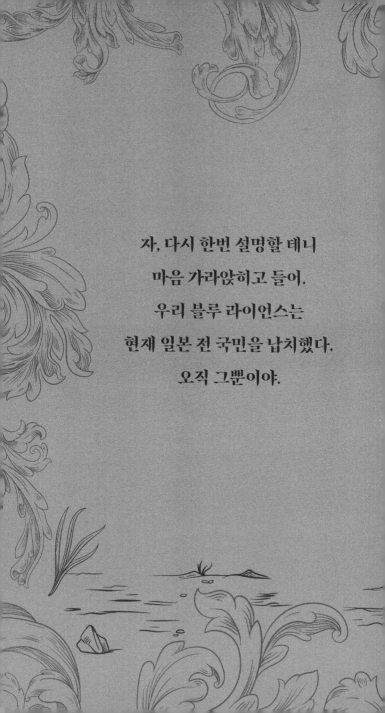

자, 다시 한번 설명할 테니
마음 가라앉히고 들어.
우리 블루 라이언스는
현재 일본 전 국민을 납치했다.
오직 그뿐이야.

1장.

올림픽 작전

1

사몬지 탐정 사무소는 신주쿠역 서쪽 출구 옆 36층 초고층 빌딩의 꼭대기 층에 있다.

간판을 내건 지 오늘로 한 달째지만 지금껏 문을 두드리는 손님은 한 명도 없다. 글자 그대로 파리만 날리고 있는 것이다.

소장과 비서 둘만 있는 사무소인데 비서 후미코는 사몬지와 결혼한 지 얼마 안 된 새신부였다.

"이건 비서로서 하는 말인데."

긴 다리를 쭉 뻗고 신주쿠의 야경을 바라보고 있는 사몬지를 향해 후미코가 단단히 마음먹은 것처럼 말했다.

"이대로 가다가는 이번 달은 완전 적자야."

"그야 그렇겠지."

사몬지는 느긋하게 웃으며 대답했다.

"수입이 제로이니 어쩔 수 있나."

"난 요즘 들어 36층에 사무소를 빌린 것부터 실수였다는 생각이 들어."

"왜지?"

"여기까지 올라오려면 엘리베이터를 타도 3분은 걸리니까."

"정확히 말하면 3분 6초지."

"뭔가를 고민하기에 충분한 시간 아니야? 사건을 의뢰하러 온 사람이 3분 6초 동안 엘리베이터에 갇혀 있다 보면 마음이 바뀌어 돌아갈 수도 있어."

"오, 철학적인 고찰인데."

"얼버무리지 마."

후미코가 이맛살을 찌푸렸지만 사몬지는 여전히 여유로운 모습이다.

"기분 전환도 할 겸 아래에 있는 '에트랑제'에서 커피 한잔할까?"

"커피는 사무실에 있는 인스턴트커피로 충분해."

"역시 여자들은."

"뭐?"

"아니, 여자들은 경제관념이 투철해서 훌륭하다는 뜻이야. 그런데 지금은 왠지 인스턴트 말고 제대로 된 커피를 마시고 싶은데."

그렇게 말하고 사몬지가 회전의자에서 몸을 일으키자 그의 훌쩍한 키가 눈에 들어왔다.

머리카락은 검은색이지만 눈동자가 파래서 언뜻 외국인처럼 보인다.

사몬지 스스무는 1945년 로스앤젤레스에서 일본인 어머니와 독일계 미국인 아버지 사이에서 태어났다.

일본인 어머니에게는 동양인 특유의 섬세함, 그리고 미국인 아버지에게는 버터 냄새 풍기는 외모와 논리적 사고를 물려받았다.

컬럼비아 대학에서 범죄 심리학을 공부하고 샌프란시스코에 있는 탐정 사무소에서 일했지만 부모님이 병으로 연이어 세상을 뜨자 일본으로 건너왔다.

그때 우연히 지인이 휘말린 사건을 해결하게 됐고 사건을 통해 알게 된 후지와라 후미코와 결혼 후 일본 국적을 취득해 이곳에 탐정 사무소를 연 것이다.

2

빌딩 2층에 있는 '에트랑제'는 맛 좋은 커피를 팔아서 인기 많은 커피숍이었다.

날씨가 따뜻할 때는 테라스 석에 앉을 수 있지만 요즘처럼 쌀쌀한 초봄에는 유리창 너머로 야경을 즐길 수 있다.

가게 한쪽에 있는 하얀 피아노 앞에서는 젊은 여자 피아니스트가 무표정한 얼굴로 세레나데를 연주하고 있다. 그야말로 아르바이트생이 아무 감정 없이 연주하는 느낌이다.

가게 안에 테이블은 서른다섯 개에서 마흔 개 남짓 있었다.

근처 회사원들이 퇴근길에 들르는 경우가 많아서 이 시간대 자리는 거의 만석이었다.

사몬지와 후미코는 창가 자리가 비기를 기다렸다가 그곳에 앉았다.

바로 뒤에 있는 벽에 '모든 것을 조사해 드립니다. 정확, 신속, 저렴. 본 빌딩 36층, 사몬지 탐정 사무소 TEL 344-89XX'라고 적힌 광고 전단이 붙어 있다. 가게 주인이 호의로 붙여 줬지만 별로 효과는 없는 듯했다.

이곳에 오는 이들은 탐정 사무소에 따로 조사를 의뢰할 필요가 없을 만큼 행복한 사람들일까. 주변을 둘러보니 분명 행복해 보이는 젊은 커플이 많다.

사몬지와 후미코 옆 테이블에서는 스무 살쯤 돼 보이는 젊은 커플이 즐거운 듯이 떠들썩하게 웃고 있다. 두 사람 다 하늘색 청바지를 입었고 언뜻 대화를 들어보니 아마도 대학생인 듯했다.

"다음 달부터는 방침을 바꿔야 할 것 같아."

후미코는 직원이 가져온 커피에 설탕을 넣으며 진지한 얼굴로 말했다.

해외여행 이야기부터 록 음악, 뒤이어 성(性)과 관련된 잡담까지 맥락 없이 계속 바뀌는 옆 테이블 커플의 대화를 흥미롭게 듣고 있던 사몬지는 퍼뜩 정신을 차렸다.

"응?"

"사람이 진지하게 이야기할 때는 좀 듣지 그래?"

후미코가 남자처럼 무섭게 굴 때는 대체로 긴장하거나 기분이 언짢을 때다.

"진지하게 듣고 있어. 난 두 스푼이면 돼."

"설탕 정도는 직접 넣어."

"이런, 이런."

"이혼 원인 중에 두 번째가 경제 문제인 걸 명심해."

"첫 번째는 뭐지?"

"성격 차이."

"다행히 그쪽은 별문제 없어 보이는군."

"왜 그렇게 생각해?"

"친구들이 우리더러 잘 어울리는 부부라고 했으니."

"우리한테 그렇게 바보 같은 친구가 있었나? 난 그런 말 생전 처음 들어."

후미코가 얄미운 듯이 한마디 했을 때였다.

돌연 옆자리에서 "커헉!" 하고 짐승의 울음소리 같은 비명이 터졌다.

사몬지는 흠칫 놀라 고개를 돌렸다.

그의 파란 눈에 바로 조금 전까지 시끄럽게 떠들고 웃던 긴 머리의 젊은 남자가 의자에서 떨어져 목을 쥐어뜯고 있는 모습이 보였다.

뒤이어 여자도 새된 비명을 지르며 바닥에 쓰러졌다.

의자가 요란한 소리를 울리며 옆으로 쓰러지자 커피 잔이 허공에 팅겨 나갔고 뜨거운 커피가 사몬지의 바지 밑단에 튀었다.

"사, 살려 줘!"

바닥에 쓰러진 청년은 몸부림을 치며 무시무시한 얼굴로 소리쳤다. 목소리가 뭔가에 짓눌린 것처럼 잠겨 있다.

여자는 가냘픈 몸을 새우처럼 구부리고 부들부들 떨면서 연신 신음을 내뱉었다.

다른 테이블에 있는 손님들은 무슨 일이 일어났는지 이해하지 못하고 아연실색해서 그 모습을 바라봤다.

가게 안에서 오직 사몬지만 냉정하고 빠르게 반응했다.

"구급차 불러!"

그는 근처에 있던 종업원에게 큰 소리로 외치고 후미코를 향해서는 "토하게 해. 어서!" 하고 소리쳤다.

"뭐?"

대범한 후미코도 급작스러운 상황에 어쩔 줄 몰라 하고 있었다.

"독을 마셨어."

"토하게 하라니, 어떻게?"

"물을 잔뜩 먹이고 목구멍에 손가락을 밀어 넣어."

사몬지는 몸을 덜덜 떠는 청년을 부축해 억지로 입을 비집어 벌리고 컵의 물을 마시게 했다. 뒤이어 목구멍에 손가락 두 개를 집어넣었다.

그러자 청년은 고통에 몸부림을 치며 갈색 액체를 세차게 뿜어냈다.

옆에서 후미코가 쓰러진 여자에게 똑같은 응급처치를 했다.

"소용없어."

후미코가 비통하게 외쳤다.

"몸에서 점점 힘이 풀리고 있어."

남자도 마찬가지였다. 섭취한 독의 양이 많았던 것으로 보인다. 토하기도 전에 이미 온몸에 퍼진 것이다.

뒤늦게 구급대원들이 가게로 뛰어 들어왔다.

3

사몬지와 후미코는 참고인이 되어 신주쿠 경찰서에 불려 갔다.

그곳에서 사건에 대해 진술했지만 진술을 마쳐도 어째서 인지 좀처럼 돌려보내 줄 기색이 없었다.

"운이 없네."

후미코는 어두운 복도의 딱딱한 긴 의자에 앉아 사몬지에 게 어깨를 움츠려 보였다.

"지금쯤 첫 손님이 사무소를 찾아왔을 텐데."

"왜 그렇게 생각하지?"

"안 좋은 일은 원래 겹치잖아. 사무소에 돌아가면 화난 손 님이 걷어찬 자국이 문에 남아 있을 거야."

"당신은 가끔 그렇게 재미있는 상상을 하더군."

"진술을 다 마쳤는데도 왜 돌려보내 주지 않는 걸까?"

"나도 모르지. 어쩌면 그 커플에게 독을 먹인 범인이 우리 라고 생각할지도."

사몬지는 농담처럼 말하고 담뱃갑을 꺼내 들었다.

번화가 한복판에 있는 경찰서라 역시 북적거린다. 취객이 잇달아 연행돼 왔고, 어느 중년 회사원은 거금을 소매치기 당 했다며 창백한 얼굴로 뛰어왔다. 아직 앳돼 보이는 여자가 뽀

18

로통한 얼굴로 끌려왔고 뒤이어 바에서 싸웠다며 얼굴이 피투성이인 젊은 남자도 들어왔다.

그들의 모습을 보는 게 흥미진진해서 사몬지는 따분하지 않았다.

한 시간 정도 지나자 제복을 입은 젊은 경찰관이 다가와서 "이쪽으로 오시죠" 하고 정중하게 말했다.

그가 두 사람을 안내한 곳은 서장실이었다.

서장실에는 남자 두 명이 있었다.

한 명은 경찰서장이고, 양복을 입은 또 한 명의 낯익은 남자는 경시청 수사1과의 야베 경부였다. 보통 키, 보통 체격에 어디에나 있는 평범한 중년 남성 같은 분위기지만 그가 능력 있는 베테랑 형사라는 것은 사몬지는 잘 알고 있었다. 지난번 자이언츠 야구단이 납치된 기묘한 사건을 함께 해결했기 때문이다.

"한 달 만인가."

야베 경부가 두 사람을 향해 미소 지었다.

"일단 앉으시죠."

서장이 사몬지와 후미코에게 의자를 권했다.

"그 두 사람은 어떻게 됐나요?"

후미코가 묻자 야베 경부는 무겁게 입을 열었다.

"병원에 도착하자마자 사망했습니다. 청산 중독이라고 합니다. 남녀 모두."

"잘 이해가 안 되는데."

사몬지가 옆에서 끼어들었다.

"뭐가 말이지?"

야베가 되물었다.

"뭐가, 라니. 우리는 이미 조사를 마쳤어. 그런데 왜 계속 이렇게 붙잡아 두는 거지? 하물며 수사1과인 자네가 지금 여기 있는 이유도 모르겠고."

"지금부터 그걸 설명하려고 하네."

"그래. 꼭 듣고 싶군."

"다만 설명하기 전에 자네가 하나 약속해 줬으면 해. 이야기를 다 들으면 우리에게 협력해 주기로."

"꽤나 골치 아픈 사건이 일어났나 본데."

"그래, 맞아. 부인도 약속해 주시겠습니까?"

야베 경부가 묻자 후미코 역시 굳은 얼굴로 "그래요" 하고 고개를 끄덕였다.

"자, 그럼 오늘 밤 사건부터 설명하도록 하지."

야베는 다리를 포개고 평소 애용하는 파이프 담배에 불을 붙였다. 그의 모습이 침착해 보이지만 마음을 가라앉히기 위해 일부러 이렇게 행동할 수도 있다.

"우선 남자 쪽은 S대학 문학부 학생으로 나이는 스물한 살,

이름은 아오키 도시미쓰. 여자는 T여자대학 학생이고 스무
살, 이름은 요코오 미쓰코. 그런데 이 두 사람의 이름은 의미
가 없어."

"왜지?"

"그건 설명을 듣다 보면 차차 알게 될 걸세. 사인은 아까도
말했듯이 청산 중독사. 물론 두 사람이 마신 커피에서 청산 반
응이 나왔는데 가장 흥미로운 건 바로 그 테이블에 놓여 있던
설탕에 다량의 청산가리 분말이 섞여 있었다는 점이야."

4

"그게 사실인가?"

"거짓말할 이유가 있겠나."

"지금 자네가 무슨 말을 하는지 이해하고 있겠지?"

"이래 봬도 경시청 수사1과 형사일세."

야베가 쓴웃음을 지으며 대답하자 사몬지는 창백한 얼굴
로 말을 이었다.

"오늘 밤 우리가 그 커피숍에 처음 갔을 때는 자리가 가득
차 있었어. 기다리는 동안 창가 자리가 나서 그곳에 앉았지.
그리고 우리 옆 테이블이 비자 그 젊은 커플이 앉았어. 만약

그 자리가 먼저 비었다면 우리가 그곳에 앉았을 거라는 말이야. 그랬다면……."

"지금쯤 두 사람은 응급실에서 싸늘히 식어 있겠지."

"거리낌이라곤 없군."

그제야 사몬지의 얼굴에 미소가 돌아왔다.

"난 그저 사실만을 말했을 뿐. 아무튼 그 가게 주인이나 종업원들이 그런 짓을 벌였을 리는 없네. 그렇다면 그 커플 전에 테이블에 앉은 사람이 설탕통에 청산가리를 넣었다는 말이 되는데."

"아니, 꼭 그렇다곤 할 수 없지."

사몬지가 이의를 제기했다.

"왜지?"

"그 사람이 커피가 아닌 콜라를 마셨다면 설탕통을 쓸 일이 없고, 애초에 커피에 아무것도 넣지 않고 블랙으로 마시는 사람도 제법 있으니까. 그러니 그보다 더 전에 앉은 손님이 범인일 수도 있지 않겠나."

"그건 맞네. 다행히 종업원이 그 커플 전에 자리에 앉은 손님의 얼굴을 잘 기억하고 있지만, 꼭 그 녀석이 범인이라는 법은 없는 거지."

"혹시 긴 머리에 턱수염을 길렀고 두꺼운 갈색 스웨터를 입은 스물일곱, 여덟 살 정도 되는 남자인가?"

"어떻게 알지?"

"난 미국에서 정식으로 사립 탐정 자격을 취득하고 활동하던 사람이야. 자네와 마찬가지로 프로지. 평소에도 주변 사람들을 자연스럽게 관찰하는 버릇이 있어."

"그렇군. 이거 실례. 어쨌든 이번 사건의 가장 큰 문제는 범인이 그 커플을 일부러 노리고 죽였냐는 것 아니겠나."

"아니, 난 그렇게 보지 않아."

"왜지?"

"당시 옆자리에 있던 나에게까지 커플이 나누는 대화 소리가 들렸어. 다양한 주제로 두서없이 떠들었는데 이 커피숍에 처음 왔지만 분위기가 좋다는 이야기를 했지. 그곳은 그들의 단골 가게가 아니었고 만약 다른 자리가 먼저 났다면 그곳에 앉았을 거야. 자네도 그 정도는 알지 않나? 그러니 조금 전에 죽은 두 사람의 이름이 별 의미가 없다고 했을 테고."

"자네 말이 맞네. 물론 난 그 커플의 대화를 못 들었지만 다른 면을 보고 범인이 커플을 노린 게 아니라는 걸 알고 있었어."

"그럼 범인은 누구든 상관없이 죽일 생각이었다는 말인가요? 묻지 마 살인?"

후미코가 이맛살을 찌푸렸다.

"그렇습니다, 부인."

"끔찍하네요. 누가 죽어도 상관없다며 커피숍 설탕통에 청산가리를 넣다니, 대체 어떤 미치광이일까요?"

"안타깝게도 상대는 미치광이가 아니라 몹시 냉정하고 침착한 인물로 보입니다."

"흥미로운 사건이 되겠는걸."

사몬지가 말하자 야베 경부는 파이프의 담뱃재를 재떨이에 거칠게 떨어뜨렸다.

"글쎄. 난 흥미는 고사하고 아주 성가신 사건이 될 것 같은데 말이야. 다시 한번 확인하겠는데 내가 설명을 마치면 두 사람은 반드시 우리에게 협력해 줘야 해. 약속하겠나?"

"신 앞에 맹세하지."

"여기는 일본이야. 굳이 신에게 맹세할 건 없네."

야베는 가방에서 소형 테이프 녹음기를 꺼내 탁자 위에 올렸다.

"자, 우선 이것부터 들어주게. 사흘 전인 3월 21일 오후 총리 공관에 걸려 온 전화를 녹음한 테이프야."

"총리 공관? 그렇다면 총리가 전화를 받았나?"

"아니, 비서관이. 그리고 통화는 전부 자동으로 녹음되게 설정돼 있다더군."

야베 경부는 녹음기가 재생 버튼을 눌렀다.

5

남자 목소리 거기가 총리 공관 맞나?

비서관 그렇습니다.

남자 목소리 총리에게 긴히 할 이야기가 있어서 그러는데 좀 바꿔 주겠어?

비서관 모든 전화는 일단 제가 먼저 받아서 총리님께 전달해 드리고 있습니다.

남자 목소리 당신 이름은?

비서관 비서관 와타나베라고 합니다.

남자 목소리 총리한테 꼭 전해 줄 거지?

비서관 중요한 안건이라면 반드시 전하겠습니다.

남자 목소리 중요하지. 그 어떤 긴급 안건보다 중요해. 이건 일본인 1억 명의 목숨과 관계된 일이니까.

비서관 실례지만 전화 주신 분 성함이?

남자 목소리 그건 비밀. 다만 우리 팀 이름은 알려 주지. 우리는 파란 사자들이라고 해. 블루 라이언스.

비서관 블루 라이언스?

남자 목소리 그래. 앞으로도 전화할 일이 자주 있을 텐데 그게 우리 코드 네임이야.

비서관 그래서, 그 안건이라는 게?

남자 목소리 그전에 한 가지 확인하고 싶은데, 일본 총리는 일본 전 국민을 대표하는 존재이자 국민 안전을 최종 책임지는 사람이 맞지?

비서관 그렇습니다. 하지만 말씀하신 국민 안전을 구체적으로 들어가자면 예컨대 산업 재해라면 노동성 장관, 공해 문제라면 후생성 장관, 외국 침략에 대한 안전이라면 방위청 장관, 범죄 문제라면 법무성 장관과 국가 공안 위원장이 책임자가 됩니다만.

남자 목소리 그런데 그 장관들을 임명하는 사람이 총리 아니야?

비서관 그렇습니다.

남자 목소리 그럼 역시 최종 책임자는 총리라는 말이잖아.

비서관 법률적으로는 그렇습니다만 자세한 진정은 각 관공서에 있는 전담 창구에 부탁드리고 싶습니다. 후생성과 노동성에 모두 전담 창구가 있으니까요. 범죄 사건이라면 거주 중인 지역의 경찰서를 찾아가시면 되고요.

남자 목소리 뭐? 진정? 전담 창구?

비서관 네, 그렇습니다.

남자 목소리 조금 전에 내가 한 말을 못 들었나 보네. 아까 난 모든 일본인의 안전과 관련된 문제로 총리에게 긴히 할 이야기가 있다고 했어. 일본인 1억 명, 정확히 말하면 1억 2

천만 명의 안전 말이야. 심지어 그 안에는 당신과 총리도 포함돼.

비서관 혹시 조만간 일본을 덮칠 거라 예상되는 스루가만 대지진이나 간토 대지진에 대한 의견 같은 걸 제시하시려는 건가요?

남자 목소리 뭐라고?

비서관 일주일 전에도 지진 연구가를 자처하는 어떤 분께서 전화 주셨습니다. 그분은 자신이 오랫동안 연구한 바에 따르면 오는 3월 19일, 지금은 이미 날짜가 지나서 그저께입니다만 아무튼 그날 오후 2시에 리히터 규모 8.6의 대지진이 도쿄를 강타할 테니 총리는 지금 당장 모든 권한을 동원해 1천만 도쿄 도민과 주변 시민들을 대피시키라고 하더군요. 하지만 3월 19일 오후 2시에는 아무 일도 일어나지 않았지요. 만약 그런 문제로 전화를 주셨다면 기상청 관측부에 지진과가 있으니 그쪽으로 연락해 보십시오. 전화번호는······.

남자 목소리 (킥킥 웃으며) 우리를 그런 멍청이들과 비교하다니, 섭섭한데.

비서관 그럼 조금 전에 말씀하신 모든 일본인의 안전이라는 게 정확히 무슨 뜻이죠?

남자 목소리 잘 들어. 똑똑히 들어야 해. 앞으로 아주 큰일이 일어날 거니까. 우리 블루 라이언스는 오늘부로 '올림픽 작전'을 개시했어.

비서관 올림픽?

남자 목소리 올림픽이 아니라 올림픽 작전. 그리고 이 작전에 따라 우리는 지금 일본 국민 1억 2천만 명을 납치한 상태야.

비서관 (갑자기 거친 어투로) 1억 2천만 명을 납치했다고? 당신 지금 제정신이야?

남자 목소리 에이, 벌써부터 그렇게 발끈하면 쓰나. 자, 다시 한번 설명할 테니 마음 가라앉히고 들어. 우리 블루 라이언스는 현재 일본 전 국민을 납치했다. 오직 그뿐이야. 아, 물론 납치했으니 몸값은 요구해야지. 그리고 그걸 요구할 상대는 일본을 대표하는 사람이자 모든 일본인 안전의 최고 책임자인 총리니까 지금 그쪽에 이렇게 전화를 한 거고. 우리는 1억 2천만 명에 대한 몸값으로 총 5천억 엔을 요구하려고 해.

비서관 5천억 엔?

남자 목소리 그래. 현재 일본의 방위비가 연간 약 5천억 엔이라더군. 일본인 1억 2천만 명의 안전이 우리 블루 라이언스의 손아귀에 있는 이상 아무 도움도 되지 않을 방위비 5천억 엔을 우리가 요구하는 건 당연하지 않겠어? 아무튼 지금 당장 가서 이 사실을 총리에게 전하도록 해. 우리는 23일까지 대답을 기다릴 거야. 만약 그때까지 답변을 주지 않으면 어쩔 수 없이 인질을 죽일 거고.

비서관 미쳐도 아주 단단히 미쳤군. (수화기를 세차게 내려놓는 소리)

6

야베 경부는 녹음기 재생을 일단 멈추고 사몬지 부부를 향해 물었다.

"어떤 것 같나?"

"말도 안 돼요."

후미코가 어깨를 으쓱하며 대답했다.

"그래. 정말로 터무니없군."

옆에서 사몬지도 맞장구쳤지만 그는 잠시 후 다시 말을 이었다.

"그런데 전화를 건 남자의 목소리 톤이 묘하게 높은 것치고 말투는 이상하리만치 냉정한 게 조금 마음에 걸리는군."

"통화 역추적은 하지 않은 건가요?"

후미코가 묻자 야베 경부는 미소 지었다.

"총리 공관은 경찰서가 아니라서요."

"그래서 이 테이프는 곧장 경찰에 넘겨져 분석에 들어간 건가?"

사몬지는 진지한 얼굴로 야베에게 물었다.

"아니. 와타나베 비서관은 역시 상대를 단순한 정신 이상자라 생각해 무시한 모양이야. 그럴 만도 하지. 총리 공관에는 평소에도 다양한 종류의 전화와 편지가 수없이 쏟아지니까. 그중 일부를 내가 직접 보고 녹음된 음성도 들었는데, 정말 특이한 사례가 많기는 하더군. 방금 테이프에도 나왔듯이 엉터리 지진 연구가는 물론이고 심지어 외아들이 가출했으니 찾아 달라는 사람도 있었어. 총리는 무엇이든 할 수 있다고 생각하는 듯해. 또 봄이 오면 날씨가 따뜻해져서인지 약간 정신이 이상한 사람들도 전화를 자주 걸어 오나 봐. 지구의 전자기에 문제가 생겨서 곧 지구가 폭발할 거라 하질 않나, 외계인이 집에 들이닥쳤다고 하질 않나. 세상에 참 별의별 사람이 다 있어."

"그러니 비서관은 이번에도 그런 부류의 사람이 전화를 걸었다고 생각했나 보군."

"그런 셈이지. 만약 좌익이나 우익 세력의 협박이었다면 곧장 공안에 연락했을 걸세."

"그렇다면 왜 정신 이상자에게서 걸려 온 전화를 이토록 진

30

지하게 다루게 됐지?"

"실은 이 전화가 걸려 온 다음 날, 그러니까 3월 22일 오후에 또다시 블루 라이언스를 자칭하는 남자에게서 전화가 걸려 왔네. 그것도 들려주지."

야베 경부는 테이프를 갈아 끼우고 재생 버튼을 눌렀다.

긴장감이 흐르는 서장실 안에 또다시 통화 음성이 흐르기 시작했다.

남자 목소리 오, 또 당신인가. 당신 목소리는 이미 외웠어. 와타나베 비서관이지? 난 어제도 소개했듯이 블루 라이언스의 일원이야. 우리가 보낸 메시지를 총리에게 잘 전달했나?

비서관 바쁜 총리님께 그런 장난 전화를 왜 전하겠나? 그 정도는 어린아이도 알 텐데.

남자 목소리 맙소사. 명색의 총리 비서관이 이렇게 머리가 나쁠 줄이야. 정말 놀랍군.

비서관 뭐?

남자 목소리 이봐, 와타나베 비서관. 잘 들어. 우리는 지금 올림픽 작전을 개시해서 일본 전 국민을 납치했어. 이렇게 중요한 메시지를 총리에게 전달하지 않았다고? 직무 유기 아닌가?

비서관 (웃으며) 이봐, 자네. 대체 그 납치된 일본인들이 지금 어딨다는 건가? 머리도 식힐 겸 오늘 아침 TV 뉴스를 한번 확인해 봐. 어제는 날씨가 맑고 따뜻해서 평일인데도 전국 각지 명소에 인파가 몰렸다더군. 오늘도 마찬가지겠지. 평화롭게 봄날을 즐기는 그 사람들을 지금 자네들이 모조리 납치했다는 말이야?

남자 목소리 이거 말이 영 안 통하는군. 아무래도 지금 당신은 납치를 매우 협소하게 생각하는 것 같은데. 여자나 아이를 차에 강제로 태워 어느 산골짜기 오두막에 가둬 놔야 납치라고 생각하는 건가? 유감이지만 그런 건 납치의 한 유형에 지나지 않아. 자, 그렇다면 납치란 무엇인가. 그 정확한 정의를 당신에게 가르쳐 주지. '기망이나 유도 등의 행위로 누군가를 기존의 보호된 상태에서 자신 또는 제삼자의 실력적 지배하에 두는 행위'. 이게 바로 유괴 납치의 정확한 정의야.

비서관 기망?

남자 목소리 그래, 기망. 기만이라고도 하지. 그런데 뭐, 앞에 나오는 수단은 별로 중요치 않아. 폭력 등을 쓸 때도 있고 심지어 이번처럼 납치된 상대가 자신이 납치된 걸 아예 모르게 할 수도 있으니까. 중요한 뒷부분이지. 즉, 어떤 사람이 보호된 상태에서 느닷없이 무방비한 상태에 놓이는 것. 납치란 바로 그런 상황을 뜻해. 자, 지금 내가 전화하는 곳에서는 광장이 보이고 많은 아이들이 뛰놀고 있어. 젊은 커플도 삼삼오오 모여 수다를 떨고 있고. 당신이 말한 평화로운 광경이겠지? 그런데 지금 저들의 생명줄은 내가 쥐고 있어. 여기 있는 권총을 겨누고 방아쇠를 당기면 저들은 순식간에 저세상에 갈 거고, 그걸 누가 막을 수 있겠나? 즉, 저들은 지금 내 지배하에 있다는 말이야. 그리고 우리 블루 라이언스는 일본 전국에 흩어져 있어. 홋카이도와 규슈 등 어느 곳이든 원하는 시간에 원하는 장소에서 인질 1억 2천만 명 중 한 명을 죽일 수 있다는 뜻이야. 그걸 누가 막을 수 있을까?

비서관 자네는 제정신이 아니야.

남자 목소리 글쎄. 제정신인지 아닌지를 떠나 일단 내 IQ는 150이란 걸 알려 주지. 지금 우리는 1억 2천만 일본인을 인질로 삼아서 우리의 지배하에 뒀어. 언제든 우리가 원하는 시간에 원하는 장소에서 인질의 목숨을 끊을 수 있지. 과연 당신들이 그걸 막을 수 있을까? 현재 일본에는 경찰관이 전국에 약 20만 명 정도 있는데, 그 20만 명으로 과연 1억 2천만 명의 생명을 지킬 수 있을까? 자위대를 포함해도 55만이 채 안 되니 1억 2천만 명을 한 명 한 명 모두 지킬 수는 없겠지. 최신 전차나 제트기 따위도 아무런 도움이 안 될 거고. 이제는 내가 무슨 말을 하는지 조금은 이해했나?

비서관 자네가 지금 얼마나 허무맹랑한 소리를 하는지 아나?

남자 목소리 유치하게 설득해 봐야 소용없어. 자, 어제도 말했듯이 우리는 올림픽 작전을 통해 일본 전 국민을 납치했다. 그리고 그들의 몸값과 안전 보장비로 5천억 엔을 요구하고 있고. 당신들에게 주어진 기간은 단 사흘. 그런데 그중 하루가 허무하게 날아가 버렸네. 오늘내일 안에 총리의 답변을 듣지 못하면 우리는 3월 24일에 첫 번째 인질을 죽일 거야. 그리고 그 책임은 전적으로 총리에게 있다는 걸 명심해.

비서관 이봐! 잠깐!

남자 목소리 내일 다시 전화하지. 그전까지 총리에게 우리의 메시지를 잘 전달해 둬.

7

야베 경부가 재생을 멈췄지만 한참 동안 아무도 입을 열지 않았다.

"IQ 150이면 얼마나 똑똑한 거지?"

서장이 무거운 침묵을 깨고 누구에게랄 것 없이 물었다.

사몬지는 새 담배에 불을 붙였다.

"미국에 '멘털 소사이어티'라는 단체가 있습니다. IQ 145 이상인 천재 수준의 사람들만 가입할 수 있는 단체죠. 그런데 흥미롭게도 이 단체 회원 거의 모두가 UFO의 존재를 믿는다고 합니다."

"그렇다면 IQ가 150이면 엄청나게 머리가 좋겠네요."

"이 남자가 하는 말이 사실이라면 그렇겠죠."

야베 경부는 감정을 실어서 말했다. 그런 야베를 향해 사몬지가 물었다.

"두 번째 전화가 걸려 온 이후 비서관이 경찰에 통보한 건가?"

"그래. 우리는 다음 날 총리 공관에 가서 상황을 전해 듣고 테이프 두 개에 녹음된 음성을 들었네."

"설마 세 번째 전화는 총리가 직접 받나?"

"마침 국무회의가 없어서 시간이 비어 있었다더군. 서민적인 매력을 장점으로 내세우는 총리라 의외로 선뜻 전화를 받았다고 해. 그때 녹음된 음성도 지금 들려주지."

"범인을 체포 못한 걸 보니 역추적은 실패했다 봐야겠지?"

"그래. 역추적은 실패했네. 들어 보면 알겠지만 아주 용의주도한 녀석이야."

야베 경부는 테이프를 갈아 끼우고 재생 버튼을 눌렀다.

사몬지는 긴 다리를 포개고 담배를 입에 문 채 흘러나오는 음성을 들었다.

후미코는 긴장했을 때의 버릇으로 손톱을 물어뜯고 있었다.

남자 목소리 블루 라이언스다. 우리 메시지를 총리에게 전달했나?

비서관 그래. 전달했네.

남자 목소리 반응은?

비서관 총리께서 직접 전화를 받으시겠다고 해.

남자 목소리 오, 그거 좋군. 바꿔 줘.

총리 전화 바꿨네.

남자 목소리 특유의 목소리가 귀에 익어. 정말 총리 본인인가 보네.

총리 비서관에게 너희의 메시지는 전해 들었다.

남자 목소리 몸값 5천억 엔. 지불할 거야?

총리 듣자 하니 자네도 영리한 사람 같은데, 그럼 국가 예산을 내 마음대로 할 수 없다는 것도 알지 않나?

남자 목소리 응? 그게 무슨 뚱딴지같은 소리지? 일부의 이익을 위해 국가 예산을 멋대로 배분해 쓸데없는 다리와 도로를 실컷 지어 온 게 역대 내각 아닌가? 지역구 주민을 위

한답시고 논밭 한복판에 유령 역을 만들기도 하잖아. 그것
도 다 국가 예산으로. 그런데 이번에는 무려 일본 전 국민
의 안전이 달려 있는데도 국가 예산을 쓸 수 없다?

총리 내게는 그럴 권한이 없네.

남자 목소리 일본의 안전을 지킨다는 명목으로 매년 5천억
엔이나 되는 예산을 쓰고 있지 않나? 그걸로 별 쓸모도 없
는 전차나 비행기, 군함 따위를 사들이지. 국민이 곧 국가
라는 말이 있어. 그럼 그 국민의 안전을 위해 방위비 5천억
엔 정도는 지출할 수 있지 않겠어?

총리 전례가 없는 일이야.

남자 목소리 그럼 전례를 만들면 되지.

총리 무리한 요구일세.

남자 목소리 그럼 몸값을 낼 마음도 없으면서 전화는 왜 받
았지? 역추적으로 우리를 붙잡으려고 어쩔 수 없이 받았
나?

총리 아니, 그렇지 않네. 단지 차원이 다른 이야기라고 하
는 것일 뿐.

남자 목소리 차원이라. 자, 그럼 그 논의는 일단 전화를 끊
고 나서 하지.

총리 끊고 나서?

남자 목소리 역추적당하면 큰일이니까. 조심해야지.

남자 목소리 블루 라이언스다.

총리 뭐 하고 있었나?

남자 목소리 장소를 좀 옮겼어. 자, 그럼 이야기를 되돌려서 조금 전 당신은 우리가 말한 5천억 엔과 방위비는 차원이 다르다고 했는데, 그럼 우리한테 돈은 못 줘도 한 대에 수십억 엔이나 하는 전투기는 필요하다는 말인가?

총리 그래. 일본을 지키기 위해서는 필요하지.

남자 목소리 그럼 자위대가 자랑하는 그 전차와 전투기, 군함들을 총동원해서 우리에게서 인질을 지켜 보도록 해. 단 한 명이라도 지킨다면 박수 쳐 줄게.

총리 잠깐만. 자네.

남자 목소리 응?

총리 국가 예산은 어렵겠지만 사비로 어떻게든 변통할 용의는 있네.

남자 목소리 (킥킥 웃으며) 사비라고?

총리 자네도 알겠지만 난 청렴이 모토인 정치인이야. 그러니 수백, 수천 단위의 거금은 없지만 5, 60만 정도면 어떻게든 마련해 볼 수도 있어. 그것으로 무모한 행동을 거둬 주지 않겠나? 총리인 내가 이렇게 부탁하겠네.

남자 목소리 일시불이면 5백억 엔으로 합의해 줄게.

총리 5백억?

남자 목소리 어차피 재계에서 보수당으로 기부금이 연간 5백억 엔은 들어오지 않나?

총리 아니, 그렇지 않네. 기껏해야 1백 5, 60억 엔 정도지. 자치성의 발표를 보면 내 말이 거짓말이 아니란 걸 알 거야.

남자 목소리 그건 신고액일 뿐이고 다 합치면 5백억 엔이 넘는다는 건 누구나 아는 상식이야. 아무튼 그 5백억 엔을 바치도록 해. 그러고 보면 당신네 당의 그 고귀하신 선생님들은 평소에 국민을 위해 언제든 희생하겠다고 하잖아. 재계의 높으신 양반들도 틈만 나면 자신의 이익이 아닌 국가와 국민을 위해 봉사하겠다고 하고. 물론 다 말뿐이지만. 그리고 당신은 총리인 동시에 보수당의 총재이기도 해. 그럼 1억 2천만 국민의 몸값을 위해 5백억 엔 정도는 간단히 낼 수 있을 텐데.

총리 그럴 수는 없네.

남자 목소리 그 말은 곧 그 당에서 당신의 영향력이 제로에 가깝고 당원은 물론 재계 사람들도 설득할 수 없다는 뜻인가?

총리 (화가 난 것처럼) 말도 안 되는 소리! 그저 이런 터무니없는 짓에 5백억 엔이나 되는 돈을 갖다 바칠 수는 없다는 말이야!

남자 목소리 그럼 더 이야기해 봐야 소용없겠네. 당신과 당신 정부의 무능 때문에 인질을 죽일 수밖에 없겠어. 무능하고 무책임한 정부라는 비난이 쏟아지겠지.

총리 뭐? 이봐. 이봐!

비서관 총리님. 전화가 끊겼습니다.

8

"그리고 오늘 밤 결국 인질 두 명이 살해됐다는 건가?"

사몬지는 파랗게 빛나는 눈으로 야베 경부를 바라봤다.

"틀림없어 보이네. 물론 전혀 상관없는 제삼자가 다른 이유로 그 커플을 죽였을 가능성도 없지는 않겠지. 이를테면 남자와 여자 중 한 명을 좋아하는 누군가가 질투심 때문에 벌인 사건일 수도 있고. 하지만 그 가능성은 머릿속에서 지우는 게 좋을 것 같네. 왜냐하면 자네가 조금 전에 말한 것처럼 누가 죽을지 알 수 없는 상황이었으니까. 그리고 일본인 모두를 인질로 붙잡았다고 믿는 블루 라이언스 패거리의 소행이라면 누가 죽든 상관없었을 테고."

"역시 미친 사람들이야."

후미코가 분통을 터뜨리며 말했다.

"누가 죽든 상관이 없다니."

"그 남자의 말이 틀리지는 않았어. 비인간적이긴 하지만."

사몬지가 옆에서 말하자 후미코는 발끈한 것처럼 남편을 째려봤다.

"뭐?"

"잘 생각해 봐. 범인이 누구고 어디 있는지도 모르는 상황에서 우리가 스스로를 보호할 방법이 있을까? 만약 범인이 특정한 누군가를 죽이려고 한다면 막을 방법도 있겠지만 그는 일본인 1억 2천만 명이 모두 인질이라고 했어. 1억 2천만 명 중에 누구를 죽이든 인질을 죽이는 셈이야. 그의 말처럼 일본의 경찰력을 총동원하거나 105밀리미터 포를 탑재한 최신 전차나 마하 2.5의 전투기를 동원해도 막을 방법이 없지."

"그럼 우리 모두가 정신을 바짝 차리고 대비한다면?"

"아니, 자기 자신을 지키는 전통이 없는 일본에서는 무리야. 일본에서는 총기 같은 것도 구할 수 없잖아. 조직 폭력배면 또 모를까. 그리고 그걸 떠나 정부에서 '지금 누군가가 여러분의 목숨을 노리고 있으니 각자 알아서 대비하라'라고 발표라도 하면 그때야말로 온 나라가 패닉에 빠질걸."

"그래, 그 말이 맞네."

야베 경부가 고개를 끄덕였다.

"그러니 우리는 비밀리에 최대한 빨리 이 사건을 해결하려고 해. 그래서 민간인인 자네와 후미코 씨에게도 이렇게 협조를 부탁하는 거고."

"자신은 있나?"

"솔직히 말해서 아직 모르겠네. 하지만 뭐라도 해 봐야지 않겠나. 희생자가 늘면 언론도 낌새를 채고 기사를 쓸 거야. 그럼 자네가 말한 것처럼 온 나라가 패닉에 빠질 테고."

"전화를 건 사람의 정체에 대해서는 아직 밝혀진 게 없나?"

"목소리 전문가에게 성문 분석을 의뢰하긴 했네만."

야베 경부가 경찰수첩을 꺼냈다.

"전문가가 듣기에 그 목소리는 꾸며낸 목소리고 남자의 나이는 대략 스무 살에서 30대 후반 사이일 거라더군."

"범위가 너무 넓은걸."

"나도 그렇게 생각하네. 다음으로 사투리를 전혀 쓰지 않는 것으로 보아 도쿄에서 태어나 도쿄에서 자랐을 가능성이 크다. 성격이 집요하고 자기 과시욕이 강할 것이다. 그리고 또 하나, 통화 내용으로 판단컨대 교육 수준이 상당히 높다."

"그뿐인가?"

"아쉽지만 현재까지는."

야베 경부는 못마땅한 얼굴로 말했다.

"그럼 내가 보충해 보지."

사몬지가 입을 열자 야베는 흠칫 놀랐다.

"뭘 말인가?"

"이 남자는 면허증이 있고 차를 운전하는 사람이야."

"그걸 어떻게 알지?"

"조금 전에 들은 테이프가 편집된 건 아니겠지?"

"그래. 편집 없는 원본일세."

"범인은 전화하다가 중간에 전화를 한 번 끊었지. 그때 난 다음 전화가 올 때까지 시간을 쟀어. 그동안 테이프도 안 끊기고 계속 돌았지?"

"그래. 무슨 일이 일어날지 모르니 녹음 상태 그대로 뒀다고 해."

"다음 전화가 걸려 올 때까지의 시간은 7분 39초. 범인은 외부에 노출된 전화기를 쓰지는 않았겠지. 옆에 있는 사람이 통화를 엿들을 수도 있으니. 그렇다면 공중전화 부스 안에서 전화를 걸었다는 말인데, 만약 장소를 옮기려고 걸어서 갔다면 7분 39초라면 기껏해야 2, 3백 미터 정도밖에 못 가. 그 정도로 짧은 거리 안에 공중전화 부스가 하나 더 있었다고 보기는 어렵고, 그렇다고 역추적을 두려워하는 상황에서 가까운 곳으로 옮겨 가서 전화를 거는 건 심리적으로 불안하겠지. 자전거로도 7분 39초라면 그리 멀리까지 가지 못했을 테고."

"나도 차를 떠올리기는 했지만 택시를 잡아타고 움직였을 수도 있지 않나?"

"아니, 그럴 수는 없어."

"왜지?"

"공중전화 부스에서 나와 택시를 잡아탄 후 고작 7분을 달려서 또다시 공중전화 부스 주변에 내리면 택시 기사가 '이상한 사람이네' 하고 의심할 가능성이 있으니까. IQ 150을 자랑하는 범인이 그런 섣부른 행동을 하겠나? 역시 자가용을 타고 갔다고 볼 수밖에 없어. 혼자 차를 타고 갔는지 아니면 운전자가 따로 있었는지는 모르겠지만."

사몬지는 설명하면서 머릿속에 범인상을 그리고 있었다.

전화를 건 남자는 처음부터 끝까지 침착했고 이따금 의미심장하게 킥킥대며 웃었다.

아마도 자기 자신에게 절대적인 자신감을 갖고 있는 남자다. 총리가 직접 전화를 받았을 때도 말투나 목소리에 거의 변화가 없었다. 평소 총리를 존경하는 사람이든 얕잡아 보는 사람이든 다소나마 위압감을 느낄 만도 한데 그런 분위기라고는 찾아볼 수 없었다.

기골이 장대한 그야말로 범죄자다운 이미지와는 거리가 멀지만 그렇다고 해서 고생이라곤 모르는 인텔리 같은 느낌도 아니다. 언뜻 보기에 평범하지만 머리가 좋고, 비실비실해 보이지만 공수도 유단자 같은 그런 인물 아닐까. 보통 머리만 좋아서는 사람, 특히 남자는 자신감을 가지지 못한다. 일대일로 몸을 부딪치는 싸움에도 어느 정도 자신이 있으니 비로소 여유 있고 냉정한 태도를 취할 수 있는 것이다.

"블루 라이언스라."

야베 경부는 씁쓸하게 중얼거리고 사몬지를 향해 물었다.

"자네는 이 남자에게 정말 동료가 있다고 생각하나? 아니면 '우리'라는 말은 단순한 허세일까?"

"글쎄. 어쨌든 있다고 보고 대처하는 게 좋겠지. 그쪽이 더 안전하고."

"'올림픽 작전'이라는 건 대체 무슨 뜻일까요?"

경찰서장이 세 사람의 얼굴을 둘러보며 물었다.

키가 작고 퉁퉁해서 사람 좋은 이웃집 아저씨 같은 분위기지만 기묘한 납치 사건이 일어나자 눈빛이 날카로워졌다.

"우리 계획에 세계 각국의 젊은이들이 참가하고 있다는 과시 아닐까요?"

후미코가 옆에서 입을 열었다.

"오오."

서장은 고개를 끄덕였지만 별로 공감하는 것 같지는 않았다.

"자네는 어떻게 생각하나?"

야베 경부가 사몬지를 향해 물었다.

사몬지는 다시 새 담배에 불을 붙였다. 그 앞에 놓인 재떨이에는 이미 담배꽁초가 산더미처럼 쌓였다.

　사몬지는 긴장하면 늘 애연가가 됐다. 또 그럴 때가 삶에서 가장 충실한 순간이기도 했다.

　"난 말이지. 미국에 있을 때 전쟁사에 관심이 생겨서 2차 세계 대전 자료들을 탐독한 적이 있어. 물론 태평양 전쟁의 기록들도 훑어봤지. 당시 미군은 오키나와에서 진격을 멈췄고 그로써 전쟁도 끝나게 됐지만, 미국은 일본이 그 뒤에도 계속 항복하지 않는 경우에 대비해 10월 1일 일본 본토에 상륙하는 작전을 계획하고 있었어. 장소는 규수 남부. 그 일본 본토 상륙 작전의 이름이 바로 '올림픽 작전'이야."

　"범인들이 범죄 계획의 이름을 거기서 따왔다?"

　"일본 전역을 점령하겠다는 의미에서는 아주 잘 어울리는 이름 아닌가? 그런데 당시 미군이 세운 계획은 그뿐만이 아니었어. 규슈 남부에 상륙하는 올림픽 작전으로도 일본이 항복하지 않을 경우에는 두 달 뒤 일본 중심부인 간토평야로 진군하는 '코로넷 작전'도 계획했지."

　"만약 사몬지 씨 말씀대로라면 범인 또는 범인들은 2차 세계 대전사에 관심을 갖고 있을 가능성이 크겠군요."

　서장은 흥미진진한 듯이 말했다. 나이가 쉰이 넘은 서장은 전시 중 남방 전선에 병사로 참전했던 만큼 전쟁사에 관심 있어 보였다.

사몬지는 빙그레 미소 지었다.

"범인들은 자신들의 행동을 전쟁이라 믿고 있을지 모르죠. 자신들만의 이론으로 무장해 국가 권력에 맞서는 전쟁."

"그렇다면 정말 성가신 사건이 되겠네요."

"그러니 민간인인 자네에게 이렇게 협조를 부탁하는 거야."

야베가 끼어들었다.

"물론 협력을 아끼지 않을 생각이지만 자네도 알다시피 난 프로야. 받을 건 제대로 받아야지 않겠어?"

"그래. 와타나베 비서관을 통해 이미 총리의 동의는 얻었네. 이럴 때야말로 총리의 주머닛돈이 등장할 차례지."

"하루 1만 엔 플러스 경비. 거기에 범인을 체포했을 때는 성공 보수도."

"사립 탐정 일도 아주 쏠쏠하군그래."

"미국에서는 하루 백 달러 플러스 경비가 상식이야."

"알겠네."

"그런데 하나 묻고 싶은데."

"뭐지?"

"세계 최고의 실력을 자랑하는 일본 경찰이 왜 민간인인 내게 일당까지 주며 협조를 요청하는 거지?"

"조금 전에도 말했듯이 몹시 특수하고 까다로운 사건이라 자네의 도움이 필요하겠다고 판단했네. 일본 경찰의 실력이 뛰어난 건 맞아. 하지만 이런 특이한 사건에서는 경찰의 직선적인 수사보다 민간인의 지그재그 수사가 더 효과적일 때가 있지. 그러니 자네와 후미코 씨에게 협력을 부탁하는 거야."

"듣고 있기 영 거북하군."

사몬지가 웃으며 툭 내뱉자 야베 경부는 불쾌한 표정을 지었다.

"무슨 뜻이지?"

"솔직해지라는 말이야. 사실은 이거 아닌가? 하필 우리 부부가 우연히도 살해 현장에 있었다. 그것도 기묘한 납치 사건의 살해 현장에. 우리가 평범한 민간인이었다면 그냥 내버려 뒀겠지만 부부가 모두 비범한 데다 한 명은 심지어 사립 탐정이다. 둘이 멋대로 사건을 조사하고 다니기라도 하면 곤란해질 수 있다. 그렇다면 차라리 수사에 정식으로 협력하게 해서 하나의 틀 속에 집어넣는 게 낫다. 아닌가?"

"허, 그것참."

야베 경부는 당황한 듯이 멋쩍게 웃어 보였다.

9

사몬지와 후미코는 사무소로 돌아갔다.

밤이 깊어지자 36층에서는 아름답고 환상적인 도쿄의 야경이 펼쳐졌다.

반짝거리는 빛의 홍수. 일직선으로 길게 뻗은 두 개의 빛줄기는 고슈 가도일 것이다.

"도쿄의 야경은 내가 있던 샌프란시스코보다 아름다워."

사몬지는 흔들의자에 앉아 창밖으로 시선을 향했다. 창문에 너무 가까이 다가가면 36층이라는 높이 때문에 어둠에 빨려드는 듯한 착각이 들곤 한다.

"인간이 안 보여서 그래."

후미코가 말했다.

"만약 저 아래에 인간이 가득 차 있고 그 안에 아무 죄 없는 젊은 커플을 죽인 범인이 있다고 생각하면 아름다움도 빛이 바래지 않을까?"

"당신은 낭만이 없군."

"당신이야말로 너무 긴장감이 없는 거 아니야? 모처럼 일이 들어왔는데 야경 같은 데 정신이 팔리다니. 난 한 달이나 일을 못 하는 동안 머리에 녹이 슬지는 않을까 걱정했어."

"내 회색 뇌세포는 아직 건재해. 다만 아직까지 블루 라이언스에 대처할 방법이 없을 뿐이지. 그건 경찰도 마찬가지일 테고."

"그들은 앞으로 어떡할 생각일까?"

"아마 내일 다시 총리 공관에 전화해서 인질을 두 명 죽였다고 하겠지. 그리고 5천억 엔의 몸값을 주지 않으면 인질이 더 죽을 수 있다고 경고할 거야. 하지만 경찰들은 새로운 살인 사건이 일어나는 걸 막을 수 없어. 언제 어디서 누가 죽을지 모르니까. 심지어 인질들은 자신이 인질인 것조차 모르고 무방비하게 있는 상황이지."

"이렇게 이상한 사건은 처음이야."

후미코는 사몬지 옆에 의자를 가져가 나란히 앉았다.

"이상하면서도 흥미로운 사건이지."

사몬지가 담배에 불을 붙이자 후미코도 겔베조르테*를 입에 물었다.

"어떤 부분이 흥미로운데?"

"내가 알기로 이런 형태의 납치를 떠올린 건 역사상 블루라이언스 녀석들이 처음이니까. 도시 어딘가에 시한폭탄을 설치해 놓고 무고한 시민을 죽이고 싶지 않으면 돈을 내놓으라고 협박한 범인은 있었어. 여객기나 선박을 납치하는 것도

---

* 독일산 궐련 이름.

이런 범죄의 유형이고. 그들은 공들인 계획을 세워서 비행기나 배에 올라타 승객들을 무기로 위협하지. 그런데 이 블루라이언스 녀석들은 뭘 했지? 그들이 한 일이라고는 총리 공관에 전화를 걸어 '우리는 1억 2천만 일본 국민을 납치해 인질로 삼았다'라고 선언한 것뿐 아닌가? 이건 어린아이도 할 수있는 일이야. 하지만 그 순간부터 그들이 사람을 죽이는 건무의미한 살인이 아니라, 몸값을 받지 못해 어쩔 수 없이 인질을 죽인 것이 돼. 게다가 현재로선 그걸 막을 방법도 없는상황이야."

"꼭 블루 라이언스라는 그 무법자들이 똑똑하다고 칭찬하는 것처럼 들리는데."

"확실히 머리는 좋은 녀석들이야."

"그런데 그런 것치고 영 허술하게 느껴지는 부분도 있어."

"뭐지?"

"총리에게 직접 방위비 5천억 엔을 몸값으로 내놓으라고했잖아. 총리 혼자 국가 예산을 좌지우지할 수 없다는 거야말로 어린아이도 알 상식 아니야?"

"재계에서 보수당에 기부하는 5백억 엔으로도 괜찮다고 했지."

"그것도 당 총재 혼자 결정할 수 없는 일이라는 건 얼마 전보수당에서 벌어진 난장판을 통해 밝혀지지 않았어? 총재 권한이 그렇게 대단하지 않다는 소리야. 그러니 범인들은 지금 불가능한 요구를 하고 있는 셈이야. 그들이 정말 머리가 좋다고 할 수 있을까?"

"그건 당신 말이 맞아. 그러니 난 앞으로 어떤 전개가 펼쳐질지 몹시 궁금해. 이 범인은 절대 바보가 아니야. 냉정하고도 영리한 녀석이지. 그에게 동료가 있다면 그들도 마찬가지일 테고. 그 녀석들이 도대체 무슨 꿍꿍이인지 이제 곧 밝혀질 거야. 그게 밝혀졌을 때 이 사건은 전환점을 맞게 돼 있어."

"하나만 물어도 될까?"

"뭐지?"

"만약 총리에게 5천억 엔의 몸값을 지불할 권한이 있고 그걸 전달할 용의도 있다면 범인들은 돈을 어떻게 받아 갈 생각일까? 1억 엔 돈다발이 들어가는 여행용 가방이 무려 5천 개나 필요할 텐데."

2장.
중요 참고인

1

아오키 도시미쓰(21)와 요코오 미쓰코(20) 커플이 블루 라이언스를 자처한 범인의 인질로 살해된 게 거의 틀림없지만 그래도 경찰은 신중을 기해 두 사람의 교우 관계를 조사했다.

아오키와 미쓰코 모두 부모 곁을 떠나 도쿄에 있는 빌라에서 자취를 했고, 학교 성적이 유달리 뛰어나지는 않지만 그만큼 주변에 적도 없는 평범한 학생들이었다.

두 사람의 관계에 대해 아오키와 미쓰코 주변 사람들은 모두 알고 있었다. 부모가 보내 주는 생활비는 평균적인 수준이고 두 사람 다 따로 빚을 지거나 하지도 않았다. 그들에게 원한을 품을 만한 사람은 나오지 않았다.

3월 25일 조간신문은 두 사람의 죽음을 '기이한 사망 사건'이라 표현했고 '만약 누군가가 일부러 설탕통에 청산가리를 넣었다면 이보다 악질적인 범죄는 없다'라며 비난했다.

총리 공관에 블루 라이언스의 협박 전화가 걸려 온 사실은 함구령이 내려져서 신문에 실리지 않았다.

경찰은 언론에 그 사실을 알리지 않기로 방침을 정했고 그 것은 총리의 뜻이기도 했다.

점심시간이 되기 전 야베 경부는 코트 주머니에 신문을 쑤 셔 넣고 미나토구 다카나와에 있는 총리 공관으로 향했다.

공관은 낡았고 쾌적하지 않아서 역대 총리 중 대부분은 자 택에서 지요다구 나가타초에 있는 총리 관저에 출근했지만 현 총리는 공관에 살면서 나가타초에 출퇴근하고 있다.

와타나베 비서관이 야베 경부를 맞았다. 서른다섯 살인 와 타나베는 T대학을 졸업한 인재로 미래에 정치가를 꿈꾸는 남 자였다. 야베는 이런 부류의 사람들을 상대하는 데 서툴렀다.

"블루 라이언스 쪽에서 아직 전화는 안 왔습니까?"

"아직입니다."

와타나베 비서관은 무테안경 너머로 야베에게 강렬한 눈 빛을 보냈다.

"혹시 범인의 단서라도?"

"그쪽도 아직입니다. 총리님은?"

"오늘은 오후 2시에 국무회의가 있어서 자리를 비우셨습니 다."

56

"총리께서 오늘 아침 신문을 보셨습니까?"

"늘 아침 식사를 하시며 모든 신문을 훑어보십니다."

"신주쿠에서 사망한 젊은 커플에 대해서 뭐라고 하셨죠?"

"별다른 말씀은 없었습니다. 다만 총리라는 직에 있는 사람은 어떤 위협에도 굴할 수 없다고 하시더군요."

"그렇습니까."

야베는 대화를 마치고 서재에 들어갔다. 총리의 위신만으로 사건을 해결할 수 있다면 더할 나위 없을 것이다.

서재에서는 어제부터 숙식하며 조사 중인 형사 두 명과 기관* 두 명이 긴장한 얼굴로 야베를 맞았다.

과거 세 번의 전화는 으레 오후 2시에 걸려 왔지만 그렇다고 그 시간에만 형사와 기관을 보낼 수는 없다.

공관을 관리하는 여직원이 홍차와 비스킷을 가져왔다.

야베는 설탕을 넣지 않고 홍차를 마셨지만 비스킷은 별로 당기지 않아서 담배에 불을 붙이고 마음을 가라앉히고자 창밖에 펼쳐진 잔디를 바라봤다.

잔디는 이제 겨우 파란 싹을 틔우고 있었다.

"다시 생각해도 말도 안 되는 사건이야."

야베는 중얼거렸다. 경찰에 몸담은 지 어언 16년 동안 이런

---

* 技官, 행정 기관에서 일하는 기술직 공무원을 일컫는 말.

사건을 맡는 건 처음이었다.

그러나 말도 안 되는 사건이어도 무시할 수는 없고 지금 상태로는 해결될 기미도 없다. 그런 상황이 야베를 초조하게 했다.

시계가 오후 2시를 가리켰다.

야베가 탁자 위에 있는 전화기로 눈길을 돌린 순간 날카롭게 전화벨이 울렸다.

"받으십시오."

야베는 와타나베 비서관에게 말했다.

비서관이 수화기를 들자 테이프 녹음기가 돌기 시작했고 음성이 마이크를 통해 방 안에 울려 퍼졌다.

비서관 총리 공관입니다.

남자 목소리 나야, 블루 라이언스. 난 지금 슬픔에 가득 차 있어. 당신들 때문에 어쩔 수 없이 인질을 두 명 죽어야 했거든. 이 책임은 전적으로 총리에게 있다는 거 알지? 우리의 요구를 딱 잘라 거절했으니까.

비서관 아무리 총리님이라고 해도 할 수 있는 일과 할 수 없는 일이 있어. 똑똑한 자네는 누구보다 잘 알지 않나? 5천억 엔이나 되는 국가 예산을 총리 마음대로 쓸 수 있을 리 없잖나.

남자 목소리 재계에서 보수당으로 들어오는 5백억 엔의 정

58

치 자금으로도 괜찮다고 분명히 우리가 양보했는데 그것
도 무시했잖아.

비서관 이봐. 그런 건 무리야.

남자 목소리 선거 때는 아무렇지 않게 재계에서 몇백억 엔
씩 거둬들이면서 1억 2천만 일본 국민의 목숨이 걸린 일에
는 무리다?

비서관 그건 차원이 다른 일이라고 지난번에도 총리께서
말씀하셨을 텐데. 그런 건 보수당 총재로서 재계에 요청할
수 있는 게 아니야.

남자 목소리 그걸 총리의 대답으로 받아들여도 될까?

비서관 아니, 이건 내 의견이야. 하지만 총리님이 계셨어도
아마 같은 대답을 하셨을걸.

남자목소리 그렇군. 일국의 총리가 국민의 생명과 안전에 무
관심하다니 어쩔 수 있나. 우리 요구를 또다시 거절한 것으
로 보고 서글프지만 다음 인질의 목숨도 접수해야겠어.

비서관 이봐. 잠깐.

남자 목소리 앞으로 인질이 하나둘 죽어 나가면 총리와 정
부는 두 가지 면에서 여론의 집중 공격을 받을 거야. 하나
는 방금 내가 말한 국민의 생명과 안전에 무관심하다는 것.
또 하나는 연간 5천억 엔의 방위 예산을 쏟아부으면서 정
작 국민의 안전 확보에는 속수무책이라는 것.

비서관 이봐. 끊지 말고 조금 더 얘기해.

남자 목소리 우리 요청을 들어줄 생각이 없다면 더 이상의 대화는 무의미해.

비서관 여보세요. 이봐! 여보세요!

"끊겼습니다."

와타나베 비서관은 손등으로 이마에 난 땀을 닦았다.

"역추적은 역시 힘들까요?"

"이렇게 짧은 통화로는 어렵습니다."

옆에서 기관이 고개를 절레절레 흔들었다.

"이대로 당하고만 있어야 하는 겁니까?"

와타나베 비서관은 비난하는 눈빛으로 야베 경부를 봤다.

"지금 상태에서는 어쩔 도리가 없습니다."

야베는 솔직하게 대답했다.

"그럼 이대로 새로운 희생자가 나올 때까지 수수방관하고 있어야 하는 겁니까? 경찰은 그래도 괜찮아요?"

"사람이 죽는데 괜찮을 리 있겠습니까."

야베는 굳은 표정으로 대답했다. 사건 책임자인 야베는 남들보다 더 분개하고 있었다.

"하지만 생각해 보십시오. 현재 인질은 1억 명이 넘습니다. 전국에 있는 경찰관 20만 명이 1억 명을 보호할 수 있겠습니까? 게다가 범인의 말처럼 다른 공범이 있고 그들이 전국에 퍼져 있다면 다음번에는 홋카이도의 어느 곳에서 살인이 벌어질지 모르고 저 먼 남쪽 규슈에서 사건이 생길 수도 있습니다. 범인은 언제든 원하는 시간과 원하는 장소에서 원하는 사람을 죽일 수 있다는 말입니다. 그걸 어떻게 막을까요? 우연히 그 자리에 경찰이 있거나 목격자가 나오면 이야기가 달라지겠지만 어젯밤 사건에서 알 수 있듯 범인은 그런 실수를 하지 않을 겁니다."

"그래도 어떻게든 방법을 찾아야 합니다. 이러다 잘못하면 총리님의 지지율 저하로 이어질 수도 있으니까요. 범인은 반드시 오후 2시에 전화를 걸어 오는 듯하니 그 시간대에 공중전화 부스 같은 곳을 감시하는 방법도 있을 겁니다. 전국에 있는 모든 전화기를 감시할 수는 없겠지만 공중전화 부스라면 숫자도 한정될 테고요."

와타나베의 의견을 듣고 야베는 쓴웃음을 지었다.

"그 정도 수는 저희도 당연히 썼죠. 현재 도쿄에 있는 모든 공중전화 부스를 근처 파출소 경찰들이 감시 중이고 오후 2시에 전화한 사람을 모두 조사하도록 지시했습니다. 그리고 공중전화 부스라면 수가 한정될 거라 하셨는데 도쿄 23구만 해도 9,234개나 됩니다."

"그렇군요. 어쨌든 잘하면 범인을 체포할 수도 있겠어요."

"그러면 좋겠지만 아마 어려울 겁니다."

"왜죠?"

"범인은 이전까지는 아마 도쿄에 있는 공중전화 부스에서 전화를 건 것으로 보입니다. 하지만 그를 찾아 체포한다고 해도 대단한 죄를 묻기 어려울 거예요."

"유괴 납치는 중죄 아닌가요?"

"비서관님. 일본 국민 1억 2천만 명을 납치했다는 건 어디까지나 범인의 주장일 뿐입니다. 검사는 약취 유인죄로 그를 기소할 수 없죠. 그것만 봐도 이번 범인의 수법이 아주 교묘하단 걸 알 수 있습니다. 범인이 주장한 대로 지금 상황은 평범한 유괴 납치 사건과 같습니다. 하지만 정작 납치는 성립되지는 않죠. 아주 교묘해요. 물론 사람이 둘이나 죽은 마당이니 살인죄는 물을 수 있을 겁니다. 아무튼 그렇게 똑똑한 범인이 또다시 어슬렁어슬렁 공중전화 부스에 가서 전화를 걸었을 가능성은 작습니다. 개인 전화를 썼거나 아니면 아주 먼 곳에서 전화를 걸었거나 둘 중 하나겠죠. 요즘은 삿포로든 후쿠오카든 직통으로 전화를 걸 수 있는 시대니까요."

"그럼 정말 방법이 없는 겁니까?"

"일단은 최선을 다하고 있습니다. 그리고 한 가지 희망이 있다면 이번 사건의 범인이 살인광은 아닌 것 같다는 점입니다. 대량 학살은 벌어지지 않을 거라 예상합니다."

2

원내에서 열리는 정례 국무회의는 이렇다 할 중요 사안이 없을 때는 지루한 법이다.

그날도 회의가 30분 만에 끝났고 이후 휴식 시간에 총리는 "법무성 장관에게는 이미 이야기했습니다만"이라고 운을 떼고 기묘한 협박 전화에 대해 모든 각료 앞에서 털어놓았다.

"설명만으로는 이해하기 어렵겠죠. 실제 걸려 온 전화 녹음 테이프를 가져왔으니 들어 보세요."

탁자 위에 놓인 녹음기를 통해 모든 관료가 심각한 얼굴로 문제의 통화 음성을 듣게 되었다.

테이프 재생이 끝나자 총리가 입을 열었다.

"어떻습니까? 여러분의 생각을 듣고 싶습니다."

"이런 괘씸한 자식이 있나!"

걸걸한 목소리로 소리친 사람은 의리파로 통하는 오키 건설성 장관이었다.

"이 녀석은 과격 집단의 일원이 분명합니다. 한 발짝도 양보해선 안 됩니다. 이런 놈들에게는 콩밥이 약이에요."

"방위 예산 5천억 엔을 몸값으로 내놓으라니, 블루 라이언스니, 올림픽 작전이니 하는 걸 보면 망상에 빠져 있는 것 같군요."

근엄한 얼굴로 말한 사람은 부총리인 이하라 다쿠라 장관이었다.

차기 총리 후보로 자타가 공인하는 만큼 그는 총리를 의식하며 "그런데 사비로 변통하겠다는 말은 오히려 상대를 더 흥분하게 만든 것 아닐까요?" 하고 에둘러 비판하듯 말했다.

이하라는 사건 자체보다 이번 일로 라이벌인 총리의 지지율이 어떻게 바뀔지에 더 관심이 있어 보였다.

지금의 총리는 국민들에게 서민적인 매력을 어필하며 인기를 모으고 있지만 당내에서는 소수 파벌에 속해 있어 견제 세력이 많았다.

그런 상황에서 총리가 결정적인 실수를 저지르면 차기 총리 자리는 틀림없이 이하라에게 향할 터였다.

"하지만 말입니다. 이하라 장관."

총리는 안경 너머에서 눈을 가늘게 뜨고 이하라를 바라봤다.

"상대는 인질을 죽이겠다고 위협했습니다. 인명과 관련된 일이니 나도 신중할 수밖에 없었어요."

"법무 장관."

그때 오기 건설성 장관이 또다시 쩌렁쩌렁한 목소리로 말했다.

"이런 게 정말 유괴 납치라고 할 수 있습니까? 범인은 테이프에서 법률적인 해석까지 늘어놓고 있는데."

그러자 법무성 장관인 와다지마는 말을 더듬으며 "이, 이런 걸 어떻게 납치라고 할 수 있겠습니까!" 하고 고함을 질렀다.

"하지만 말입니다. 법무 장관."

부드러운 목소리로 끼어든 사람은 내각에서 온건파로 통하고 인텔리인 모치즈키 외무성 장관이었다.

"법률적인 문제를 떠나 정말로 인질이 1억 명이라면 인질을 지킬 방법이 없지 않겠습니까?"

"그야 그렇겠죠. 이런 사건은 들도 보도 못했습니다. 정말화가 치미는군요. 마음 같아서는 이 범인 자식을 때려죽이고 싶습니다!"

"경찰은 어떻게 대응하고 있죠?"

이하라는 공안 위원장인 오자와를 향해 물었다.

오자와는 내각에서 가장 젊고(그렇다고 해도 53세지만) 이번에 처음 국무대신이 된 만큼 잔뜩 긴장해 있었다.

"경시총감에게 사건을 보고받고 범인을 조속히 체포하라 지시했습니다."

"제가 궁금한 건 경찰의 대응책이에요."

"현재는 일단 45명에서 50명가량의 경찰력을 투입해 범인을 체포할 방침으로……."

"그런데 어젯밤 실제로 신주쿠에서 젊은 남녀가 그 블루 라이언스니 뭐니 하는 녀석들에게 살해되지 않았나?"

이하라는 심술궂은 눈빛으로 오자와를 봤다.

공안 위원장이 총리 파벌에 속해서인지 말투가 자연스럽게 날카로워지는 듯했다.

"그 남녀는……."

오자와는 손수건으로 이마에 난 땀을 닦으며 말했다.

"아직 이번 사건의 희생자로 결론 난 건 아닙니다. 또 경찰을 두둔하는 건 아니지만 법무성 장관님 말씀대로 전대미문의 사건이고 1억 명을 한 사람 한 사람 지킬 수는 없습니다. 그렇다고 해서 이번 사건을 공표하면 극심한 사회 불안을 야기하겠죠. 다음으로 누가 살해될지 알 수 없는 상황이니까요."

"그렇다고 손 놓고 있을 수는 없지 않겠나. 이대로 인질이 자꾸 죽으면 기자 놈들도 냄새를 맡겠지. 우리가 비난받지 않으려면 그전까지 범인을 체포해야 해. 요즘 대중들은 무지해서 뭔가 안 좋은 일이 생기면 무조건 정부 책임으로 돌리니까."

"이번 사건에 꼭 부정적인 면만 있는 건 아닙니다."

그렇게 말한 사람은 방위청 장관인 기무라였다.

그는 한때 온건파로 분류되는 정치인이었지만 방위청 장관에 취임하자마자 강경파 같은 발언을 다수 쏟아내고 있다. 원래부터 강경파였는지 아니면 취임 열병식 때 강력한 전차와 대포, 유도 미사일의 행진을 보고 강경파로 돌변했는지는 알 수 없다.

"그게 무슨 말이지?"

총리는 미심쩍은 듯이 방위청 장관에게 물었다.

"일본인들은 국가의 안전을 공짜로 살 수 있다고 생각한다고 외국으로부터 종종 비난받곤 하죠."

"나도 아네. 불과 2주 전에도 미 국방부 차관이 의회에서 일본이 자위력 증강에 힘써야 한다고 연설했는데 거기에도 비슷한 내용이 있었어. 하지만 그게 이 괴상한 사건과 무슨 상관인가?"

"그건 일본 국가를 지칭하는 것이지만 일본 국민도 마찬가지입니다. 지금의 일본은 타국에 비해 평화롭고 안전하지만 국민 대다수는 그것이 우리 정부의 부단한 노력과 외부는 자위대의 힘, 내부는 경찰력에 의한 것임을 인지 못 하고 있죠. 이번 사건을 통해 불안감이 고조되면 평화의 가치와 그 평화가 지금껏 무엇에 의해 유지돼 왔는지를 국민들도 다시 한번 깨달을 수 있지 않을까요? 그러면 자위대의 군사력 증강에 반대하는 세력이 힘을 잃을 테고, 혁신을 들먹이는 일부 자치 단체장의 경찰관 증원 반대 움직임도 사그라들 겁니다. 그러니 이번 사건이 공개돼도 좋은 점은 있다고 말씀드린 겁니다."

기무라 방위청 장관은 득의양양하게 코를 벌름거리며 말했다.

제복을 입은 이들에게서 끊임없이 군비 증강 압력이 들어오고 있고 미국의 주요 인사가 방일하면 GNP가 자유 진영 국가 중 2위인 일본의 방위 예산이 이것밖에 안 되냐는 비아냥거림을 듣는 상황에서 조금이나마 군비 증강의 지렛대가 될 수 있다는 것이다.

"정반대 측면에서 위기가 생길 수도 있지 않을까요?"

그렇게 조심스럽게 이의를 제기한 사람은 자치성 장관 가스야였다.

자치성 장관은 군이 따지면 영향력이 큰 자리는 아니다. 평소 자치성의 관할 사항이 국무 회의 현안에 오를 일이 거의 없기 때문이다.

게다가 가스야 본인도 체구가 작아 별로 눈에 띄지 않았다.

"이번 사건이 공개돼 사회 불안이 높아지면 자위대가 어떤 고성능 무기를 보유했든 경찰이 몇만 명이 있든 인질을 지키지 못한다는 점에서 군비 및 경찰력 무용론이 제기될 가능성도 있으니까요."

"아뇨, 그럴 리 없습니다. 일본 국민들은 바보가 아니에요."

기무라는 바로 조금 전에 자기 입으로 일본인들은 무지하다고 말한 건 벌써 잊어버린 듯했다.

이하라 부총리가 재차 총리를 지적했다.

"어쨌든 총리님이 직접 전화를 받으신 건 경솔했던 것 같습니다."

총리가 반박하려 할 때 갑자기 비서관이 들어와 쪽지 한 장을 총리에게 건넸다.

총리는 검은 테 안경을 살짝 올리고 그 쪽지를 읽었다.

"방금 전 공관에 범인이 전화를 걸어 와 요구를 들어주지 않으면 인질을 한 명 더 죽이겠다고 했답니다."

3

다음 날 신주쿠 경찰서에 설치된 특별 수사본부에 총 47명의 형사가 투입됐다.

47명이 된 것은 물론 우연이지만 야베 경부는 문득 47인의 무사*를 떠올리며 일이 잘 풀릴 조짐이 아닐까 생각했다.

새롭게 수사에 투입된 형사도 있어서 야베는 47명에게 다시 한번 사건 경과를 설명하고 테이프에 녹음된 음성을 크게 틀어서 들려줬다.

"이 범인의 목소리를 머릿속에 잘 새겨 두게."

야베는 47명의 얼굴을 둘러보며 말했다.

---

* 에도 시대 죽은 주군의 복수를 감행 후 할복한 47명의 사무라이.

"수사를 공개로 전환하고 음성을 TV나 라디오에 내보내 시민의 협조를 얻는 게 가장 좋겠지만 사회 불안을 야기할 우려가 있어서 그럴 수 없는 상황이야. 그러니 자네들이 귀 기울여 이 목소리의 주인을 찾아내는 수밖에 없네."

야베는 다음으로 칠판에 모두의 이름을 적고 인원을 총 세 개 조로 나누었다.

"1조의 열다섯 명은 앞으로도 당분간 신주쿠 서쪽 출구에 있는 찻집 '에트랑제'를 방문한 손님들을 조사하도록. 우선 사망한 커플보다 앞서 18번 테이블에 있었다는 턱수염을 기른 남자. 그가 설탕통에 청산가리를 집어넣은 범인인지는 아직 불분명하지만 설사 범인이 아니어도 그를 찾으면 그전에 테이블에 있었던 사람까지 찾을 수 있을지 몰라. 그렇게 찬찬히 하나하나 거슬러 올라가는 거다. 또 다른 테이블의 손님과 직원들 중에 수상한 자를 목격한 사람이 있을 수도 있고."

야베가 설명을 마치자 1조 형사들이 우르르 밖으로 나갔다.

"다음으로 2조. 2조는 공안과 협력해 국내에 있는 과격 정치 집단을 조사한다. 총리 공관에 협박 전화를 걸어 방위비를 내놓으라 한 걸 보면 과격 단체의 새로운 테러 행동은 아닐지 의심도 나오는 상황이니까. 공안한테 과격 단체 명단을 받아서 도내 아지트를 샅샅이 뒤져 보도록. 그럼 뭔가 나올 수도."

2조 형사 열다섯 명이 회의실을 나가자 야베는 마지막으로 남은 열일곱 명을 주위로 불렀다.

"자네들은 앞으로 여러 가지 일을 하게 될 거야. 어제 오후 2시에 범인에게 전화가 왔을 때 도쿄에 있는 모든 공중전화 부스를 파출소 경찰들이 감시했네. 그 결과 해당 시간대에 공중전화 부스에서 전화를 건 사람은 총 57명. 그중 남자는 21명이었어. 이 21명의 주소를 여기 적어 뒀으니 우선 열 명은 가서 이들을 조사해 보게."

야베는 복사한 메모를 형사 열 명에게 건넸다.

형사들은 각자 맡을 사람을 정하고 회의실을 나갔다.

마지막으로 회의실 안에 형사 일곱 명이 남았다.

"자네들은 긴급 대기조로 여기 남아 있게. 범인이 2시 전화 통화에서 자신들의 요구를 들어주지 않으면 새로운 인질을 죽이겠다고 했으니까. 이번 사건과 관련된 살인 사건이 일어나는 즉시 출동하는 거야."

야베는 낯빛이 창백했다. 긴장과 불안감 때문이었다.

인질 1억 2천만 명. 그중 설마 어린아이나 초, 중학생을 죽이지는 않을 거라 예상하고 있다. 자위대원이나 경찰관도 무기를 소지하고 있거나 집단생활을 하니 표적이 될 확률이 낮다. 하지만 그들을 전부 제외해도 대상은 남녀 통산 5천만 명 정도가 된다.

그들을 모두 지키는 건 불가능하다. 그런 사실에 야베는 불안해지고 마음이 무거웠다.

또 언제 어디서 누구를 죽일지는 전적으로 범인의 의사에 달렸으니 신경이 곤두설 수밖에 없다. 만약 이번 사건이 정부 요인을 노린 테러라면 그나마 대책을 세울 수 있었을 것이다.

"주임님."

그때 남은 형사 일곱 명 중 한 명이 야베에게 말을 걸었다.

"뭐지?"

"범인은 자신을 '우리'라는 복수형으로 지칭했는데 주임님은 범인이 단독범이라고 보십니까? 아니면 역시 공범이 있다고 보시나요?"

"어려운 질문이군."

야베는 솔직히 대답했다. 그대로 잠시 말을 잇지 않고 창밖으로 시선을 돌린다.

거리는 어느덧 황혼에 물들어 가고 있다.

가로등이 하나둘 켜지는 게 보였다.

여느 때처럼 차들이 도로를 오가고 젊은 커플과 가족이 거리를 걷고 있다.

생각해 보니 오늘은 26일 토요일이었다.

가부키초 일대는 스물네 시간 영업하는 영화관과 술집 등이 밤늦게까지 떠들썩할 것이다.

혹여나 그 인파 속에 범인이 있다면 누군가 아무 이유 없이

(범인에게는 인질을 죽인다는 나름의 이유가 있지만) 살해되는 셈이다.

아니, 벌써 이미 누군가 희생됐을 수도 있다.

야베는 고개를 돌려 질문을 던진 형사를 비롯한 일곱 명 모두에게 말했다.

"솔직히 나도 아직 모르겠네. 어쨌든 네 번 걸려 온 전화 속 목소리는 전부 동일인이었어. 그런 점에서 보면 역시 단독범일 가능성이 크고, '우리'라는 호칭은 동료가 있는 것처럼 보이려는 위장 전술이겠지. 한편 '블루 라이언스'라고 자신들을 부르는 걸 보면 어느 정도 인원수가 되는 단체일 수도 있어."

"만약 범인에게 동료가 있고 그들이 도쿄뿐만 아니라 일본 전역에 퍼져 있다면 다음 희생자가 꼭 도쿄에서 나오리란 보장은 없겠습니다."

"지금 내가 가장 두려워하는 것도 그런 상황일세."

야베는 대답하고 고개를 끄덕였다.

야베는 전에 여행으로 갔던 홋카이도의 지토세 공항과 삿포로 시가지, 조잔케이 온천 같은 곳의 풍경을 떠올렸다.

또 작년 여름에는 업무차 규슈 남단과 가까운 사쿠라지마 섬과 시마바라반도를 돌아다닌 기억도 있다.

정말로 그런 북녘과 남녘에서 다음 인질이 살해될 수도 있는 걸까.

4

신주쿠 서쪽 출구의 초고층 빌딩에 있는 찻집 '에트랑제'를 찾은 형사들에게 지배인이 다가와 "왔습니다" 하고 소곤거렸다.

다니키 형사가 "네?" 하고 동료 형사인 이노우에와 함께 가게 안을 둘러보자 지배인이 또다시 목소리를 낮춰 말했다.

"그 젊은 커플이 사망한 테이블에 그들보다 먼저 앉았던 남자 말입니다. 저 창가 테이블에 있는 긴 머리에 턱수염을 기른 남자 보이시죠? 두꺼운 갈색 스웨터를 입은 저 남자요."

"저 사람이 확실한가요?"

"그렇습니다. 종업원도 저 남자가 그때 그 사람이 맞다고 해요."

"알겠습니다. 이노우에, 가 보세."

다니키 형사는 이노우에 형사를 재촉했다.

신문에 찻집에서 발생한 사건이 보도돼서인지 가게 안은 한산했다.

두 형사는 테이블 사이를 누비듯 양옆에서 그 남자에게 다가갔다.

멀리서는 턱수염 때문에 30대로 보였지만 가까이서 보니 스물대여섯 정도 돼 보이는 젊은 남자였다.

다니키 형사가 경찰수첩을 보이며 남자에게 "잠깐 같이 가 주시겠습니까?" 하고 물었다.

깜짝 놀란 남자가 어리둥절한 표정을 지으며 엉거주춤 허리를 일으켰다가 다시 의자에 앉았다.

"제가 왜 가야 하죠? 전 아무 잘못도 없는데요."

"저희도 압니다. 그냥 몇 가지 여쭤볼 게 있어서."

"그럼 여기서 물어보면 되잖습니까."

"조금 복잡한 사건이라서요. 일단 서까지 함께 가 주셨으면 합니다."

다니키 형사가 약간 강압적인 어조로 말했다.

찻집 안에 있는 사람들의 시선이 자연히 세 사람에게 모였다. 남자는 결국 못 견디겠다는 듯이 "알겠습니다" 하고 언짢은 얼굴로 대답하고 소가죽 숄더백을 들고 의자에서 일어섰다.

"아직 다 못 마셨는데 커피값은 형사님들이 내주시는 건가요?"

"제가 내드리죠."

다니키 형사가 쓴웃음을 지었다.

두 형사가 남자와 함께 수사본부에 돌아오자 야베는 직접 그를 조사해 보기로 했다. 부하를 신뢰하지 못해서가 아니라 뭐라도 하지 않으면 마음이 영 찜찜할 것 같았다.

창문에 쇠창살이 있는 취조실에서 야베는 남자와 마주 봤다.

"우선 성함을 알려 주시겠습니까?"

야베는 자상하게 미소 지으며 그에게 담배를 권했다.

남자는 그중 한 대를 꺼내 입에 물고 말했다.

"뭔가 좀 찝찝한데요."

"뭐가 말이죠?"

"형사님 태도가 너무 부드러운 것 같아서."

"민주 경찰이니까요. 그나저나 성함이?"

"야기 요헤이라고 합니다. 나이는 스물여덟. 직업은 제 입으로는 뮤지션이라고 하고 다니는데, 사람들은 인정을 잘 안해 주더군요."

"그 찻집에서 그저께 젊은 커플이 사망했다는 소식은 들었습니까?"

"네. 저도 신문 정도는 읽으니까요."

"그 커플은 그날 야기 씨가 앉았던 테이블에서 사망했습니다. 커피를 주문했는데 커피에 설탕통에 든 설탕을 넣어서 마셨다더군요. 그 설탕에 청산가리가 섞여 있었고요."

"참 뒤숭숭한 세상입니다. 안 그렇습니까, 형사님?"

"어이, 자네."

느닷없이 야베가 날카롭게 그를 노려봤다.

"아직 머리에 피도 안 마른 주제에 달관한 노인처럼 굴면 쓰나?"

순식간에 남자의 얼굴이 새파래졌다. 그는 겁먹은 눈빛으로 야베를 바라봤다.

"전 아무것도……."

"잘 들어. 사람이 둘이나 죽었어. 다른 것도 아닌 살인으로. 그리고 지금 넌 가장 유력한 용의자다. 조금 과장을 섞어서 말하면 범인에 가장 가깝다는 말이야. 사람을 둘이나 죽이면 징역 15, 6년은 기본이지. 그런 판국에 웃음이 나오나? 감히 똥배짱을 부려?"

야베의 서슬 퍼런 말에 야기 요헤이는 어깨를 축 늘어뜨리고 완전히 움츠러들었다. 건장한 몸에 턱수염까지 길렀지만 내면은 소심할 것이다.

"전 아닙니다."

야기는 거의 울음을 터뜨릴 것처럼 말했다.

"증명할 수 있나?"

"전 그날 설탕통에 청산가리 같은 건 집어넣지 않았습니다. 정말이에요."

"말만으로는 증명할 수 없지. 그 커플 바로 전에 네가 그 테이블에 앉았어. 그러니 네가 설탕통에 청산가리를 넣어 다음에 앉을 젊은 커플을 죽이려 했다고 누구나 해석할 거다."

"말도 안 됩니다. 제가 왜 그런 짓을 저지르겠습니까? 애초에 그 커플과는 일면식도 없는데요."

"아무나 죽이고 싶었던 거 아닌가?"

"그런…….."

"그럼 넌 왜 살았지? 그날 너도 커피를 주문했잖아!"

"네, 그건 맞습니다. 하지만 전 그날 커피에 설탕을 넣지 않고 블랙으로 마셨습니다. 전날 친구와 과음해서 숙취가 심했거든요. 숙취만 없었어도 저도 똑같이 커피에 설탕을 넣어 마시고 죽었을 거예요."

야기는 창백한 얼굴로 말했다. 이제야 두려워진 걸까.

"그럼 떠올려 봐라."

"뭘 말이죠?"

"너 전에 그 테이블에 앉았던 손님. 어떤 녀석이 앉아 있었는지 떠올려 보라는 거야."

"여대생처럼 보이는 젊은 여자 둘이었습니다."

"사실이겠지?"

"제가 지금 살인범이 될 수도 있는데 왜 거짓말을 하겠습니까. 저도 살인범이 되기 싫습니다."

"그날 거기 앉기 전에 다른 테이블은 어땠지?"

"서너 개 정도 비어 있었던 것 같네요."

"왜 그쪽에는 앉지 않았지?"

"창가 자리를 좋아하니까요. 그래서 자리가 날 때까지 기다리면서 두 여자를 관찰했습니다."

"두 사람이 마신 음료는?"

"한 명은 콜라였고 다른 한 명은 밀크셰이크였습니다. 둘 다 설탕이 필요 없었으니 목숨을 건진 거겠죠."

야기가 대답했을 때 다니키 형사가 취조실에 들어와 야베의 귓가에 대고 속삭였다.

"이놈 숄더백에 대마 약 2백 그램이 들어 있었습니다. 그리고 현금 2만 6천 엔도."

"흐음."

야베는 콧숨을 내쉬고 다니키에게 "잠깐만 있게" 하고 취조실을 나갔다.

수사본부로 쓰는 방에 들어가자 본부장인 마쓰자키 신주쿠 경찰서장이 야베에게 물었다.

"어떤가? 그 수염남이 범인 같나?"

"아뇨. 범인은 아니고 그냥 지인들에게 약을 팔아 푼돈을 벌어 먹고사는 양아치 같습니다. 일본인 전부를 납치했다고 하면서 총리에게 몸값을 요구할 배포 있는 녀석은 아닙니다."

"아쉽군. 혹시 범인 중 한 명인가 싶었는데."

"그런데 녀석이 문제의 테이블에 앉기 전에 젊은 여대생 두 명이 앉아 있었다고 하더군요. 녀석은 약을 팔 때 주로 그 찻집의 창가 테이블을 이용한 것 같습니다. 그래서 자리가 날 때까지 기다렸을 테고요. 나중에 그 두 여자의 몽타주를 만들도록 하겠습니다."

"그 두 여자가 범인의 일당이고 설탕통에 청산가리를 넣었다고 생각하나?"

"그러면 좋겠지만 아마 아닐 겁니다. 두 사람은 그날 콜라와 밀크셰이크를 주문했다고 합니다."

"그게 일당이 아니라는 증거가 될 수 있나?"

"설탕통에 청산가리 분말을 넣는 것 자체는 간단한 일입니다. 그냥 톡 털어 넣고 섞으면 그만이죠. 하지만 붐비는 가게에서 그런 행동을 하면 남의 눈에 띄고 맙니다. 인간은 의외로 다른 사람들을 잘 관찰하니까요."

"그렇군. 콜라와 밀크셰이크를 주문했으니 설탕을 넣을 필요가 없는데도 설탕통을 만지작거렸다면 주변에서 수상하게 봤을 거란 소리군."

"그렇습니다. 그러니 범인은 커피나 홍차를 주문해서 먼저 설탕을 넣고 그때 청산가리 분말도 집어넣었을 것으로 추측합니다."

"그럼 그 콜라와 밀크셰이크를 주문했다는 두 여자의 몽타주는 왜 만들려는 거지?"

"사건을 순서대로 거슬러 가 보고 싶어서요. 만약 그 여자들이 자기들보다 먼저 테이블에 앉았던 사람을 기억한다면 다음에는 그를 찾아낼 겁니다. 쉬운 일은 아니겠지만 지금으로선 범인을 찾을 방법이 그것밖에 없으니까요."

"그래, 좋아. 해 보지."

마쓰자키 경시는 곧장 과학 수사 연구소에 전화를 걸었다.

연구소 직원이 몽타주 작성 도구 세트를 수사본부로 가져온 건 30분이 지나서였다.

야베는 빈 조사실에 도구를 갖다 놓고 야기 요헤이를 불렀다. 대마가 나오는 바람에 고분고분해졌으니 기관을 애먹일 일도 없을 것이다.

젊은 여자 몽타주 두 장이 완성된 것은 그로부터 3, 40분 뒤였다.

"협조를 잘해 주던데요."

기관은 땀을 닦으면서 야베에게 말했다.

"협력하는 대신 대마를 눈감아 달라며 경부님을 설득해 달라고도 했습니다."

"그건 안 되지."

몽타주 속에 있는 두 여자는 전부 외모가 뛰어났다.

"이 몽타주 속 여자들이 자네가 그날 본 여자가 맞나?"

야베는 야기에게 몽타주를 가져가서 확인했다.

야기는 눈을 비비고 몽타주를 봤다.

"다른 건 몰라도 여자 보는 눈만큼은 확실합니다. 둘 다 똑같네요."

"그렇군."

야베는 고개를 끄덕이고 부하인 다니키와 이노우에 형사에게 몽타주를 쥐어 주고 다시 한번 찻집 '에트랑제'에 보냈다. 여자들이 그 찻집의 단골이라면 주인이나 종업원이 얼굴을 기억할 수도 있다.

"몽타주를 만드는 데 한 시간이나 협력했으니 대마는 눈감아 주실 거죠? 미국에서는 이런 걸 가지고 있는 것만으로는 죄도 안 된다고요."

"뭐?"

야베는 눈에 힘을 주고 야기를 날카롭게 노려봤다.

"그러니까 제가 경찰에 협력했으니……."

"지금 네가 살인 사건의 용의자라는 걸 잊었나? 그 몽타주 덕분에 일이 잘 풀리면 너도 혐의를 벗게 되는 거야. 즉 널 위해서 만든 몽타주라고. 그런데 뭐? 경찰에 협력했으니 대마는 못 본 척해 달라?"

"……알겠습니다."

야기는 기어드는 목소리로 힘없이 대답했다.

"살인범이 되느니 대마 소지죄로 기소되는 게 훨씬 낫겠죠……."

"정확히 말하면 대마 소지와 판매죄다."

5

보통 형사 경찰과 공안 경찰은 사이가 좋지 않다고 알려져 있다.

구깃구깃한 우비가 트레이드마크인 형사 경찰과 달리 사상과 관련된 사건을 맡는 공안 경찰은 예산이 풍부하고 평소 주로 빳빳한 영국산 양복을 입는다. 사람들 눈에 형사처럼 보여서는 안 되기 때문이다. 과격파 학생들 속에 섞여 들기 위해 교복이나 점퍼, 청바지를 입을 때도 있다.

형사 경찰을 육군, 공안 경찰을 해군으로 빗대는 사람도 있다. 한쪽은 신발 뒤축이 닳도록 뛰어다니는 데 반해 공안 업무는 몸보다는 머리를 쓰고 과학적이기 때문이다.

그렇게 두 조직은 자연스럽게 서로 경쟁하지만 이번 사건에서만큼은 협력할 수밖에 없었다.

2조에서 첫 보고가 들어온 시간은 오후 7시 무렵이었다. 2조 열다섯 명의 형사 중 반장을 맡은 마쓰다 부장 형사가 전화로 야베에게 보고했다.

— 이러니저러니 해도 공안도 어쨌든 저희에게 협력해 주고 있습니다.

"그래서, 공안 쪽 의견은 어떻지? 역시 과격 단체 쪽을 의심하나?"

─그게 약 7 대 3 정도로 아니라는 의견이 더 많다고 합니다.

"이유는?"

─지금 과격 단체들의 가장 큰 목표는 감옥에 있는 간부들을 빼 오는 것이기 때문이랍니다. 일본 국민 모두를 납치하는 거창한 계획을 세웠다면 가장 먼저 간부들의 석방을 요구했을 거라네요. 돈을 요구하더라도 동시에 간부 석방까지 요청했을 거라고 합니다.

"그렇군. 나머지 견해는 뭔가?"

─5천억 엔의 방위 예산을 내놓으라는 요구가 과격 단체답다는 해석입니다. 방위청도 그들의 공격 대상 중 하나라 가끔 자위대 주둔지 같은 곳에 화염병을 던지기도 하니까요.

"공안에서는 현재 활동 중인 과격 단체를 전부 파악 중인가?"

─현재 활동 중인 사람은 수십 명 정도로 추정되는데 모두 지하에 몸을 숨기고 있어서 소재까지는 파악하지 못했다고 합니다.

"나는 새도 떨어뜨린다는 공안 녀석들도 생각보다 비리비리하군."

야베가 거침없이 말하자 마쓰다는 수화기 너머에서 자못 유쾌한 듯 웃음을 터뜨렸다.

─아무튼 앞으로 공안과 손잡고 그 수십 명을 찾아보고자

합니다. 충실한 수사로 모범을 보여 주겠습니다.

"그래. 잘 부탁하네."

야베는 전화를 끊었다.

어제 오후 2시에 도내 공중전화 부스에서 전화를 건 남자 21명에 대한 조사도 느리지만 착실하게 진행되고 있었다.

저녁 8시가 되자 그중 아홉 명이 사건과 무관한 것으로 밝혀졌다. 해당 시간에 전화를 받은 상대가 확인됐기 때문이다.

내일 오전에는 21명에 대한 조사가 전부 끝날 것이다.

마쓰자키 본부장은 야베가 끓여 온 차를 입에 가져가며 창밖을 바라봤다.

"벌써 이렇게 어두워졌군."

야베는 알루미늄 창틀에 달린 창문을 열었다. 밤공기와 차 소음, 지나가는 사람들의 발소리와 목소리가 귀에 꽂혔다.

하늘이 유난히 환해 보이는 곳은 아마 가부키초 부근일 것이다.

"오늘처럼 밤이 무서운 날도 처음입니다."

야베는 칠흑 같은 어둠을 응시하며 나직이 말했다.

"자네도 두렵나?"

"네. 지금쯤 어둠 속 어딘가에서 범인이 아무것도 모르는 누군가를 죽이려 한다고 생각하면 몸서리가 쳐지네요."

"그 블루 라이언스라는 녀석들이 정말 또다시 인질을 죽일까?"

"죽일 겁니다. 분명."

"난 도무지 이해가 안 돼. 아무리 죽여 봐야 국가 예산이 그들 손에 들어갈 리는 만무하고 재계에서 보수당에 들어가는 자금 역시 마찬가지일 텐데."

"그렇겠죠."

"그런데 한편으로 자네는 저번에 범인이 살인광은 아니라고 했지."

"네. 그래서 저도 범인, 아니 공범이 있다면 범인들이겠지만 아무튼 그들이 지금 도대체 무슨 생각을 하고 있는지 궁금할 따름입니다."

3장.
두 번째 살인

1

같은 날, 홋카이도는 여전히 찬 바람이 쌩쌩 부는 겨울 날씨였다.

삿포로 시내에도 이틀 전인 3월 24일 내린 폭설 때문에 곳곳에 눈이 그대로 쌓여 있었다.

삿포로의 번화가는 도쿄나 오사카의 번화가와 비슷하다. 어수선하고 특색 없어 보이지만 그래도 뭔가 호기심에 발길을 들여 보고 싶은 것 역시 마찬가지다.

특히 스스키노 일대는 월급날 직후여서인지 어느 때보다 활기찼다.

스스키노에는 약 3천 개가 넘는 술집과 유흥 주점이 거리를 가득 메우고 있는데 경기 불황 때문에 손님을 끌기 위해 많은 가게가 화려한 서비스를 제공했다.

기타니주요조 지하철 종점 부근은 제2의 스스키노라고 불리며 도쿄로 말하자면 아사쿠사처럼 소박한 정취가 느껴지는 환락가였다.

그곳에 K라는 영화관이 있는데 그날은 토요일이라 종일 상영 간판이 걸려 있었다.

현재 흥행 중인 '도라 씨' 영화가 세 편 연속 상영돼서 영화관 안은 자리가 만석이었다.

밤 9시에 두 번째 상영이 끝나자 관객들이 영화관 밖으로 우르르 몰려나왔다.

그대로 지하철을 타고 귀갓길에 오르는 가족이 있고, 유흥 주점에 한잔하러 가는 사람이 있는가 하면 윤락업소를 찾아 밤길을 헤매는 사람도 있었다.

영화관에서 나온 젊은 남자 다섯 명은 잠시 그 자리에서 뭔가를 소곤거리다가 요즘 수위 높은 서비스로 유명한 어느 윤락업소에 가 보기로 결정했다. 그러고는 어깨동무를 한 채 가로 일렬로 도로를 점령하듯 서서 네온사인이 반짝이는 쪽으로 걷기 시작했다.

약 20미터쯤 걸어갔을 때였다.

일행 중 가운데에 선 키가 훌쩍한 남자가 갑자기 "악!" 하고 비명을 지르더니 대뜸 길바닥에 쓰러졌다.

"뭐야? 야, 인마, 정신 차려."

친구들이 그의 두 손을 잡아끌었다. 빙판길에 미끄러졌다고 생각한 것이다.

그러나 다시 일으켜 세워도 그는 몸이 축 늘어진 채 바닥에 쓰러지고 말았다.

"술을 마시기도 전에 취했나?"

옆에 있는 친구가 히죽히죽 웃으며 남자의 얼굴을 들여다본 순간 표정이 얼어붙고 말았다.

쓰러진 남자의 몸 아래에 깔린 하얀 눈이 시간이 갈수록 빨갛게 물들어 가는 게 보였기 때문이다.

"구급차!"

친구는 고래고래 소리를 질렀다.

2

불운한 청년은 삿포로 시내의 자동차 정비소에서 일하는 정비공 이와타 고이치(23)로 구급차로 인근 병원에 이송되었지만 가는 도중에 사망이 확인됐다.

사인은 과다 출혈이었다.

32구경 총알이 등 뒤에서 그의 몸을 관통한 것이다.

누가 봐도 명백한 살인 사건이었다.

즉시 수사본부가 설치됐다. 이와타 고이치의 몸을 관통한 총알은 현장 인근에서 발견됐다.

무엇보다 형사들을 안타깝게 한 것은 그가 처음 쓰러졌을 때 주변에 있는 친구들이 총에 맞은 줄도 모른 채 경찰에 신고하지 않고 병원으로 그를 데려간 점이었다.

병원에서 신고를 받고서야 경찰이 본격적으로 움직이기 시작했고 그 사이 공백은 약 40분. 범인이 도망치기에 충분한 시간이었다.

다섯 명의 청년은 고등학교 동창으로 각자 하는 일이 달랐다.

형사들의 질문에 네 사람은 입을 모아 총소리를 못 들었다고 증언했다.

그럴 만도 했다. 어제부터 그 일대는 수도관 공사를 시작해 소음이 심했기 때문이다. 또 범인이 소음기를 사용했을 가능성도 있었다.

"혹시 이와타 고이치가 누군가에게 원한을 샀을 가능성이 있나?"

형사가 네 사람의 얼굴을 번갈아 보며 묻자 국철 삿포로역 근처 제과점에서 일한다는 뚱뚱한 친구가 대답했다.

"그 녀석은 누군가를 미워할 수는 있어도 미움받을 녀석은 아니었습니다."

"사람이 좋았다는 뜻인가?"

"그렇게 착한 녀석은 드물 거예요."

친구들은 이구동성으로 살해된 이와타 고이치의 됨됨이를 추켜세웠다.

윤락업소 여자에게 속아 그동안 열심히 모은 돈을 다 털렸는데도 지금껏 여자를 원망하지 않고 오히려 자상하게 대했다는 이야기. 돈을 빌려 달라는 친구의 부탁을 거절하지 못하고 남에게 돈을 빌려서까지 돈을 빌려줬다는 이야기. 그런 일화가 다른 친구들의 입에서 나왔다.

물론 형사들은 네 친구의 말을 곧이곧대로 믿지 않았다. 죽은 자를 헐뜯는 사람은 거의 없기 때문이다.

형사들은 그날 밤 피해자인 이와타 고이치의 고용주와 가족, 고교 시절 교사도 만나 이야기를 전해 들었다.

그들의 이야기는 네 친구의 증언을 더욱 뒷받침했다.

마음이 여리고 약간 얼빠져 보일 만큼 착한 청년의 모습이 머릿속에 자연히 그려졌다. 누나가 두 명 있는데 둘 다 이미 결혼해서 행복한 가정을 꾸리고 있었다.

그에게는 여자 친구도 있었는데 여자 친구와의 사이도 나쁘지 않았다.

형사들은 당혹스러웠다. 아무리 조사해도 피해자가 살해될 이유를 찾을 수 없었기 때문이다.

결국 형사들은 다음과 같은 가능성을 떠올렸다.

그날 다섯 명의 젊은이는 피해자 이와타 고이치를 가운데에 세우고 어깨동무를 한 채 가로 일렬로 나란히 걸었다.

범인은 다섯 명 중에 원래 다른 남자를 살해할 계획이었지만 총알이 빗나가 이와타에게 맞은 게 아니냐는 가설이었다.

완전히 터무니없는 가설은 아니었다.

권총이라는 것은 웬만큼 잘 다루는 사람도 총알을 명중시키기가 어려운 법이기 때문이다. 게다가 현장을 검증한 결과 이와타는 상당히 먼 거리에서 쏜 총에 맞았고 당시에는 영하 5, 6도 정도 되는 추위가 몰아쳐서 조준이 빗나갔을 가능성이 충분했다.

다음 날인 27일 일요일 수사본부는 다른 네 친구의 주변을 철저히 조사했다.

네 친구 중에는 이와타와 달리 폭력단에 속해 있거나 부녀자 폭행 전과가 있는 사람도 있어서 범인이 그들을 노렸을 확률이 더욱 커졌다.

그러나 수사는 그날 오후 2시에 급거 중단되었다.

3

오후 2시. 도쿄.

야베 경부는 총리 공관에 있었다.

어젯밤 도쿄에서 살인 사건이 한 건, 강도 상해가 두 건, 방화가 한 건 일어났지만 모두 범인이 바로 체포되었다.

살인 사건은 부부싸움을 하다가 남편이 아내에게 휘두른 목검이 운 나쁘게도 급소를 때리는 바람에 아내가 사망한 사건으로 이번 납치 사건과 전혀 관련이 없었다.

강도 상해는 한 건이 호텔, 다른 한 건은 아파트 단지에서 일어났지만 둘 다 범인은 현재 실직 중인 중년 남자였다.

방화는 정신 병원을 갓 퇴원한 젊은 여자가 불을 지른 후 현장에 우두커니 서 있다가 체포된 사건이었다.

전부 납치 사건과는 관련이 없었다.

야베가 '범인은 살인을 중단한 건가? 그렇다면 다행이지만……' 하고 떠올린 순간 전화벨 소리가 요란하게 울렸다.

와타나베 비서관이 야베를 힐끗 봤다.

"범인이면 최대한 통화를 길게 끌어 주십시오."

야베는 목소리를 낮춰 그에게 지시했다.

비서관이 수화기를 들자 녹음기가 돌기 시작했다. 이로써 다섯 번째 통화인데도 역시 공관 안에 긴장감이 깔렸다.

비서관 외의 다른 사람들은 숨죽이고 통화를 들었다.

—난 블루 라이언스 일원이다.

남자 목소리가 확성돼 실내에 울려 퍼졌다.

순간 야베의 안색이 변했다.

지난 네 번의 통화 속 남자 목소리와는 확연히 달랐기 때문이다.

예전 남자의 목소리가 자못 높은 톤이었던 데 반해 지금 들리는 목소리는 그만 못하다.

'장난 전화인가.'

잠깐 그렇게 생각했지만 그럴 리는 없었다.

이번 사건은 언론에 공개되지 않았고 평범한 살인 사건으로 보도됐다. 협박 전화에 대해서도 TV와 신문에 나오지 않았다.

민간인 중에 이번 일을 아는 사람은 사립 탐정 사몬지 부부뿐이지만 그들이 정보를 누설했을 리도 없다.

평소 사몬지의 집요한 성격이 썩 마음에 들지는 않았지만 그렇다고 믿지 못할 사람은 아니었다.

하물며 지금 전화를 건 남자는 전화를 받자마자 대뜸 '블루 라이언스 일원'이라고 자신의 신원을 밝혔다.

그것은 오직 사건 관계자만 알 수 있는 정보다.

그렇다면 범인은 역시 여러 명인 걸까.

와타나베 비서관의 얼굴에 당혹감이 엿보이는 것도 상대 목소리가 지난번과 달라서일 것이다.

두 번째 남자 뭐야? 왜 말이 없지? 총리 공관 아닌가?

비서관 총리 공관 맞고 난 비서관 와타나베다. 지난번 통화했던 남자와 목소리가 달라서 살짝 당황했을 뿐.

두 번째 남자 우리에게는 여러 명의 동료가 있어. 그러니 블루 라이언스 아니겠어? 우리를 우습게 보지 말라고.

비서관 그래서, 오늘은 무슨 일로?

두 번째 남자 우리의 요구는 이미 알고 있겠지. 우리는 1억 2천만 명 인질의 몸값으로 방위 예산에 해당하는 5천억 엔을 요구했어. 그걸 못 주겠다면 재계에서 보수당에 기부하는 정치 자금 5백억 엔으로도 괜찮다고 했고. 그 이유는 일본 국민의 안전을 담보하는 거니 방위비를 전액 몸값으로 받는 게 맞다고 판단했기 때문이야.

비서관 어제 총리께서 직접 말씀하셨듯이 그런 무모한 요구에는 응할 수 없다.

두 번째 남자 그 고집 때문에 우리는 결국 인질을 한 명 더 죽일 수밖에 없었어. 책임은 우리의 요구를 거부한 총리와 정부에 있다는 걸 알고 있겠지.

"잠깐만 바꿔 주십시오."

그때 야베가 무심코 와타나베 비서관에게서 수화기를 빼앗아 들었다.

야베　어디서 누구를 죽였지?

두 번째 남자　넌 누구야?

야베　총리의 사설 비서관이다. 이름은 야베.

두 번째 남자　(키득거리며) 거짓말하기는. 우리는 총리의 모든 정보를 꿰고 있는데 비서진 중에 야베라는 비서는 없다고. 당신은 아마 경찰 관계자겠지. 그런데 뭐, 별문제 없기는 해. 당신도 이번 납치 사건 때문에 무력감에 시달리고 있겠지?

야베　누구를 죽였지?

두 번째 남자　신문도 안 보나? 삿포로 기타니주요조에서 어젯밤 9시 7분경에 이와토 고이치라는 스물세 살 자동차 정비공이 죽었잖아. 그는 우리 인질 중 한 명이었어. 총리와 그 측근들의 쓸데없는 고집 때문에 죽은 거야.

야베　너희가 죽였군. 너희는 살인범이야.

두 번째 남자　함부로 입을 놀려도 되겠어? 지금 1억 2천만 명이 우리의 인질이라는 걸 잊은 건 아니겠지? 우리는 언제든 원하는 시간과 원하는 장소에서 원하는 인질을 원하는 만큼 죽일 수 있다고.

야베　나도 알아.

두 번째 남자　안다면 당신도 총리에게 우리 요구를 받아들이라고 충고하는 게 어떨까?

남자의 목소리는 차분했다. 조언하는 투라고 해도 좋을 것이다. 첫 번째 남자와 마찬가지로 자신만만하게 들렸다.

야베는 마이크 부분을 가린 채 수화기를 와타나베 비서관에게 넘기고 다른 전화를 받고 있는 부하 형사에게 초조한 듯이 물었다.

"역추적은 어떻게 돼 가고 있지?"

"잡히긴 했는데 아직 멀었습니다. 아무래도 도쿄 밖에서 걸려 온 전화 같습니다."

"아마 홋카이도일 거야. 그것도 삿포로 시내. 그쪽으로 알아보라고 해."

야베가 지시하는 동안에도 와타나베 비서관과 남자의 통화는 이어졌다.

비서관 우리가 어떡해야 무의미한 살인을 멈추겠나?

두 번째 남자 무의미하다니. 우리는 어쩔 수 없이 인질을 죽이고 있을 뿐. 인질이 죽는 꼴을 보고 싶지 않으면 우리 요구를 받아들이는 게 유괴 납치 사건의 대원칙 아닌가?

비서관 총리께서는 현재 국무회의에 참석 중이시다. 보고하기 전까지만이라도 살인을 멈춰 주겠나?

두 번째 남자 그럼 그쪽이 취해야 할 방법을 내가 친절하게 가르쳐 주지. 만약 총리와 현 정부가 우리의 요구를 수용할 생각이 있다면 내일 오전 중에 총리에게 기자 회견을 열라고 해.

비서관 기자 회견?

두 번째 남자 그래. 그 자리에서 이렇게 발표하는 거야. 내년도 방위비 예산 전액을 복지 예산으로 돌리겠다. 거기에 이건 블루 라이언스의 요구에 따른 것이라고 덧붙이고.

비서관 그런 말도 안 되는…….

두 번째 남자 그걸 못하겠다면 내일 중 재계 인사를 만나서 5백억 엔을 받든가 해. 선거라고 하면 곧장 2, 3백억 엔도 떡하니 내놓는 재계 거물들이 일본 국민의 목숨값으로 5백억 엔을 못 낼 리 있겠어? 또 총리는 취임사에서 일본을 진정한 문화 강국으로 만들고 싶다고 했지? 진정한 문화란 생명을 중히 여기는 거라고도 했어. 그 정치 신조를 이번 기회에 실천해 보는 게 어떨까? 내일 오전 중에 기자 회견을 열어 공개 토론 형식으로 생명의 존엄함에 대해서 이야기하는 거야. 그 뉴스가 TV에 나오면 우리도 오케이 사인으로 받아들일게.

비서관 총리께서 거부하신다면?

두 번째 남자 다음 인질을 죽여야겠지. 1억 2천만 명 중 한 명을. 아, 또 한 가지 중요한 사실을 전하는 걸 잊을 뻔했군. 우리 블루 라이언스는 현재 일본에 체류 중인 외국인도 납치해 인질로 삼고 있으니 다음 희생자는 아마 외국인일 수도 있어. 그럼 국제 문제로 비화할 테니 미리 대비해 두는 것도 좋겠지?

비서관 이봐. 여보세요. 여보세요!

4

와타나베 비서관에게 무엇보다 충격적으로 다가온 것은 남자가 일본에 있는 외국인도 인질이라고 한 말이었다.

만약 다음 희생자가 외국의 주요 인사라도 되면 그가 말한 대로 국제 문제로 비화할 것이 분명했다.

와타나베는 뒷일을 경찰에게 맡기고 급히 나가타초에 있는 총리 관저로 향했다.

총리는 관저에서 지금 일본을 방문 중인 캐나다 외무부 장관과 두 시간 가까운 회담을 막 끝낸 참이었다.

현재 양국 간의 현안인 경제 수역 문제에 대해 심도 있는 논의를 주고받아서인지 평소 체력과 열정이 돋보이는 총리도 지친 기색을 감추지 못했다.

그는 고향이자 정치적 기반인 S현에서 선물받은 벌꿀 영양제를 마시며 와타나베 비서관에게 "설마 날 또 괴롭히려는 건 아니겠지” 하고 먼저 못을 박았다.

“중요한 회담을 마쳐서 그런지 오늘은 나도 좀 피곤하군. 가끔 총리가 하는 일이 외국인 접대처럼 느껴질 때가 있어.”

“총리님. 그 납치 사건 범인에게 또다시 전화가…….”

와타나베 비서관은 조심스레 입을 열었다.

아니나 다를까 총리는 불쾌한 표정을 지었다.

“그 미치광이를 상대하는 건 자네에게 일임했을 텐데. 국가 예산에는 손끝 하나 댈 수 없고 재계의 5백억 엔 운운도 어림없는 소리지. 이런 일로 돈을 댈 만큼 재계가 만만한 곳은 아니니까. 그리고 지금으로서는 내 사재를 동원할 마음도 없네. 그저께 국무회의에서 이하라가 내 그 말을 붙잡고 늘어지더군.”

총리는 작게 탄식하더니 마음을 달래려는 듯이 담배를 꺼냈다.

와타나베는 라이터 불을 앞으로 내밀며 “그분은 틈만 나면 총리님의 발목을 붙잡는 분이니까요” 하고 총리를 위로했다.

총리는 지친 얼굴로 연기를 내뿜었다.

“정치인은 누구나 총리가 되고 싶어 하니 이해는 하는데.”

“그래서 조금 전 그 이야기 말입니다만…….”

“방금도 말했듯이 그들의 요구는 절대 들어줄 수 없네. 약점을 하나라도 잡히는 순간 이하라를 비롯한 녀석들이 신념

없는 정치인이니 국가 위기에 약한 총리는 총리 실격이니 따지고 들 게 뻔해."

"저도 범인에게 그렇게 말했습니다. 그러자 범인은 요구가 받아들여지지 않으면 또 인질을 죽이겠다고 했습니다."

"그건 경찰이 할 일 아닌가. 경찰은 대체 뭐 하고 있지?"

"지금으로서는 막을 길이 없다고 합니다. 그런데 문제는 그들이……."

"그들? 범인은 한 명 아니었나?"

"네. 오늘 전화한 남자는 목소리가 달랐으니 최소 두 명 이상의 그룹으로 추정됩니다. 자신들의 요구가 받아들여지지 않는 한 앞으로도 인질을 죽이겠다고 했는데, 심지어 인질 중에는 현재 일본에 체류 중인 외국인도 포함돼 있다고 합니다."

"뭐라고?"

총리는 조금 전에 막 헤어진 캐나다 외무부 장관의 얼굴을 떠올렸다. 만만치 않은 상대였지만 능력 있는 인재였다. 그 캐나다 외무부 장관이 살해당할 수도 있다?

만약 그런 일이 벌어진다면 형사국장의 사직 정도로 끝나지 않을 것이다.

현재 일본에는 미국의 시크릿 서비스를 본뜬 SP(시큐리티 폴리스)라는 특별 경호관 조직이 있다.

유도, 검도는 3단 이상이며 권총으로 25미터 떨어진 지름

10센티미터 표적에 20초 이내에 다섯 발을 명중시킬 만큼 실력이 뛰어난 형사들이다.

그들은 현재 총리를 비롯한 각 정당의 대표 등 주요 인사 외에 외국에서 온 사절들의 경호를 맡고 있다.

그들로 충분할까.

조금 전에 만난 캐나다 외무부 장관 옆에도 물론 SP가 있다.

'하지만……'

총리는 미간을 찌푸렸다. 블루 라이언스를 자칭하는 집단도 설마 경비가 삼엄한 외국 VIP를 노리지는 않을 것이다.

"현재 일본에 체류 중인 외국인이 총 몇 명 정도 되나?"

총리는 와타나베에게 물었다.

"일본 국적이 없는 한국과 북조선 사람들까지 포함하면 대략 5, 60만 명 정도는 될 겁니다. 거기에 요즘은 날씨가 좋아서 하네다에 매일같이 외국인 관광객이 모여들고 있죠. 야간 업소 등에서 불법 체류하며 일하는 외국인은 얼마나 될지 정확히 파악되지도 않습니다. 이런 사람들을 한 명 한 명 모두 보호하는 건 불가능합니다."

"관광 온 외국인이 살해되기라도 하면 치안 후진국이라는 오명을 뒤집어쓰겠지."

총리는 한숨을 내쉬었다. 어제 미국 대사를 만났을 때 도쿄 같은 대도시가 이토록 안전한 것은 거의 기적이라는 칭찬을

들은 바 있었다.

"경찰은 뭐라던가?"

"최선을 다하겠다고 했습니다."

"아직도 최선 타령인가? 벌써 다섯 번이나 범인에게 전화가 왔는데 덜미도 못 잡고 있잖나."

"아무래도 전대미문의 사건이라 경찰도 고생하고 있는 듯합니다."

"아무튼 조금 더 분발하라고 전하게."

"외국인 인질 문제는 어떡할까요?"

와타나베가 묻자 총리는 피우다 만 담배를 재떨이에 짓누르고 얼굴에 핏대를 세워 비서관을 노려봤다.

"하네다와 요코하마, 고베에 관광 온 외국인들에게 지금 일본은 위험한 상황이니 돌아가라고 하라는 건가? 그런 짓을 하면 전 세계가 우리를 비웃을 거야. 경찰 책임자에게 알아서 잘 처리하라고 해!"

평소 화를 내는 일이 거의 없는 총리가 고함치자 와타나베 비서관은 화들짝 놀라 허둥지둥 공관을 나갔다.

5

신주쿠 경찰서 수사본부에 돌아간 야베는 대기조로 남겨 둔 형사 일곱 명 중 두 명을 즉시 삿포로에 보내기로 했다.

"자네들도 알겠지만 만만한 수사가 아니야."

야베는 두 형사에게 주의를 줬다.

"평범한 살인 사건이라면 우선 범행 동기를 찾겠지. 피해자에게 원한을 가진 사람, 돈을 빌린 사람 등이 발견되면 사건은 80퍼센트 해결된 거나 마찬가지고. 하지만 이번 사건은 다르네. 범인은 피해자가 이와타 고이치라서 죽인 게 아니라 인질 중 한 명을 죽인 것에 불과해. 그날 다섯 명이 나란히 걸어 갔다고 하는데 그중 누가 총에 맞아도 상관없었다는 말이야. 블루 라이언스의 주장에 따르면 그날 다섯 명 모두가 인질이었던 셈이니까. 그러니 피해자 주변을 아무리 조사해 봐야 범인이 떠오르지 않을 거야."

"저희도 알고 있습니다."

베테랑인 두 형사도 긴장되는지 굳은 얼굴로 대답하고 하네다 공항으로 떠났다.

찻집 '에트랑제'에서 콜라와 밀크셰이크를 마신 두 젊은 여자의 신원은 그날 저녁에야 밝혀졌다.

야기 요헤이는 두 사람이 여대생 같다고 했지만 두 사람은 신주쿠 서쪽 출구에 있는 S상사에서 타이피스트로 근무하는 회사원이었다. 요즘은 회사원인지 여대생인지 전업주부인지 외모만으로는 구분할 수 없는 시대다.

형사들은 일요일에도 그들을 찾아가 조사를 벌였다. 그러나 아쉽게도 거기서 막다른 골목에 몰리고 말았다.

두 여자는 3월 24일 저녁 가끔 가던 찻집 '에트랑제'에서 각각 콜라와 밀크셰이크를 마신 사실은 인정했지만 두 사람이 도착했을 때 그 테이블은 비어 있었다고 했다. 두 사람이 거짓말을 하는 것 같지도 않았다.

한편 공중전화 부스 조사 역시 벽에 부딪히고 말았다.

문제의 오후 2시에 전화를 건 남자 21명을 모두 조사했지만 전부 사건과는 무관한 것으로 밝혀졌기 때문이다.

범인은 도쿄 도내 공중전화 부스에서 총리 공관에 전화를 건 게 아니었다.

야베는 결실 없는 부하들의 보고를 듣고 수사본부를 나와 사몬지를 찾아갔다.

초고층 빌딩 36층에 있는 그의 탐정 사무소에 들어가니 사몬지는 한가롭게 흔들의자에 앉아 눈을 붙이고 있었다.

"우리 사몬지 선생님은 태평하기 짝이 없군그래."

야베는 비아냥거렸다.

후미코가 옆에서 겸연쩍은 것처럼 "죄송해요" 하고 커피를 끓여 왔지만 정작 당사자인 사몬지는 눈을 비비며 별 관심 없이 말했다.

"봄은 밤이 짧고 노곤해서 새벽이 와도 모르고 늦잠을 자곤 하지."

"지금은 새벽은커녕 밤 9시일세."

"오늘따라 날이 잔뜩 서 있군."

사몬지는 빙긋 웃으며 담배에 불을 붙이고 야베를 봤다.

"아무래도 사건이 벽에 부딪힌 것 같은데, 맞나?"

"새로운 희생자가 나왔어."

"삿포로에서 총에 맞아 숨진 그 이와타 고이치라는 자동차 정비공 말인가?"

"어떻게 알았지?"

"오늘 아침 신문에 나오더군. 어제 일본 전국에서 살인 사건은 총 다섯 건 발생했고 다른 네 건은 범인이 금세 체포되거나 납득할 만한 범행 동기가 있었지. 그런데 삿포로에서 일어난 살인 사건은 동기가 불분명한 데다 범인이 누가 죽어도 상관없다는 식으로 총을 쐈어. 그러니 그들이 새로운 인질을 죽인 거라 추측했지."

"오늘 낮 2시에 범인에게 전화가 걸려 왔네. 지난번과는 다른 남자야. 블루 라이언스는 역시 그룹이었어."

야베는 카세트테이프와 종이봉투를 테이블 위에 내려놨다.

"오늘 범인과의 통화를 녹음한 테이프일세. 나중에 들어보게. 그리고 이 안에는 20만 엔이 들었어. 하루 1만 엔으로 총열흘 치, 거기에 필요 경비를 하루 1만 엔으로 계산했네. 돈이 더 필요하면 청구해도 돼. 그리고 돈의 출처에 대해서는 묻지 말게. 경찰이 돈을 주고 사립 탐정을 고용했다는 게 알려지기라도 하면 큰일이니."

"나도 알아."

사몬지는 피식 웃어 보였다.

"그나저나 자네 조사는 진척이라도 있나?"

야베는 후미코가 끓여 준 커피를 블랙으로 마시며 사몬지에게 물었다. 딱히 두려운 것은 아니지만 요즘 설탕을 넣지 않고 커피를 마시는 버릇이 생겼다.

사몬지는 여전히 흔들의자에 앉은 채로 대답했다.

"글쎄. 딱히."

"딱히, 라니. 무슨 뜻이지?"

"말 그대로 딱히 뭔가 없다는 뜻이야. 줄곧 이 안에 있었으니까. 밥 먹을 때를 제외하곤."

"여기서 움직이지 않았다고?"

야베는 무심코 목소리가 커졌다.

사몬지는 어깨를 으쓱했다.

"그렇게 화내지 마."

"새로운 희생자가 나온 상황이야. 그런데 자네는 그 흔들의자에 그대로 앉아 있었다고? 언제부터 자네가 네로 울프였나?"

"응? 누구라고?"

"렉스 스타우트가 만든 탐정 말일세. 매일 맥주를 마시며 밖에 한 발짝도 나가지 않는 안락의자 탐정의 전형이지."

"자네도 참 박식하군."

"나도 평소에 탐정 소설 정도는 읽어."

"몰라봐서 미안하군. 그런데 난 네로 울프와는 달라. 첫째, 그처럼 터무니없는 조사료를 요구하지 않지. 하루 1만 엔에 필요 경비 정도만 받으니까. 둘째, 난 여자를 싫어하지 않네. 셋째로……."

"됐어."

야베는 쓴웃음을 지었다.

"우리는 자네가 움직여 줬으면 해서 돈을 지불한 거야. 그걸 잊으면 곤란하네. 설마 입막음으로 돈을 20만 엔이나 준 거라 생각하는 건 아니겠지?"

"알고 있어. 나도 이번 사건에는 흥미가 있네. 하지만 내가 경찰과 똑같이 돌아다녀 봐야 뭐 하겠나? 지금 수사본부에 무려 47명이나 되는 형사가 있지 않나?"

"그래. 모두 범인을 쫓아 아주 열심히 돌아다니고 있지."

"그런 와중에 내가 끼어들어 봐야 방해만 될 뿐이야."

"그래서 흔들의자에 몸을 기대고 앉아 아무것도 안 하고 있다는 말인가?"

"아니. 생각 중이야."

"뭘 말인가?"

"범인에 대해. 내가 받은 돈만큼은 움직일 테니 안심해. 나도 이 범인만은 꼭 만나보고 싶어. 그를 찾아서 대체 어떤 사람인지 대화를 나눠 볼 생각이야."

"꼭 그래 줬으면 하는군."

야베는 후미코에게 커피 잘 마셨다고 인사하고 몸을 일으켜 문 앞에 가서 사몬지를 돌아봤다.

"자네 국적이 미국이었나?"

"이제 곧 일본 국적도 취득할 거야. 그럼 이중 국적이 되겠지. 무슨 문제라도?"

"미국인이라 살해될 걱정은 없다고 자네가 안심하면 안 될 것 같아서 말이야. 범인은 이번 통화에서 일본에 있는 외국인들도 인질에 포함된다고 했으니."

6

야베가 마지막으로 으름장을 놓고 돌아가자 사몬지는 큭큭 웃었다.

"미스터 야베가 화가 많이 난 모양이군."

"당연하지."

후미코는 일부러 달그락달그락 소리를 울리며 커피 잔을 치웠다.

"응? 당신은 왜 화가 났지?"

"나도 화나."

"이런, 이런."

"당신, 어제오늘 그저 흔들의자에 깊숙이 앉아 창밖을 바라보기만 했잖아. 쌍안경이라도 사다 줘?"

"쌍안경으로 뭘 하지?"

"어쩌면 거리를 걸어가는 범인이 보일 수도 있지. 내가 범인이라고 쓴 종이를 가슴팍에 붙인 범인이."

"이번 사건은 여느 사건과는 달라."

"그 정도는 나도 알아."

"아니, 정말로 알고 있을까? 안다고 할 수 없을걸. 그 야베 경부도 마찬가지고. 그러니 입으로는 기이한 사건이라고 하면서 수사의 정석을 밟고 있지. 그런 식으로는 얼마 안 가 벽에 부딪힐 게 뻔한데."

"그래도 흔들의자에 느긋하게 앉아 있는 것보다는 나은 것 같은데?"

"느긋하게 있는 건 아니야. 생각 중이지."

"바보 같은 생각을 하는 건 쉬는 거나 마찬가지야."

"그래도 당신 남편이니 마냥 바보 같지는 않을걸."

사몬지는 미소 지었다.

"아무튼 야베 경부가 두고 간 테이프를 들어보지 않겠어?"

후미코는 녹음기를 가져와 테이프를 집어넣고 재생 버튼을 눌렀다.

사몬지는 눈을 감고 잠든 듯한 얼굴로 음성을 들었다. 사몬지는 원래 꼭 필요할 때를 제외하고는 거의 움직이지 않는다. 외모는 완전히 미국인인데도 묘하게 가부장적인 면모가 있다. 후미코는 이따금 그에게 속았다고 화를 내곤 했다.

테이프 재생이 끝나자 후미코가 정지 버튼을 눌렀다.

"다시 들어 볼래?"

"아니. 됐어."

사몬지는 눈을 뜨고 손을 뻗어 담배를 물었다.

"성냥 좀."

후미코는 옆에 있는 성냥갑을 그에게 휙 던졌다.

"삿포로에 갈 거야?"

"가 봐야 헛수고일 뿐."

"그럼 앞으로도 흔들의자에 계속 앉아 있을 거야? 또 야베 경부한테 야단맞을 텐데."

"이번 사건에서 피해자와 범인은 아무 접점이 없어. 납치범들은 인질을 죽였다고 선언했지만 살해된 사람들에게는 그런 의식이 없었으니 관련 없는 거나 마찬가지지. 종전과 같은 수사 방식으로는 금세 한계에 부딪힐 거야. 그러니 삿포로에 가도 의미가 없다는 거고."

"그럼 어떡해야 해?"

"생각 중이야."

"뭘?"

"블루 라이언스라고 하는 그 녀석들의 정체. 어떤 녀석들일까 떠올리고 있어."

"첫 번째 남자의 목소리를 과학 수사 연구소에서 분석한 자료가 있어. 잠깐만 기다려 봐."

후미코는 평소 즐겨 쓰는 수첩을 가져왔다.

"이렇게 적혀 있어. 이 남자는 목소리와 말투로 분석하건대 다음과 같은 성격으로 추정된다. 나이는 20대에서 30대 후반. 사투리를 쓰지 않는다는 점에서 도쿄 태생 또는 도쿄에서 성장. 집요하고 자기 과시욕이 강하다. 그리고 높은 수준의 교육을 받았다."

"의미 없는 이야기군."

"뭐?"

"전문가가 내린 분석이니 틀리지는 않겠지. 하지만 아무짝에도 쓸모가 없어. 나이가 20대에서 30대, 도쿄에서 태어나 자기 과시욕이 강하고 고등 교육을 받았다. 이런 사람은 일본에 수만, 아니 수십만 명은 있을걸. 그냥 평범한 남자라고 하는 거나 마찬가지야."

"나한테 따져 봐야 소용없어."

후미코는 볼에 바람을 집어넣었다.

"당신한테 화내는 건 아니야. 연구소의 전문가란 사람들은 오로지 사실에만 골몰하느라 상상력을 발휘하지 못할 때가 많지. 즉 자기가 아는 범위에서만 설명하는 거야. 그런 걸로는 모습을 감춘 채 활동하는 범인들을 찾아내기 어려워. 틀릴 가능성을 무릅쓰고 모험을 감행하는 자세가 필요해. 그러지 않고 이렇게 정석적인 수사로 다가가서는 이번과 같은 사건은 해결할 수 없어."

"그럼 어떡해? 블루 라이언스에 대해서는 아무것도 밝혀진 게 없잖아. 이름, 주소, 전과 여부도."

"아니, 꼭 그렇지도 않아. 두 명의 범인이 전화를 걸어 왔다는 사실이 있지."

"이름이나 주소를 알려 준 것도 아닌걸."

"맞아. 그렇지만 인간은 원래 떠들다가 무의식중에 자기 자신에 대해 이야기하는 동물이야. 자기 과시욕이 강한 인간일수록 더더욱."

"범인들이 통화에서 뭔가 단서가 될 만한 말을 했어?"

후미코는 평소 기억력이 좋았다.

영화를 한 번만 봐도 주제곡을 흥얼거릴 정도다.

그러니 다섯 번 들은 범인과 비서관, 그리고 총리와 범인의 대화도 모두 외우고 있었다. 그 안에 범인의 특징을 암시하는 말이 있었을까.

아무리 되짚어도 그런 말을 들은 기억이 없었다.

"난 이 흔들의자에 몸을 맡긴 채 그걸 떠올리고 있었어."

사몬지가 말했다.

"그래서, 뭘 좀 알아냈어?"

"알아냈으면 지금 여기 이렇게 가만히 있지 않겠지. 난 미국에서는 하드보일드 계열 사립 탐정이었으니까. 자, 지금부터 당신과 함께 검토해 보고 싶어. 메모지 있지?"

"네, 소장님."

후미코는 장난 섞어 대답했다.

사몬지는 의자에서 일어나 사무실 안을 천천히 왔다 갔다 하기 시작했다.

"우선 첫째로."

사몬지가 후미코를 향해 입을 열었다.

"그들은 자신들을 '블루 라이언스'라고 부르고 있어. 그것부터 적어 줘."

"근데 소장님. 이건 암호 같은 거니 그들의 정체를 밝힐 열쇠는 못 될 것 같은데요."

"노(No)."

사몬지는 유리창을 등지고 서서 고개를 좌우로 크게 흔들었다.

"인간은 원래 자신에게 어울리는 별명이나 어느 정도 관련 있는 닉네임을 붙이기 마련이야. 언뜻 보기에는 아무 상관 없어 보여도 그 안에는 어린 시절의 체험이나 프로이트적인 소망이 녹아 있을 때가 많아. 특히 이번처럼 그룹 단위일 경우 더더욱 닉네임에 어떤 의미가 있을 확률이 높지."

"블루 라이언스는 분명 좀 특이한 닉네임이긴 해. 보통은 조금 더 씩씩하고 용맹한 느낌의, 그러니까 '킹 라이언스'나 젊음을 강조한 '영 라이언스' 같은 이름을 붙이지 않을까? 또는 출신지를 넣어서 '도쿄 라이언스'라고 하거나. '블루'를 넣은 것에 어떤 의미가 있을까?"

"그 점이 흥미롭지. 그리고 두 범인은 모두 '파란 사자들蒼い獅子たち'이 아닌 영어로 '블루 라이언스'라고 했어."

"그게 왜?"

"일본어의 '파랑青'은 보통 짙은 파란색을 뜻해. 젊고 풋풋하다는 의미도 있고. 만약 파란 사자들이라고 했으면 의미가 더 와닿았을 거야. 그런데 그들은 굳이 영어를 썼어. 영어의 '블루'는 '파랑' 외에 '우울하다'라는 의미가 있지."

"맞아. 여자들이 자주 쓰곤 해. '블루 데이' 같은."

"그래. look blue는 일이 잘 안 풀린다는 뜻이고 Blue Monday는 미국에서 우울한 월요일이라는 뜻이지."

"그들이 그런 의미로 '블루 라이언스'라는 이름을 붙였다는 거야? 그런 것치고 전화상의 말투는 아주 자신만만하던데."

"그 자신감의 이면에 우리가 모르는 어둠 같은 게 있을 수도 있지. 그들은 자신들의 강한 면모를 과시하려고 '라이언스'라는 이름을 붙였어. 사자는 백수의 왕이지. 거기에 '블루'라는 형용사를 붙인 그들의 심리를 알아내면 그들이 어떤 녀석들인지도 알 수 있을 거야. 이건 큰 숙제야. 자, 다음으로 넘어가지."

사몬지는 또다시 사무실 안을 걷기 시작했다.

후미코는 다리를 포개고 메모지를 무릎 위에 올린 채 눈앞을 왔다 갔다 하는 남편을 바라봤다.

그녀는 뭔가를 떠올리고 고뇌할 때의 사몬지의 옆얼굴을 좋아했다.

사몬지의 얼굴은 지나치게 반듯해서 가끔 멍하게 있으면

얼빠져 보일 때가 있다. 그래서 골똘히 생각할 때의 얼굴을 좋아하는 것이다.

"실은 통화에서 내가 가장 흥미로웠던 건 첫 번째 범인이 문득 내뱉은 한마디였어."

사몬지는 이번에는 창밖 야경을 바라보며 말했다.

"어떤 한마디?"

"두 번째 전화에서 이렇게 말했지."

비서관 자네는 제정신이 아니야.

남자 목소리 글쎄. 제정신인지 아닌지를 떠나 일단 내 IQ는 150이란 걸 알려 주지. 지금 우리는…….

"바로 이 부분. 보통 '자네는 제정신이 아니야'라고 하면 '아니, 난 정상이다' 또는 '날 무시하나?' 같은 대답이 나오는 게 자연스럽지 않나? 그런데 범인은 '내 IQ는 150이다'라고 대답했어. 지능지수가 높으니 미치광이가 아니라는 건 언뜻 그럴 싸하게 들릴 수 있어도 논리적이지 않지. IQ가 높다고 정신이상자가 없는 건 아니니까. 그런데 범인은 왜 이런 뜬금없는 소리를 했을까? 당신은 어떻게 생각해?"

"평소에 그걸 자랑하고 싶었던 게 아닐까? 150이라는 자기 지능지수를. 그러니 문득 자기도 모르게 입 밖으로 튀어나온 거야."

"당신도 사립 탐정이 될 수 있을 거야."

사몬지는 기쁜 듯이 웃었다.

"그리고 현재 이 범인의 상황이 불우하다고 봐도 되겠지. 그가 천재적인 두뇌의 소유자이면서, 예컨대 수학이나 과학 같은 분야의 권위자로 인정받았다면 애초에 이런 납치 사건을 벌이지도 않았을 테고 '자네는 제정신이 아니야'라는 말을 들어도 그냥 웃어넘겼을 테니까. 자기 자신에게 절대적인 자신감이 있는 인간은 이성적이고 관용을 베풀 수 있어. 하지만 천재적인 두뇌의 소유자인데도 세상에 원활하게 섞이지 못하고 평소에 괴짜 소리를 듣는다면 어떨까? '자네는 제정신이 아니야'라는 말을 들으면 자연스럽게 '내 IQ는 150이다'라는 대답이 나오겠지. 자신이 미치광이가 아닌 천재라는 걸 어필하기 위해."

"동감이야. 그런데 IQ 150이면 엄청 높은 건 맞지?"

후미코가 묻자 사몬지는 사무실 서재에서 영어로 된 책을 꺼내 왔다.

"이건 A. 비네의 분류인데 노멀(평범)이 90에서 109이고 전체의 약 40퍼센트를 차지한다고 해. 평범보다 약간 높은 슈페리어가 110에서 119로 전체의 약 16퍼센트. 베리 슈페리어(우수)는 120에서 139이고 9.9퍼센트. 다음이 바로 천재라고 불리는 사람들인데 140 이상으로 전체의 0.6퍼센트에 해당한다고 해. 또 70 이하는 지적 장애라고 부른다는군."

"당신 IQ는 몇이었지?"

후미코가 묻자 사몬지는 손으로 코를 문질렀다.

"글쎄. 잘 기억 안 나는데. 천재가 아니었던 것만은 확실해."

"150이면 머리가 엄청나게 좋다는 말이네."

"그래. 야베 경부에게도 말했지만 미국에서는 IQ 145 이상인 사람들이 모인 '멘털 소사이어티'라는 단체가 있어. 천재급의 사람들만 참여한다는데 뭔가 기분 나쁜 단체이긴 하지."

"블루 라이언스에도 IQ 145 이상인 사람들만 모였을까?"

"난 그럴 가능성이 있다고 봐. 불우한 천재들이 모인 집단이 아닐까 추측하고 있어."

"그래서 이름도 블루 라이언스다?"

"응. 우리는 머리 좋은 사자들이다. 그러나 본의 아니게 지금은 불우한 환경에 있다. 그런 상황을 블루 라이언스라는 이름으로 표현하지 않았을까. 아니, 그게 틀림없을 거야. 불우한 천재들에게 아주 잘 어울리는 이름이니까."

"그렇다면 우리는 지금 무서운 사람들을 상대하고 있는 거네."

후미코의 얼굴에서 살짝 핏기가 가셨다.

사몬지는 창밖으로 펼쳐진 아름다운 야경을 바라봤다. 드문드문 이어지는 자동차 미등이 붉은 루비를 연상케 한다. 거기에 긴 띠 모양을 이루는 뿌연 가로등 불빛. 이 아름다운 야경 속에 범인들이 숨죽이고 있는 걸까.

"그래. 분명 무서운 상대야. 1억 2천만 명을 납치한다는 건 미치광이와 종이 한 장 차이라는 천재들만이 떠올릴 발상이니까. 평범한 사람들은 그런 생각이 떠올라도 실행하지는 않겠지. 그런데 그들은 실제로 실행에 옮겼어."

"게다가 5천억 엔 같은 말도 안되는 액수를 요구하는 것도 상식 밖이야."

"그래. 하지만 그들이 정말 천재 집단이라면 승산 없이 전화하지도 않았을 거야. 두 번째 남자의 말투도 자신감에 차 있었어. 대체 무슨 생각을 하는 걸까."

사몬지의 표정이 어두워졌다. 그는 미국의 탐정 사무소에서 일하는 동안 다양한 사건을 해결했다.

그 안에는 유괴 납치 사건도 있었다.

그러나 대개는 범인의 행동을 예측할 수 있었다. 범인은 대부분 한 가지 목적을 위해서 움직이기 때문이다. 납치범은 몸값을 위해, 살인범은 도피를 위해.

그러나 이번 범인들의 행동은 좀처럼 가늠되지 않았다.

그 또는 그들은 1억 2천만 명을 납치했다고 하면서 몸값으로 5천억 엔 또는 일시금으로 5백억 엔을 요구하고 있다. 표면적으로 보면 유괴 납치 사건의 한 패턴이다. 그러나 몸값이 현실적으로 손에 넣을 수 있는 액수가 아니라는 것을 그들이 모를 리 없다. 그런데도 집요하게 그것을 요구하는 진짜 이유가 무엇일까.

그 점을 도무지 이해할 수 없었다.

"앞으로 어떡할 거야?"

후미코가 물었다.

"일본에서 영재 교육으로 가장 유명한 교육 기관이 어딘지 조사해 줘. 내일 그곳에 가서 이야기를 들어 봐야겠어."

4장.

후쿠오카 공항

1

와타나베 비서관은 뜬눈으로 밤을 지새우고 아침이 되자마자 야베 경부를 총리 공관으로 불렀다.

야베를 만나 그는 가장 먼저 수사의 진척 상황을 물었다.

"솔직히 아직 이렇다 할 성과가 없습니다."

야베는 솔직하게 털어놓았다.

창밖의 하늘은 지금 당장에라도 비가 퍼부을 것처럼 흐리고 어둡다. 그 역시 야베의 마음을 더욱 무겁게 했다.

"삿포로에서도 아직 단서가 안 나온 겁니까?"

와타나베는 담배를 뻑뻑 피우며 물었다. 이렇게 불쾌한 사건은 하루빨리 해결되기를 바랐다.

야베는 힘없는 표정으로 대답했다.

"삿포로에 저희 형사 두 명을 파견해 현지 협력을 받아 가며 수사 중입니다만, 아무래도 피해자와 범인 사이에 연관성이 전혀 없어서 범인을 찾는 데 애를 먹는 것 같습니다."

"목격자도 없는 겁니까?"

"네. 범인이 이와타 고이치라는 자동차 정비공을 노리고 죽였다면 신중하게 총을 겨누어야 하니 다른 사람 눈에 띌 가능성도 있었겠지만, 범인은 누가 죽어도 상관없다는 식으로 총을 쐈습니다. 다섯 명이 나란히 걷고 있을 때 등 뒤에서 소음기를 단 권총으로 대충 갈겼겠죠. 겨냥할 필요가 없으니 주변만 신경 쓰면 됩니다. 예를 들어 차를 타고 가면서 갑자기 총을 갈기고 도망쳤을 것으로 추정합니다."

"권총에서는 아무것도 안 나왔나요? 32구경 탄환이라는 건 밝혀지지 않았습니까?"

와타나베는 초조함을 감추지 못하고 야베를 봤다.

현재 총리 자리가 굳건하다고 할 수 없는 만큼 어떤 작은 흠집이 생겨도 곤란하다. 이번 사건이 총리의 지위를 위협할지는 아직 불분명하지만 조금이라도 총리의 위신에 영향을 끼칠 수 있다면 야당은 물론 여당 안에서도 트집을 잡고 흔들 것이 뻔했다.

그래서 한시라도 빨리 경찰이 사건을 해결해 주기를 바라는 것이다.

"범행에 쓰인 권총은 아마 해링턴&리처드슨 사의 M1895

권총으로 추정됩니다만 아직 확실하게 밝혀진 건 아닙니다."

"구하기 쉬운 권총인가요?"

"미국에서는 시민들이 호신용으로 자주 쓰는 권총이고 가격이 저렴한 데다 아마추어들이 다루기도 쉬워서 널리 보급돼 있습니다. 아마 미군이 들여온 것을 범인이 산 것으로 보이는데 그 부분도 조금 더 조사가 필요합니다."

"그런데 경부님. 사건이 오늘 중으로 해결되지 않으면 그들은 또다시 인질을 죽이겠다고 했습니다. 하물며 자신들은 총리와 정부가 고집을 피우니 인질을 죽이는 거라고 큰소리치고 있지 않습니까."

"총리님은 지금 어디 계십니까?"

"하코네에 있는 별장에 잠시 휴양하러 가셨습니다."

"아직 눈이 녹지 않았을 텐데요."

"그렇겠지만 도쿄에서 이상한 사건 때문에 시달리는 것보다는 낫다고 하시더군요. 경찰이 조금만 더 분발해 달라고 하셨습니다."

"면목 없을 따름입니다."

야베는 머리를 긁적였다. 누구보다 속이 타들어 가는 사람이 바로 야베일 것이다. 뛰어난 형사들이 47명이나 투입됐는데도 아직 범인의 이름조차 밝히지 못했다.

"혹시 총리께서 연기를 해 주실 수는 없을까요?"

야베가 마음을 단단히 먹고 말하자 와타나베 비서관은 눈을 부릅떴다.

"총리께서 연기를?"

"네. 유괴 납치 사건에서 범인을 체포할 찬스는 주로 몸값을 주고받을 때 찾아옵니다. 그러니 총리님께서 범인 측 요구를 받아들이는 것처럼 연기해 주셨으면 합니다."

"하지만 경부님. 범인들의 요구는 5천억 엔의 방위비를 복지로 돌리라는 겁니다. 아무리 연기라 해도 일국의 총리가 그런 발표를 기자단 앞에서 할 수는 없겠죠. 또 그렇게 하면 몸값을 주고받지도 않으니 범인에게만 유리할 뿐 체포에는 도움이 안 되지 않을까요?"

"제가 말하는 건 범인들이 요구한 두 번째 조건입니다. 총리께서 재계에서 돈을 모았다고 해 주시면 저희가 범인을 체포할 기회가 생길 수도 있을 것 같아서요."

"경부님."

와타나베는 목청을 높였다.

"말이 나온 김에 말씀드리자면 총리님은 범인의 전화를 한 번이라도 받은 걸 후회하고 계십니다. 앞으로는 무슨 일이 있어도 범인과는 말을 섞을 일이 없을 겁니다."

"그럼 비서관님이 대신 연기해 주실 수 없을까요? 총리의 지시로 1억 2천만 인질을 구하기 위해 재계에서 자금을 모아

왔다고 하시는 겁니다."

"경부님. 어제 범인의 말을 벌써 잊으셨습니까? 그들은 기자 회견을 열고 거기서 블루 라이언스의 요구를 받아들이겠다고 발표하라고 했습니다. 연기든 뭐든 범인들의 요구에 굴복하는 듯한 발표는 절대 할 수 없습니다. 절대로요."

"그런가요."

야베는 이미 예상했던 일이기에 별로 실망하지는 않았다. 그러나 사건을 해결하기 위한 방법 하나가 사라진 것만은 확실했다.

블루 라이언스는 오늘 오전까지 자신들의 요구에 답하라고 했다. 그것이 불가능한 것으로 밝혀지면 그들은 다음으로 어떤 행동에 나설까.

'또 어디선가 누구를 죽일 계획일까?'

야베는 우려하지 않을 수 없었다.

2

그날 오후 후쿠오카 공항의 하늘은 침침했다.

바람이 없고 이따금 구름 사이로 봄 햇살이 비쳤지만 비행에는 지장이 없는 날씨다.

전일본항공(ANA)의 도쿄행 417편도 정시인 오후 2시 45분에 출발이 예정돼 있었다.

승객 정원 320명의 록히드 트라이스타는 이미 그 땅딸막한 기체를 활주로 끝에 보이고 있었고 급유를 마친 차량이 떨어져 움직이기 시작했다.

오늘 비행기에 탑승하는 승객은 총 185명이었다.

그중에는 전전戰前에는 미인 여배우, 전후戰後에는 추억의 옛 노래 가수로 인기를 구가 중인 이시자키 유키코도 있었다.

일주일에 걸친 규슈 순회공연을 마치고 도쿄로 떠나는 길이었다.

작은 선글라스를 끼고 와인색 생로랑 드레스를 입은 그녀는 59세로 보이지 않았다.

피부가 하얗고 키가 크며 일본인답지 않게 또렷한 이목구비는 다소 차가운 분위기를 풍겼지만 사실 이시자키 유키코는 『대중과 함께 40년』이라는 제목의 자서전을 썼으면서도 속으로는 대중을 무시하는 듯한 구석이 있었다.

공항에는 열대여섯 명 정도 되는 열성 팬이 그녀를 배웅하러 나와 있었다. 모두 중년 여성이다. 그 안에서 몸집이 작고 하얀 마스크를 낀 서른두세 살 정도의 여자가 조심스럽게 유키코 앞으로 걸어왔다.

평범하다기보다는 굳이 따지자면 볼품없는 생김새였다.

"오늘이 선생님 생신이죠?"

"아, 응. 이 나이가 되면 별로 반갑지 않지만."

유키코는 옆에 있는 여자 매니저와 마주 보며 웃었다.

"그래서 마음을 담아 선생님을 위해 케이크를 만들어 왔답니다. 받아 주시겠어요?"

여자는 보라색 보따리를 앞으로 내밀었다.

"고마워. 잘 먹을게."

이시자키 유키코는 사무적으로 대답하고 보따리를 곧장 매니저에게 넘겼다. 이미 팬들에게 많은 선물을 받았고 케이크는 별로 좋아하지 않았다. 2년 전부터 체중 유지를 위해 요가를 시작했고 단것을 가급적 삼가고 있다는 이야기를 기자 앞에서 종종 해서 주간지에도 실렸다. 유키코는 속으로 '팬이라면서 그런 것도 몰라?' 하고 조금 화가 났지만 그래도 팬을 자처하는 사람을 대놓고 면박할 수도 없는 노릇이었다.

탑승이 시작되자 배웅하러 온 팬들이 유키코에게 악수를 청했지만 케이크의 주인은 이미 어디론가 사라진 상태였다.

유키코를 포함한 승객 185명을 태운 록히드 트라이스타는 흐린 하늘을 향해 굉음을 울리며 날아올랐다.

그로부터 한 시간 후 오사카 공항 관제 센터(컨트롤 타워)에 417편으로부터 무전이 들어왔다.

―여기는 전일본항공 417편. 현재 고도 2만 1천 피트로 하네

다를 향해 비행 중. 현 지점 시오노미사키 앞바다 30킬로미터.

—여기는 오사카. 전일공 417편, 알겠다.

—기류가 다소 나쁘지만 순조롭다. 이상 없음.

—여기는 오사카. 알겠다.

그 직후였다.

갑자기 417편에서 무슨 일이 일어난 듯했다.

오사카 공항 관제관의 귀에 긴급 사태 발생을 알리는 "메이데이! 메이데이!"라는 외침이 꽂힌 것이다.

그것은 절규에 가까웠다.

관제관은 필사적으로 417편을 불렀지만 응답은 없었다. 417편을 뒤쫓던 레이더도 이미 기체를 놓친 상태였다.

3

항공 자위대 하마마쓰 기지의 관제관도 417편의 메이데이 신호를 들었다.

곧장 초계기 두 대가 조난 현장으로 추정되는 시오노미사키 앞바다로 출동했다.

해상 보안청 순시정도 요청을 받고 현장으로 추정되는 해역에 급파됐다.

다행히 바다는 잔잔했다.

먼저 도착한 초계기 두 대가 해면을 훑듯이 오가는 동안 얇은 기름띠와 비행기의 것으로 보이는 파편 몇 개가 수면 위에 떠 있는 것이 발견됐다.

한 시간 후 현장에 도착한 순시정은 다량의 기름과 나무토막을 발견했다. 그 나무토막은 부서진 비행기 의자의 잔해였다.

얼마 후 바다 위에서 전일본항공 마크가 그려진 구명조끼도 발견됐다.

이로써 417편의 조난이 확실해졌다.

당시 해역에는 어선 몇 척이 출어 중이었는데 어부들은 머리 위에서 펑 하는 폭발음을 들었다고 증언했다.

그 시각은 오사카 공항 관제관이 417편의 메이데이 신호를 들은 시각과 거의 일치했다.

어부들의 증언은 중요했다.

트라이스타가 여러 사고 원인 중 공중 폭발을 일으켜 바다에 추락했을 가능성이 나왔기 때문이다.

비행기처럼 보이는 물체가 흰 연기를 뿜으며 바다에 추락하는 모습을 봤다는 어부도 나타났다.

TV와 라디오는 긴급 뉴스를 내보냈고 하네다 공항에 설치된 대책 본부에 승객의 가족들이 몰려들었다.

그리고 순시정 한 대가 더 현장에 도착했다.

현장은 수심이 약 90미터여서 일반 산소통을 이용한 잠수는 무리였다.

순시정에서는 수중 TV를 90미터 깊이까지 내려서 가라앉은 것으로 추정되는 기체를 찾기로 했다.

작업을 시작하고 한 시간 반 만에 선상 모니터에 기체의 일부로 보이는 뭔가가 뿌옇게 비치기 시작했다.

수중 TV에는 물론 조명이 달렸지만 그래도 90미터 깊이에서는 선명한 영상을 얻기 어려웠다.

잠시 후 비행기의 꼬리날개로 보이는 물체가 모니터에 또렷이 나타났다. 전일본항공 마크도 확인됐다.

주 날개는 한쪽이 뿌리째 날아갔고 몸체 윗부분에 커다란 구멍이 뚫린 게 확인됐다. 그것은 기내에서 폭발이 일어났을 가능성을 암시했다.

기체 인양은 샐비지선이 현장에 도착하기 전까지는 불가능했다.

오후 6시 30분이 되자 하네다 공항의 대책 본부에서 전일본항공 책임자가 다음과 같은 발표문을 낭독했다.

"본사의 417편 록히드 트라이스타는 시오노미사키 남쪽 약 30킬로미터 바다에 추락한 것으로 확인됐습니다. 승객과 승무원을 포함한 총 196명이 모두 사망한 것으로 추정됩니다. 추락 원인에 대해서는 현재 예의 조사 중입니다."

4

그 무렵 사몬지와 후미코는 분쿄구에 있는 일본 영재 교육 센터에서 이사인 야기누마 박사를 만나고 있었다.

67세인 야기누마 박사는 야윈 몸에 머리가 희끗희끗한 노인이었다. 그는 두 사람이 있는 응접실에 들어오자마자 "여객기가 추락했다고 합니다"라고 운을 떼고 두 사람을 향해 물었다.

"그런데 무슨 일이시죠?"

사몬지는 여객기 추락 사고 소식이 마음에 걸렸지만 일단 방문 목적을 알렸다.

"소위 천재라고 불리는 아동들의 교육에 관심이 있어서 찾아뵈었습니다."

"미국에서 해당 분야를 연구하고 계시나요?"

야기누마는 사몬지의 외모를 보고 일본어를 잘하는 미국인이라고 생각한 듯했다. 아니라고 하기도 귀찮아서 사몬지는 "네" 하고 고개를 끄덕였다.

"이곳에 일본 전국의 영재들에 대한 자료가 있다고 들어서요."

"네. 있습니다. IQ 140이 넘는 아동들에 대한 자료죠. 교육은 이곳이 아닌 국립 U대학에서 하는데 학습 경과와 성과는 모두 이 센터에 보고하게 돼 있습니다."

"일본 어느 지역에 살든 IQ 140이 넘으면 모두 U대학에 모여서 교육을 받습니까?"

"일단은 그런 구조입니다만 교육의 자유라고 하는 문제도 있기 때문에 타 지역 학교에 가고 싶다는 아이를 억지로 U대학에 집어넣지는 않고 있습니다. 물론 그런 경우에도 추적 조사는 저희가 맡습니다."

"그 영재들 말입니다만, 당연히 대학을 졸업하고 사회에 나가 여러 분야에서 활약하고 있겠죠?"

"그렇죠. 다만 대부분 남녀 공히 대학 연구실에 남는 경우가 많아요. 높은 지능 지수는 사람 관리 능력과는 그다지 관계가 없는 것 같습니다. 회사에 들어간 뒤에도 연구 부문에 진출하는 케이스가 압도적으로 많습니다."

"그중에 인생의 패배자라고 부를 만한 사람도 있을까요? 천재가 패배한다는 게 좀처럼 상상이 안 됩니다만."

"당연하죠."

야기누마는 미소 지었다.

"IQ 140이 넘는 천재여도 결국 사람이니까요. 약점은 있기 마련입니다. 이성 관계에 실패해 폐인이 되는 사람이 있는가 하면 사업에 실패하는 사람도 있습니다. 그런 면에서는 일반 인과 마찬가지입니다."

"머리가 좋은 만큼 그럴 때 느끼는 좌절감도 더 심하지 않을까요?"

"그럴지도 모르겠네요. IQ 160에 U대학 졸업 후 교수가 되었는데 현대 사회에 절망했다는 이유로 스스로 목숨을 끊은 사람도 있었죠."

"혹시 범죄에 가담한 사람도 있습니까?"

사몬지가 묻자 야기누마는 순간 당황한 표정을 지었지만 곧 다시 웃는 얼굴로 돌아갔다.

"일반인과 마찬가지라고 말씀드렸을 텐데요."

"그렇군요. U대학 외에도 영재들을 모아 교육하는 곳이 있나요?"

"아뇨. 특별반을 설치해 교육하는 곳은 U대학뿐입니다."

"그 안에 부속 초등학교, 중학교, 고등학교, 대학까지 그들을 위한 특별반을 만들어서 교육하는 거겠죠?"

"그렇습니다."

"혹시 졸업자 명단이 여기 있습니까?"

"이곳과 U대학에 있습니다만."

"좀 볼 수 있을까요?"

"특별한 이유가 없는 한 보여드릴 수 없습니다."

야기누마 이사는 온화하지만 단호히 거부했다.

사몬지는 당혹감을 느꼈다. 야베가 발설을 삼가라고 단단히 주의해서 사건에 대해 언급할 수는 없었기 때문이다.

"잠깐 전화 좀 쓸 수 있을까요?"

사몬지는 야베가 전에 알려 준 총리 공관의 와타나베 비서관 번호로 전화를 걸었다.

—조사는 아직도 지지부진한 상태인가요?

수화기 너머에서 와타나베가 피곤한 목소리로 물었다.

"지금 일본 영재 교육 센터에 와 있습니다."

—네? 왜 그런 곳에?

"총리님이 이곳 명예 회장이시죠?"

—네. 그런데 무슨 일로…….

"지금 제 옆에 야기누마 이사님이 계시는데, 제 편의를 좀 봐 달라고 해 주실 수 있을까요?"

—왜죠?

"자세한 이유는 말씀드릴 수 없습니다만 아무튼 부탁드리겠습니다."

사몬지는 다소 무리하게 부탁하고 수화기를 야기누마에게 건넸다.

와타나베가 사정을 잘 이야기했는지 야기누마 이사는 전화를 끊고 "네. 명단을 보여드리죠"라고 사몬지에게 말했다.

U대학 특별반 졸업생은 매년 30명에서 50명 안팎이었다.

많은 것 같기도, 적은 것 같기도 했다. 어떻게 생각하느냐에 따라 다를 것이다.

명단은 카드 형태였고 야기누마 이사의 말처럼 당사자의 직업과 주소가 바뀔 때마다 정정하는 형식인 듯했다. 그러나 그 안에 적힌 정보가 완벽한지는 알 수 없다. '주소불명'이라고 적힌 카드도 눈에 띄었기 때문이다.

후미코는 캐비닛에 쌓인 방대한 양의 카드를 보며 물었다.

"이 안에 이번 사건의 범인이 있다고 생각해?"

"그렇다고 생각하고 조사해야지. 없으면 또 다른 쪽을 조사하면 되고."

"하지만 야기누마 이사도 말했듯이 IQ 140이 넘는 천재아들이 다 U대학에서 특별 교육을 받는 건 아니잖아. 만약 범인이 U대학 아닌 다른 곳 출신이라면 이 안에 없다는 말이 돼."

"아니, 이 안에 있을 거야."

"어떻게 그렇게 확신해?"

"내가 컬럼비아 대학에 다니던 시절에도 반에 엄청난 천재가 있었어. 그 녀석을 유심히 관찰했는데, 그런 천재는 주변 사람들을 전부 바보로 보는지 아니면 주변에서 꺼리는지 몰라도 고독해지기 십상이더군. 우정을 쌓는 친구도 별로 없는 것 같았고, 그건 천재끼리도 비슷하지 않을까? 그런데 블루라이언스는 그룹 단위로 모였어. 이런 사건을 저지르고 아직 덜미도 잡히지 않는 걸 보면 단결력도 상당해 보이고. 만약 성인이 되어서 만난 것이라면 그들 사이에 반목이 있었을 거야. 그렇게 생각하면 그들이 오랫동안 함께해 왔다고 추측해 볼 수 있어. 즉 U대학에서 어린 시절부터 함께 교육을 받은 동창생들일 거야."

"그리고 졸업 이후에 좌절을 겪은 사람들?"

"그래."

"졸업 후에도 단체를 만들어 어떤 활동을 하는 사람들이다?"

"아마 그렇겠지."

사몬지는 야기누마 이사에게 물었다.

"U대학을 졸업한 후에도 동창들이 모여서 뭔가를 한 사례가 있나요?"

"뭔가라고 하시면?"

"사업이나 사회 운동 등."

"아, 네. 그런 거라면 두 단체 정도를 알고 있습니다."

"그들에 대해 알려 주시겠습니까?"

"하나는 '일본 재생 연구회'라는 그룹으로 1950년 졸업생 일곱 명이 만든 단체입니다."

"1950년 졸업생이면 지금은 나이가 쉰에 가깝겠네요."

"아마 마흔일곱, 여덟 정도 됐겠죠."

"무슨 일을 하는 겁니까?"

"경제나 법을 공부한 사람들입니다. 1950년은 한국 전쟁이 시작된 해이자 일본 경제 부흥의 첫걸음을 뗀 해죠. 그들은 일본의 미래상에 대해 역대 총리들에게 조언하기도 했습니다."

"사회적으로 성공한 분들인가 보군요."

"그렇습니다. 지금은 아카사카에 있는 고층 빌딩 맨 꼭대기 층에 사무실을 두고 직원도 5, 60명 정도 있다고 하니까요."

'이들은 아니군.'

사몬지는 곧장 그렇게 결론 내렸다.

찻집 설탕통에 청산가리를 넣어 묻지 마 살인을 저지른 범인이 그렇게 체제에 잘 녹아드는 성공자들일 리 없다.

"나머지 단체에 대해서도 알려 주시겠습니까?"

"그쪽은 1970년에 졸업한 학생 다섯 명으로 구성된 단체입니다."

"그럼 현재 나이는 스물일곱, 여덟 정도 되겠군요."

"네."

"단체의 이름은?"

"'사회 구조 연구회'…… 라고 했던 것 같네요."

"좌익 단체인가요?"

"저도 처음에는 그렇게 생각했습니다만, 전에 선언문 같은 걸 받아서 읽으니 아무래도 작금의 좌익 운동을 경멸하는 것 같더군요. 물론 지금의 사회 구조와 정치 체제에도 반대한다고 적혀 있었습니다."

"그 선언문이 지금도 있습니까?"

"아뇨. 잃어버렸습니다. 아직 혈기 넘치는 젊은이들이라 그런지 기세등등한 글이었던 건 기억합니다."

"지금도 눈에 띄게 활동하고 있나요?"

"아뇨. 아마 자금이 부족하지 않을까요. 그런 반체제 연구 단체에 재계가 돈을 댈 리 만무하고, 현재의 좌익 단체들도 매섭게 비판했으니 그쪽에서 후원금을 내지도 않겠죠."

"그 단체에 속한 다섯 명의 이름을 알 수 있을까요?"

"카드에 적혀 있을 겁니다."

사몬지는 후미코와 함께 1970년도 졸업생 카드를 한 장씩 확인했다.

야기누마 이사가 말한 대로 카드 구석에 '사회 구조 연구회'라고 적힌 카드가 총 다섯 장 있었다.

사몬지와 후미코는 다섯 명의 이름을 수첩에 적었다.

사토 히로시

스가와라 민페이

다카하시 히데오

모리 세이코

무라야마 도모코

모두 스물일곱 살 또는 여덟 살이었다. 전공은 영문학, 법학 등 다양했다.

"이 다섯 명이 블루 라이언스라고 생각해?"

후미코가 직접 쓴 이름을 보며 사몬지에게 물었다.

"아직은 알 수 없지만 조사해 볼 가치는 있겠지."

사몬지는 전화번호부를 빌려서 '사회 구조 연구회'를 찾아봤다.

있었다.

주소는 나카노의 '아오바 맨션 305호'라고 적혀 있다.

"가 봐야겠어."

사몬지는 후미코와 함께 몸을 일으켰다.

5

사몬지는 5층짜리 낡은 건물을 올려다보며 아파트에도 등급이 있음을 깨달았다.

이 건물은 누가 봐도 최하급이다. 벽에는 균열이 가 있고 현관 플라스틱 간판은 3분의 1 정도가 떨어져 나갔다.

누군가가 일본의 맨션은 현대의 연립주택이라고 했다는데 그야말로 연립주택이라 부를 만한 건물이었다.

물론 엘리베이터도 없어서 사몬지와 후미코는 어두침침한 콘크리트 계단을 걸어 3층까지 올라갔다.

3층 가운데에 복도가 있고 양옆에 여섯 개의 집이 있다. 햇빛이 비치지 않아서 한낮인데도 형광등 불빛이 복도에 희뿌연 빛을 발산했다.

305호실 문에는 '사회 구조 연구회'라고 적힌 커다란 간판이 걸려 있었다.

후미코는 얼굴이 약간 창백해졌다. 집 안에 어쩌면 묻지 마 살인범이 있을 수도 있으니 그럴 만했다.

사몬지는 일부러 담배를 꺼내 불을 붙이고 문 옆에 달린 초인종을 눌렀다.

문이 열리고 청바지에 목티를 입은 젊은 남자가 얼굴을 내밀었다.

그는 긴 머리를 쓸어 올리며 강렬한 눈빛으로 사몬지와 후미코를 봤다.

"뭐야? 당신들은 누구?"

"혹시 주오 출판이라는 출판사를 아십니까?"

사몬지는 미소 띤 얼굴로 말을 걸면서 청년의 어깨 너머로 재빨리 집 안을 훑어봤다.

부엌 너머에 약 4평 정도 되는 다다미방이 있다. 방 하나에 부엌이 딸린 구조인 듯했다. 조금 열린 장지문 틈새로 여기저기 쌓인 책과 젊은 여자의 뒷모습이 보인다.

"그런 출판사는 처음 듣는데."

청년은 무뚝뚝하게 말했다.

사몬지는 얼굴에서 미소를 지우지 않고 말을 이었다.

"주식으로 돈을 왕창 번 사장이 취미로 차린 출판사입니다. 첫 책으로 젊은이들을 위한 잡지를 만들기로 하고 직원도 이미 다 뽑아 둔 상태죠. 잡지 이름은 「TOMORROW」로 희망찬 내일을 뜻하는 의미입니다. 다음 달 20일에 창간호가 나올 예정인데 그 안에 미래 일본을 짊어지고 갈 개인과 단체를 소개하려고 합니다. 그 단체에 여러분의 '사회 구조 연구회'도 포함돼 있어서 이야기를 들어 보고자 이렇게 찾아뵀습니다."

사몬지는 직함이 없는 명함을 상대에게 건네며 "제가 편집장이고 이분은 기자인 후지와라 씨입니다" 하고 후미코를 결혼 전 성으로 소개했다.

후미코도 사몬지의 연기에 맞춰 "안녕하세요, 후지와라라고 합니다. 잘 부탁드립니다"라고 청년에게 인사했다.

청년은 경계를 풀지 않았다.

"우리에 대해서 누구한테 들었어?"

"일본 영재 교육 센터에서 들었습니다. 여러분의 이야기를 꼭 들려주셨으면 합니다."

"우리는 바쁜 사람들이야."

"2, 30분이면 됩니다. 시간 좀 내주시죠. 아니면 이 연구회에서 혹시 일반에는 공개할 수 없는 위험한 뭔가를 연구하는 건 아니겠죠?"

사몬지는 일부러 자극하는 말을 꺼냈다.

그러자 예상대로 남자의 눈빛이 더 험악해졌다. 그는 잠시 고민하는 듯하더니 "2, 30분이라면" 하고 결국 두 사람을 집 안에 들였다.

4평짜리 방에 있던 여자가 안경 너머로 사몬지와 후미코를 쳐다봤다. 화장하지 않은 얼굴이 꼭 남자처럼 보이기도 한다.

탁자 위에는 잡지와 팸플릿 등이 난잡하게 널려 있고, 끝에 있는 7인치 흑백 TV에서는 추락한 전일본항공기 인양 작업이 중계되고 있었다.

"무슨 출판사에서 왔대."

남자는 여자에게 사몬지와 후미코를 소개했다. 말투가 사몬지의 이야기를 믿지 않는 느낌이다.

사몬지와 후미코는 방 안에 잔뜩 쌓인 책 더미 사이에 거우 앉았다.

여자는 가볍게 고개를 숙이기만 하고 음료를 내올 기색도 없이 TV만 봤다.

사몬지는 천천히 수첩을 꺼내 들었다.

"우선 두 분의 성함을 알려 주시겠습니까? 혹시 사토 씨?

아니면 스가와라 씨?"

"내가 스가와라 민페이고, 이 여자가 모리 세이코. 근데 당신들은 개인이 아닌 우리 단체에 관심이 있는 거 아니야?"

스가와라 민페이가 날카롭게 물었다.

사몬지는 침착한 목소리로 답했다.

"물론 사회 구조 연구회 자체에 관심이 있지만 구성원 한 분 한 분께도 흥미가 생겨서요. 여러분은 총 다섯 명이라고 들었는데, 다른 세 분은?"

"지금 여행 중이야."

"혹시 홋카이도와 규슈?"

"왜 그렇게 생각하지?"

"아, 그냥 별생각 없이 남쪽과 북쪽 지역을 언급해 봤습니다. 그런데 여러분 단체는 목적이 뭔가요?"

"이름 그대로야. 현대 일본의 사회 구조를 연구하지."

"아직 젊은 분들이니 연구만으로는 성에 차지 않을 듯한데요."

"도대체 무슨 말을 하고 싶은 거야?"

스가와라는 책상 위에 있는 켄트 담뱃갑을 집어 들었지만 빈 것을 깨닫고 화난 듯이 담뱃갑을 구깃구깃 뭉개 방구석에 있는 쓰레기통에 던졌다.

사몬지가 자신의 담배를 권했지만 스가와라는 고개를 흔

들었다.

"생각을 과감히 실천하는 게 젊은이의 특권 아닌가요?"

사몬지가 말한 순간 스가와라의 눈이 반짝였다.

"우리는 이제 젊지 않아."

"아뇨, 젊습니다. 서른이 넘은 제가 보기에는 부러울 정도로 젊지요. 거기에 다른 사람들보다 뛰어난 두뇌까지 가졌습니다. 일본의 현재 상황에 대해 이런저런 불만을 갖고 있지 않으신가요?"

"불만이야 있지."

스가와라는 몸을 일으켜 책장 구석에서 담배가 대여섯 대 든 켄트를 발견하고 담배를 꺼내 입에 물고 불을 붙였다.

모리 세이코도 손을 뻗어 담배를 집어 들었다. 자연스러운 두 사람의 모습을 보며 사몬지는 이들이 동거 중이라는 것을 깨달았다.

"무슨 불만이 있습니까? 괜찮으시다면 좀 들려주실래요?"

"불만이라기보다 절망이라고 하는 게 낫겠군."

스가와라가 거칠게 말했다.

"오."

"일본의 현대 사회를 잘게 쪼개서 연구하던 무렵에는 우리에게도 희망이란 게 있었어. 변혁을 통해 유토피아가 생겨날 가능성도 제로가 아니라고 생각했지. 물론 우리가 말하는 변혁이란 지금의 좌익 세력이 주장하는 선거에 의한 안이한 혁명이 아니야. 현 좌익 세력이 말하는 혁명으로는 이 사회가 절대 나아질 리 없으니까. 자본과 관료 기구가 지배하는 사회에서 권력과 관료 기관이 지배하는 사회로 바뀔 뿐이지. 그걸넘어 관료 집단은 힘이 더 세질걸."

스가와라는 갑자기 웅변조로 말했다.

별로 새로울 것 없고 재미도 없는 이론이지만 사몬지는 "대단히 흥미로운 발상이네요" 하고 감탄하는 모습을 보였다.

"말씀하신 대로 지금이 돈과 관료 기구가 지배하는 세상이라면 큰돈을 가진 자가 권력도 거머쥔다는 말이 되겠네요."

"그럴 수 있지."

"혹시 5천억 엔이라는 돈이 있으면 권력의 중추에 설 수 있지 않을까요? 그러면 원하는 대로 사회를 바꿀 수도 있을 것 같은데."

사몬지는 '5천억 엔'을 일부러 강조해서 말하고 스가와라와 모리 세이코의 반응을 살폈다.

스가와라는 말없이 담배 연기를 내뿜었고 모리 세이코는 "5천억 엔이라고?" 하고 안경 안쪽에서 눈을 번뜩였다.

"그런 거금을 어떻게 손에 넣겠어?"

"여러분 같은 천재들이 모이면 기발한 방법을 찾을 수도 있지 않을까요?"

후미코가 세이코에게 되물었다.

세이코는 킥킥 웃으며 말했다.

"안타깝게도 난 전혀 모르겠네."

"스가와라 씨는 어떻게 생각하십니까?"

사몬지가 스가와라를 보며 묻자 그는 시무룩한 얼굴로 대답했다.

"그런 건 생각해 본 적 없어서."

"돈을 원치 않는다는 뜻으로 받아들여도 될까요?"

"아니, 그건 아니지만 현대 일본 사회에 대한 절망이 그 이상으로 강하다는 뜻이야. 난 지금의 시대 자체가 이미 '악'이라고 생각해."

"원시 사회로 돌아가고 싶다는 뜻인가요?"

"이제 그만하지. 25분이 됐어."

"아직 여쭤보고 싶은 게 많습니다. 일단 잡지에 실으려면 여러분 한 분 한 분의 간단한 소개가 필요합니다. 우선 스가와라 씨부터."

"차라도 한잔하면서 이야기해야겠군. 가서 차 좀 끓여 와."

스가와라가 세이코에게 말했다.

세이코가 몸을 일으켜 부엌 쪽으로 사라졌다.

스가와라는 담배 연기를 내뿜었다.

"무슨 이야기를 듣고 싶은데?"

"여러분에 대해 듣고 싶습니다. 두 분 외에도 나머지 세 분. 그러니까 사토 히로시, 다카하시 히데오, 무라야마 도모코 씨 세 분과도 항상 연락하시나요?"

"함께 연구하는 동료들이니."

"이 연구회는 어디서 재원을 조달받습니까? 실례되는 말이지만 그렇게 활동이 활발해 보이지는 않아서요."

"다들 각자 일하고 있어."

"스가와라 씨도?"

"나와 세이코는 틈틈이 번역 일을 하고 있지."

"두 분은 IQ 140이 넘는 천재들입니다. 그런데도 사회적으로 인정을 못 받고 아르바이트를 하며 근근이 생활하고 있죠. 그런 상황이 가끔은 불합리하게 느껴질 것이고 자신들을 푸대접하는 사회에 분노를 느낄 때도 있지 않나요?"

"꼭 유도 신문 같네."

스가와라가 나직이 웃음을 터뜨렸다.

사몬지는 신경 쓰지 않고 말했다.

"언젠가는 사회를 한번 뒤엎고 싶다고 생각하신 적 없나요? 천재적인 방법으로."

"그렇게 호들갑을 부릴 정도로 머리가 좋지는 않아서."

스가와라가 조용히 대답했을 때 모리 세이코가 차를 가져왔다.

사몬지는 찻잔을 입에 가져가며 물었다.

"다른 세 분은 어떤 일을 하고 계십니까?"

"이것저것. 나처럼 번역 일을 하거나 아니면 육체노동을 하는 사람도 있어. 하지만 현대 일본에 절망하고 있는 것만은 모두 일치해."

"그 세 분 중에서 병원에서 일하는 분, 또는 도금 공장에서 일하는 분이 계십니까?"

"그런 건 왜 묻지?"

"왜냐하면……."

순간 사몬지는 갑자기 머리 회전이 둔해지는 것을 느꼈다.

마치 캄캄한 어둠 속으로 질질 끌려가는 느낌이다.

'이런, 당했다.'

점차 몸이 말을 듣지 않았고 그대로 사몬지는 깊은 잠에 빠져들었다.

6

꿈을 꿨다.

어린 시절 로스앤젤레스의 잔디밭이 있는 집에서 뛰노는 꿈이었다.

그러나 눈을 떴을 때는 이미 그 꿈을 잊어버렸다.

머리가 욱신거렸다.

손목시계를 확인하니 벌써 새벽 5시쯤이었다.

옆에서는 후미코가 정신을 잃고 다다미 위에 쓰러져 있다.

사몬지는 비틀비틀 부엌에 가서 차가운 수돗물로 세수를 여러 번 했다. 그러자 머릿속이 조금 맑아졌다. 그 후 물에 적신 손수건을 후미코에게 가져가서 이마에 대 주었다.

잠시 후 후미코도 눈을 떴다. 후미코는 손을 머리에 가져가며 물었다.

"무슨 일이 있었던 거야?"

"약이야. 약효가 센 수면제를 먹인 듯해. 괜찮아?"

"응. 머리가 좀 아프긴 한데."

후미코는 천천히 자세를 고쳐 앉았다.

"그 두 사람은?"

"사라졌어. 이제 두 번 다시 돌아오지 않겠지. 다른 세 사람과 어디선가 만나기로 하지 않았을까?"

"그들이 이번 사건의 범인일까?"

"십중팔구 그렇겠지. 아니라면 우리를 잠재우고 도망칠 필요도 없을 테니."

"그럼 왜 우리를 죽이지 않고 그대로 두고 갔을까?"

"아마 그들이 천재라서."

"무슨 뜻이야?"

"그들은 철저히 계획대로 움직이고 있어. 자신들의 계획에 절대적인 자신감을 갖고 있지. 그러니 불필요한 살인은 삼가는 게 아닐까. 그것이 그들의 자부심이자 신조 같아."

"야베 경부님께 알리는 게 좋을까?"

"아니, 말하지 않는 게 낫겠어. 난 사회 구조 연구회의 다섯 명이 블루 라이언스가 맞다고 생각하지만 아직 증거가 없으니까. 경찰은 추측만으로 움직이지 않는 조직이야."

5장.
플라스틱 폭탄

1

다음 날인 29일 시오노미사키 일대는 쾌청하고 파도가 잔잔했다.

오전 10시가 지날 무렵 오사카항에서 대형 샐비지선이 현장에 도착했다.

특별기를 타고 오사카 공항에 도착한 유족들은 특별히 마련된 전세 선박을 타고 이른 아침에 현장에 도착해 있었다.

하늘에는 신문사에서 띄운 비행기가 날아다니고 있다.

순시정 두 척은 어제부터 현장에 머물며 수중 카메라로 수심 90미터에 잠겨 있는 기체를 감시했다.

정오가 지나 유족들이 지켜보는 가운데 인양 작업이 시작됐다.

해수면은 조류가 느린 편이지만 해저 부근은 물살이 빨라서 인양 작업은 천천히 진행됐다.

그때쯤 정부가 위촉한 사고 조사단도 도착했다. 그들은 순시정에 올라타서 모니터에 비치는 기체의 모습을 주시했다.

조사단과 함께 온 기자들은 연신 사진을 찍었다.

"사고 원인이 기체 결함으로 나올까 봐 트라이스타를 도입한 윗선은 벌벌 떨고 있겠군."

그들은 그런 무책임한 대화를 주고받기도 했다.

오후 1시 반경에 우선 오른쪽 주 날개가 인양됐다.

유족들은 시신부터 인양해 주기를 바랐지만 시신이 갇힌 것으로 추정되는 몸체 부분이 바다 밑 갈라진 틈새에 있어서 비교적 쉬운 위치에 있었던 오른쪽 날개가 먼저 인양된 것이다.

아래에 달린 대형 엔진이 폭발로 날아갔고 날개 자체도 크게 휜 모습이 사고의 무서움을 여실히 보여 줬다.

"아무래도 폭발 사고 같군."

조사단에서 중얼거리는 소리가 들렸다.

비행기는 보통 사람들이 상상하는 것보다 훨씬 튼튼하다. 바닷속에 처박힌다 한들 날개가 뜯겨 나갈 일은 거의 없다. 날개가 뜯겨 나갈 정도면 하늘에서 이미 산산조각이 났을 가능성이 크다는 것으로 조사단의 의견이 일치했다.

뒤이어 마침내 시신 수습이 시작됐다.

다섯 명의 잠수부가 충분한 휴식을 취하고 90미터 바다 아래로 내려갔다.

몸체에 도착하자 윗부분에 커다란 구멍이 뚫려 있는 것이 눈에 들어왔다.

두꺼운 두랄루민이 바깥쪽으로 젖혀져 있다. 뭔가 강한 힘이 작용했다고 볼 수밖에 없었다.

그 구멍을 통해 몸체 안으로 들어간 잠수부들은 머리와 팔다리가 사라진 시신 여러 구를 보며 경악했다.

다른 자리에 있는 시신은 훼손되지 않았는데 그 구멍 부근의 시신들만 심하게 훼손된 것이다.

그로써 기내에서 일어난 폭발이 트라이스타기 추락의 원인이라는 것이 확실해졌다.

2

오후 2시 정각에 또다시 총리 공관의 전화기가 울렸다.

와타나베 비서관이 수화기를 드는 것과 동시에 녹음기가 돌며 역추적 장치가 작동했다.

―블루 라이언스입니다.

수화기를 통해서 이번에는 톤 높은 젊은 여자의 목소리가 들렸다.

'여자도 있었나.'

와타나베는 속으로 흠칫 놀라면서도 침착하게 반응했다.

"이번에는 또 무슨 짓을 했지?"

―어리석은 총리와 정부의 고집 때문에 어쩔 수 없이 인질을 죽였지요.

"언제, 어디서?"

―시오노미사키 앞바다에서 인질 196명이 사망했습니다. 여러분의 쓸데없는 고집이 그들을 죽인 거예요.

"196명…… 이라면 어제 그 비행기 사고 말인가?"

―네. 맞아요.

"너희가 저질렀다는 증거가 있나?"

―거기 쓰인 폭약은 플라스틱 폭탄이에요. 기체를 인양해 조사하면 제 말이 맞는다는 게 밝혀질 겁니다.

"자네들이 사람을 196명이나 죽였다고?"

―저희의 요구는 이전과 똑같습니다. 내일 오전 중에 기자회견을 열어서 총리가 5천억 엔의 방위 예산을 복지에 돌리겠다고 약속하거나, 아니면 재계에서 5백억 엔을 받아 1억 2천만 인질의 몸값으로 우리에게 넘기거나 둘 중 하나죠. 거부하면 앞으로 더 많은 인질이 죽게 될 거예요.

여자의 목소리는 무서울 정도로 냉정했다. 196명이나 되는 사람을 죽였다는 이야기를 하는데도 목소리가 전혀 떨리지 않았다.

"이봐. 자네들은…… 여보세요?"

와타나베는 어깨를 축 늘어뜨렸다. 상대가 벌써 전화를 끊어 버린 것이다.

함께 있던 야베 경부는 창백한 얼굴로 "역추적은?" 하고 소리쳤다.

"도쿄 밖에서 건 전화인 것은 확실하지만 다른 건……."

미덥지 못한 대답이 돌아왔다.

야베는 와타나베와 얼굴을 마주 봤다.

"어제 그 비행기 사고가 그들의 소행이라는 게 사실일까요?"

와타나베는 쉰 목소리로 야베에게 물었다.

"아마 사실이겠죠. 그렇게까지 망설임 없이 단언하는 걸 보면……."

"어떡하면 좋겠습니까?"

"총리님께 부탁드릴 수 없을까요?"

"그때 그 연기 말인가요?"

"네. 지난번에도 말씀드렸다시피 이번 사건은 기묘하기는 해도 유괴 납치 사건인 것만은 틀림없습니다. 유괴 납치 사건 해결의 관건은 몸값을 넘기는 순간이죠. 그러니 총리께서 그들의 요구를 받아들이는 척하면서 재계에서 돈을 모았다고 대답해 주시면 안 될까요? 그 돈은 가짜여도 상관없습니다. 그들이 돈을 받으러 오는 즉시 그들을 체포하겠습니다."

"만약 총리가 직접 가지고 오라고 하면 어쩌죠?"

"그거야 어떻게든 될 겁니다. 국무회의 때문에 바쁘다고 하면서 자네가 직접 가져가라거나 아니면 제가 비서관인 척하면서 가져가도 될 거고요. 체포할 기회만 만들면 됩니다."

"제가 연기하면 안 될까요?"

"그건 안 될 겁니다. 그들은 그것까지 이미 다 계산해서 총리님께 기자 회견을 요구했을 테니까요. 총리께서 직접 연기하지 않으면 그들도 믿지 않을 겁니다."

"무리예요."

"왜죠?"

야베의 목소리가 커지자 그에 대답하는 와타나베의 목소리도 덩달아 커졌다. 두 사람은 서로에게 화가 난 것이 아니라 사건이 전혀 해결될 기미가 없는 현실에 화가 나 있었다.

"총리님은 신중한 성격이신데 그런 걸 두고 '약한 자세'라고 비판하는 이들이 당내에 많으니까요. 기자회견에서 아무리 연기라고 해도 블루 라이언스 같은 무뢰한들에게 굴복하는 모습을 보이면 총리 퇴진 운동까지 일어날 겁니다."

"하지만 나중에 연기였던 게 밝혀지고 그 덕분에 많은 이들이 목숨을 구한 것으로 모자라 범인까지 체포되면 오히려 국민들의 지지가 높아지지 않을까요?"

"총리님이 당 총재 자리에서 쫓겨나면 지지도가 아무리 올라 봐야 소용없습니다. 그보다 경찰력으로 어떻게 안 되겠습니까? 이번에는 비행기를 폭파해 사람을 196명이나 죽였으니 범인을 붙잡을 단서도 나오지 않을까요?"

"물론 지금 당장 형사들을 현지와 후쿠오카 공항에 파견하겠지만 보험금을 노린 폭파 사건 등과는 다르니까요. 승객을 전부 조사해도 범인은 나오지 않을 겁니다. 게다가 현재 과격 단체 쪽도 조사 중인데 그들은 과격 단체와도 아무 접점이 없어 보입니다."

야베의 목소리에서는 지친 기색이 역력했다.

지금껏 범인에게 휘둘리기만 했기 때문이다.

범인의 윤곽이 드러나기는커녕 다음 범행을 예측도 못 하는 현실이 야베를 지치게 했다.

이번에도 그들이 말하는 '인질'을 어디선가 죽이리라고 예상은 하고 있었다. 그러나 지난번처럼 많아야 한두 명 정도일 것으로 생각했다.

설마 여객기를 폭파해 단숨에 196명이나 되는 인질을 살해할 줄이야. 요구가 묵살되자 화가 나 대량 살인을 자행한 걸까. 아니면 세 번째로 인질을 대량으로 죽일 것이 처음부터 계획돼 있었을까.

3

야베는 수사본부에 돌아가자마자 형사 두 명을 트라이스 타기 추락 현장인 시오노미사키, 다른 두 명을 문제의 여객기가 출발한 후쿠오카로 보냈다.

삿포로에 파견된 형사에게서 정시에 연락이 왔지만 눈에 띄는 성과는 없었다. 이와타 고이치를 사살한 범인의 목격자를 여전히 찾지 못했다고 했다.

권총 입수 경로를 파악하기 위해 홋카이도 경찰의 협조를 받아 삿포로 일대 폭력단 관계자들도 조사했지만 별다른 소득은 없었다.

아무래도 블루 라이언스는 폭력단, 그리고 극좌 세력과도 무관한 조직 같다고 야베는 결론 내렸다.

'그럼 대체 어떤 녀석들인 걸까.'

그것이 불분명했다.

단순히 미치광이 집단일까. 당초 그들이 살인광이 아닌 것이 유일한 구원이라며 안심했지만 이번에 196명이나 되는 사람이 사망한 결과는 그들이 살인광일 가능성을 암시했다.

만약 살인광 집단이라면 앞으로 또 어떤 무시무시한 짓을 벌일지 모른다.

다음 날 30일 아침이 돼서야 마침내 희소식이라고 할 만한 것이 후쿠오카 공항에 파견된 두 형사를 통해 들어왔다.

폭탄의 주인으로 보이는 인물의 윤곽이 드러난 것이다.

이럴 때 지휘관의 결단이 사태를 좌우한다.

야베는 후쿠오카에 직접 가 보기로 결심했다. 수사본부장에게 뒷일을 부탁하고 오전 9시 50분 하네다발 전일본항공편으로 후쿠오카로 떠났다.

사고 직후라 그런지 기내는 한산했다.

스튜어디스가 '사고에 대한 사죄문'이 적힌 팸플릿을 승객들에게 나눠 줬다.

야베는 하네다에서 산 조간신문을 펼쳤다. 사고 특집 기사가 실려 있었다.

1면, 13면, 14면의 세 페이지가 트라이스타기 사고 기사로 뒤덮여 있다.

바닷속에서 인양된 오른쪽 날개 사진 아래에는 '대형 참사 발생!' '196명이 바닷속으로! 참혹한 사건!' 같은 자극적인 문장이 쓰여 있었다.

야베는 사망한 승객들의 이름을 확인했다.

외국인도 다섯 명 포함돼 있었다.

범인의 선언이 거짓이 아니었던 것이다.

미국 대사관 직원 1명(참사관)

서독 무역상 1명

필리핀 음악가 2명

캐나다 유학생 1명

그나마 거물이 없어서 다행이라고 생각했다. 생명에 경중은 없지만 영향력이 다르기 때문이다.

그러나 일본인 승객 명단으로 눈길을 향한 순간 야베는 당황했다.

소네자키 유스케(66)

그런 이름이 눈에 띄었다.

소네자키는 일본 경제계의 거물로 전에는 통산성 장관을 맡기도 했다. 지금도 재계는 물론 정계에도 은연중에 영향력을 끼치는 인물이었다.

그 밖의 다른 유명 인사로 연예인도 두 명 있었다.

이시자키 유키코(가수)

가지 구니야(방송인)

이시자키 유키코는 팬층이 넓은 가수고, 가지 구니야는 스물다섯의 젊은 나이에 인기가 급상승 중인 방송인으로 젊은 여성들의 열광적인 지지를 받고 있었다.

이 두 사람의 죽음은 특히 연예 주간지와 여성지가 대대적으로 보도할 테니 여파가 클 것으로 예상됐다.

동료 가수와 방송인 동료들이 주간지와 TV에서 "무서운 일입니다. 정말 무서워요" 같은 담화를 발표할 것이다.

'공포에 질린 연예인들'

'동료 가수들도 '우리도 어쩌면……' 하면서 두려움에 떨고 있다'

그런 연예 주간지의 기사 제목이 벌써부터 눈에 선했다.

범인들의 목적이 일본 전역을 공포에 몰아넣는 것이라면 비행기 폭파는 효과가 확실했다고 할 수 있다.

야베가 탑승한 트라이스타는 도착 시각인 오전 10시 45분보다 15, 6분 정도 늦게 날씨가 흐린 후쿠오카 공항에 도착했다.

공항 안에도 417편 사고로 사망한 승객의 명단이 붙어 있었다.

공항에는 먼저 파견된 야마시타, 구로다 형사가 마중 나와 있었다.

야베는 후쿠오카 경찰서에 가기 전에 이야기를 듣기 위해 두 부하를 공항 내 레스토랑에 데려갔다.

야베는 커피를 주문한 후 "지금까지 알아낸 것들을 알려 주게” 하고 두 사람을 봤다.

“아직 확실한 건 아닙니다만.”

몸집이 작고 실무에 능한 야마시타 형사가 신중하게 입을 열었다.

“저희가 주목한 건 417편 출발 직전 가수 이시자키 유키코에게 직접 만든 케이크를 선물했다는 여자입니다.”

“그 케이크 내용물이 플라스틱 폭탄이었다는 건가?”

“그러지 않았을까 추측합니다. 물론 다른 승객의 수하물 안에 들어 있었을 수도 있지만 총리 공관에 걸려 온 전화도 여자 목소리였다고 하니 그 여자가 영 마음에 걸립니다.”

“여자를 목격한 사람이 있나?”

“다행히 그날 열다섯 명 정도 되는 팬이 이시자키 유키코를 배웅하러 가서 그 여자를 봤다고 합니다.”

“어떤 여자지?”

“나이는 서른두세 살. 몸집이 작고 외모도 볼품없었다고 하더군요. 그런데 감기라도 걸렸는지 커다란 마스크를 끼고 있어서 얼굴을 확실히 본 건 아니라네요.”

“마스크를 낀 건 얼굴을 가리기 위해서겠지.”

“옷도 유행이 지난 투박한 갈색 원피스였다고 합니다.”

“어디에나 있을 법한 수수한 여자 같은 느낌인가.”

“네.”

야마시타 형사는 열다섯 명에게 증언을 듣고 만들었다는 몽타주를 야베에게 보여 줬다.

머리를 하나로 묶은 서른두세 살 정도 되는 여자의 얼굴이 그려져 있었다.

커다란 흰 마스크를 하고 있어서 입가와 코언저리는 잘 보이지 않지만 째진 눈과 얇은 눈썹이 확실히 수수한 여자 같은 느낌을 줬다.

"그래서 이 여자는 뭐라고 하면서 이시자키 유키코에게 케이크를 선물했지?"

"그날이 이시자키 유키코의 59번째 생일이었다고 합니다."

구로다 형사가 대신 대답했다.

"오. 이시자키 유키코가 쉰아홉이었다고? 역시 여자 나이는 알 수 없어."

"그래서 이 여자도 이시자키 유키코에게 생신 축하 기념으로 만들어 왔다고 하면서 케이크를 내밀었다고 하네요."

"직접 만든 케이크라."

그것이 정말 플라스틱 폭탄이라면 블랙 유머의 교과서 같다고 생각했다.

야베는 커피를 마시며 몽타주를 여러 번 다시 확인했다.

"영 느낌이 안 오는군."

"네?"

"여자에게 전화가 걸려 왔을 때 내가 옆에서 들었어. 그 여자의 목소리와 말투에서 떠오르는 건 아주 샤프하고 날카로운 여자의 이미지였지. 이 사진 속 여자는 뭔가 둔해 보이잖나."

"다른 사람이라고 생각하시는 겁니까?"

"아니, 그렇지는 않아. 다만 이 여자가 범인이라면 일부러 수수한 여성으로 자신을 연출했을 수도 있을 것 같군. 아름답게 보이려고 하는 화장이 있다면 수수하게 보이려는 화장도 있겠지. 아니면 범인은 따로 있고 이 여자는 심부름꾼 역할만 했을 수도."

"여자는 화장으로 인상이 싹 달라지니 그럴 수도 있겠네요."

"그래서, 이 몽타주의 반응은 어떻지?"

"몽타주를 들고 공항을 돌아다니며 조사했지만 이상하게도 목격자가 전혀 없었습니다."

야마시타 형사가 힘없이 탄식했다.

"사진 제작에 협조했다는 열다섯 명은 몽타주가 여자와 닮았다고 했겠지?"

"네. 쏙 빼닮았다고 했습니다."

"그럼 이상하잖나. 누가 봐도 눈에 띄는 차림새인데 말이야. 이렇게 촌스러운 헤어스타일은 보기 드문 데다 이 하얗고 커다란 마스크도 눈에 띄었을 테고."

"저희도 공항 직원들과 택시 기사 중에 분명 이 여자를 본 사람이 있을 것 같아서 열심히 돌아다녔는데 목격자가 나오지 않았습니다. 저희도 이런 상황은 처음입니다."

구로다 형사가 어깨를 축 늘어뜨렸다.

야베는 그런 부하를 격려하듯 말했다.

"뭐, 기죽지는 말게. 아마 이런 거겠지. 이 몽타주 속 여자는 케이크를 건넨 후 곧장 화장실에 숨었을 거야. 그리고 그 안에서 전혀 다른 사람처럼 변장해서 나온 거지. 화려한 옷으로 갈아입고 하얀 마스크를 벗고 눈썹을 더 짙게 그린 후 머리에는 모자도 쓰지 않았을까? 그리고 여자들은 눈 화장을 신경 써서 하면 전혀 다른 사람처럼 보인다고 해."

"그럼 이 몽타주는 아무 쓸모도 없다는 말이네요. 도움은커녕 오히려 범인의 수에 말려든 셈 아닌가요?"

"아니, 꼭 그렇지도 않아. 범인이 이런 차림새를 하면 이렇게 보일 거라 상상은 할 수 있지. 어쨌든 3월 28일에 범인으로 추정되는 여자가 여기 있었던 것만은 확실하잖나."

야베는 두 부하를 위로하듯 말했다. 그것은 자기 자신을 향한 격려이기도 했다. 야베는 직접 후쿠오카에 온 이상 어떻게든 이번 사건의 돌파구를 찾고 말겠다고 속으로 다짐하고 있었다.

레스토랑에 끊임없이 손님이 들어왔지만 세 명이 앉은 테이블 주위에는 사람이 오지 않았다. 형사들의 눈빛이 예사롭지 않으니 왠지 꺼려질 것이다.

"그런데 플라스틱 폭탄이라는 게 대체 어떤 겁니까?"

야마시타 형사가 머리를 긁적이며 야베에게 물었다. 그럴 만했다. 과격 단체들이 시한폭탄이나 화염병은 썼어도 아직 플라스틱 폭탄을 사용한 적은 없기 때문이다.

야베는 수첩을 꺼냈다.

"나도 잘 몰라서 여기 오기 전에 연구소에 전화해서 물어봤네. 현재 가장 최신식 플라스틱 폭탄은 미국에서 만든 거고 'C4'라 불린다더군. 컴포지션 4라는 의미라고 해. 컴포지션은 성분이나 합성물을 뜻하니 아마 네 가지 성분으로 만든 폭탄이라는 의미겠지. 색은 흰색이고."

"그 성분이 어떤 성분인가요?"

"헥소젠 RDX 91퍼센트. 폴리소브틸렌 2.1퍼센트, 모터오일(경유) 0.1퍼센트. 기타 5퍼센트의 혼합물이라는군. 이 하나하나가 어떤 것인지는 모터오일을 제외하면 나도 자세히는 모르네. 다만 완성된 것은 흰색 점토 형태라 다양한 형태로 만들 수 있는 게 플라스틱 폭탄의 특징이라고 해. 판형이나 꽃병 모양도 가능하다더군. 그러니 발견하기도 어렵고. 베트남 전에서 베트콩이 게릴라전을 펼치며 자주 사용한 것도 그런 장점 때문이었을 거야."

"케이크 모양으로도 만들 수 있는 겁니까?"

"물론이지. 다만 이 C4 자체만으로는 폭발하지 않아. 기폭장치가 필요하지. 즉, 뇌관 말이야. 그 점을 놓고 보면 범인이 이 후쿠오카를 범행 장소로 이용한 이유도 대략 알 것 같아."

"뭐죠?"

"조사하고서 나도 놀랐지만 이곳 후쿠오카에는 화약 공장이 아주 많더군. 일본 3대 화약 제조사는 전부 후쿠오카에 공장이 있었어. 그곳에서는 물론 뇌관도 만들고 있지. 다시 말해 후쿠오카는 뇌관을 입수하기 쉬운 곳이라는 뜻이야."

"지금 당장 현지 경찰과 공조해 화약 공장을 조사해 봐야겠군요."

"범인이 후쿠오카를 고른 이유가 그 밖에 더 있다고 보십니까?"

야마시타 형사가 물었다.

야베는 새 담배에 불을 붙였다.

"그 밖에도 이유는 두 가지가 있을 거야. 하나는 자신들의 동료가 전국에 있다는 걸 과시하기 위해서겠지. 그러니 협박 전화를 여자에게도 걸게 했을 테고. 또 하나는 경찰의 특성을 이용했다고 볼 수 있어. 광역 수사를 한다고 해도 경찰은 사건이 터지지 않으면 움직이지 않으니까. 도쿄와 삿포로 사이에는 합동 수사본부가 설치됐지만 사건이 일어나지 않은 규슈에서는 당연히 수사가 이뤄지지 않았지. 그 점을 노렸다고 볼 수 있지 않겠나."

"그럼 다음은 오사카 부근쯤에서 신칸센을 노릴 수도 있겠네요."

구로다 형사가 조심성 없이 입을 놀리는 바람에 야베는 발끈해서 말했다.

"자네들은 그들이 그렇게 하도록 내버려 둘 텐가? 다음에는 인질이 죽기 전에 우리 손으로 그들을 체포해야 해. 무슨 수를 써서라도 말이야. 비행기도 신칸센도 절대 내줄 수 없네. 또다시 그런 일이 벌어지면 그때는 정말 경찰의 위신에 땅에 떨어질 테니."

4

후쿠오카 현경은 도쿄에서 야베 경부가 굳이 내려온 것을 보고 사태의 심각성을 재인식한 듯했다.

그리고 당연한 것처럼 합동 수사가 펼쳐졌다.

현경 수사1과의 거의 모든 형사가 동원돼 현 안에 있는 화약 공장을 한 곳도 남김없이 철저히 조사했다.

뇌관은 장부에 적힌 것과 현품을 하나하나 대조했다. 후쿠오카현에는 크고 작은 곳을 포함해 모두 일곱 개의 공장이 있는데 한 공장에 서너 명의 형사를 투입했다.

불량품으로 폐기된 물품까지 수량을 모두 확인했다. 그러나 현경 본부에서 기다리는 야베에게 뇌관 분실 소식은 전해지지 않았다.

일곱 개 공장을 전부 확인했는데도 뇌관이 분실된 곳은 없었다.

그렇다면 범인은 다른 현에 있는 화약 공장에서 뇌관을 훔쳤을까.

후쿠오카 현경에서 다른 현경에도 수사를 의뢰했다.

야베는 후쿠오카현에서 가장 규모가 큰 N화약의 KK공장을 방문해 그곳 공장장을 만났다.

"개인이 뇌관을 입수하려면 이 공장에서 훔쳐 가는 것 말고 또 어떤 방법이 있을까요?"

야베가 묻자 공장에서 30년을 일했다는 기사 출신의 공장장이 잠시 생각하고 대답했다.

"여기서는 공업용 뇌관을 만들고 있습니다. 건축 회사 등에 팔고 있으니 건설 현장 같은 곳에서 훔칠 수도 있겠죠."

야베는 현물을 직접 보기로 했다. 길이 약 35밀리미터, 지름 7.5밀리미터의 작은 강관으로 안에 점폭약인 뇌홍(뇌산 제2수은)과 첨폭약(테트릴, 사질산 펜타에리트리톨, 트리메틸렌트리니트로아민 등)을 채워 넣은 것이었다.

"개인이 사러 올 수도 있습니까?"

"아뇨. 판매 루트는 정해져 있습니다."

"이 뇌관을 개인이 만들 수 있을까요?"

"흐음, 글쎄요."

공장장은 신중한 성격인지 또 잠시 고민하고 대답했다.

"아마추어에게는 무리겠죠. 점화가 잘 안 돼서 잘못하면 만든 사람이 다칠 수도 있으니까요."

"이곳에서 근무하던 직원이라면 어떨까요?"

"그럼 만들 수는 있겠죠. 그래도 부품이 없으면 어려울 겁니다. 전기 점화 장치를 장착한다면 그 부품도 필요해요."

"전기 점화 장치요?"

"보통 뇌관에 도화선을 연결해 불을 붙이는데 전기를 통해서 하려면 뇌관에 전기 점화 장치도 달아야 합니다. 그걸 전기 뇌관이라 부르죠."

공장장의 이야기를 듣고 화약 공장에서 뇌관을 구입하는 건설 회사 등도 조사하기로 했다.

그러나 밤이 되어도 뇌관이 분실됐다는 보고는 들어오지 않았다.

규슈가 아닌 다른 현도 마찬가지였다.

규슈에서 뇌관은 단 하나도 분실되지 않은 것이다.

5

이날도 시오노미사키 앞바다에서는 인양 작업이 계속됐다. 유족들은 전세 관광선에 머물며 인양 작업을 지켜봤지만 하나같이 얼굴에 지친 기색이 역력했다.

현장을 격려하기 위해서 온 운수성 장관도 작업 감독과 순시정에서 약 두 시간 가까이 작업을 지켜봤다.

시신과 기체를 인양하기 위해 새로 대형 평저선 두 척이 예인선으로 현장에 예인돼 왔다.

다행히 전날에 이어 바다는 잔잔했다. 햇빛이 해면에 반짝였고 90미터 아래에 196명의 시신이 가라앉아 있다는 것만 모르면 평화로운 바다였다.

유족들이 던진 꽃다발이 떠 있는 바다에 다섯 명의 잠수부가 뛰어들었다.

승객과 승무원의 시신이 갇혀 있는 비행기 몸체 부분은 무게가 상당한 탓에 세 동강을 내야 인양이 가능할 것으로 판단됐다.

우선 시신을 먼저 수습해야 했다. 잠수부들이 신중하게 시신을 한 구씩 끌어올렸다.

잠수부 세 명이 첫 번째 시신을 인양했을 때 지켜보던 유족들 사이에서 비명과 울음소리가 터져 나왔다.

퍼스트 클래스에 탑승해 있던 여자 승객이었는데 시신의 오른팔이 뜯겼고 얼굴 절반 정도가 날아간 상태였기 때문이다.

해안 보안청 직원이 미리 준비해 온 담요로 처참하게 훼손된 시신을 가렸다.

시신이 있는 곳은 90미터의 해저다. 기껏해야 2, 30분에 한 구꼴로 인양할 수밖에 없었다. 속도를 높이기 위해 추가로 다섯 명의 잠수부가 도쿄에서 파견됐다.

시신이 평저선에 다섯 구, 여섯 구씩 놓이자 잘 모르는 사람이 봐도 이번 사고가 단순한 엔진 고장 때문이 아니란 게 확실해졌다. 퍼스트 클래스에 탑승한 일부 승객의 시신만 유독 훼손이 심했기 때문이다. 그 부근에서 뭔가가 폭발한 게 확실해 보였다.

경찰은 블루 라이언스의 협박 전화 사실을 알고 있었지만 신중을 기해 사고 조사단에는 통보하지 않았다. 그러나 사고 조사단은 점차 계획적인 폭파 사건이 아니냐는 의혹을 제기하기 시작했다.

6

하코네의 별장에서 총리는 도쿄에 남겨 두고 온 와타나베 비서관에게 우울한 보고를 받았다.

—현재 사고 현장에서 보고가 왔습니다만 누군가가 폭탄을 기내에 반입한 게 확실한 것 같습니다.

와타나베 비서관도 보고하기 괴로운지 목소리가 잔뜩 잠겨 있었다.

"그럼 블루 라이언스를 자처한 그 여자의 이야기가 결국 맞았다는 건가?"

총리가 초조한 목소리로 물었다.

—그런 것 같습니다. 물론 블루 라이언스와 전혀 상관없는 누군가가 승객 중 한 명의 보험금을 노리고 417편을 폭파했을 가능성도 배제할 수는 없겠습니다만.

"경찰은 아직 블루 라이언스 일당을 색출 못 한 건가?"

—네. 아직 수사 중이라고 합니다. 야베 경부가 직접 후쿠오카에 가서 조사 중입니다.

"트라이스타기 피해자 중에 소네자키 유스케도 있었다지?"

—네. 유족들에게 총리님 명의로 위문 전보를 보낼까요?

"아니. 내가 이미 전화를 걸었네. 그보다 미국 대사관 직원도 사망했다던데 그쪽에 내 명의로 애도의 뜻을 전해 줘."

—알겠습니다.

"트라이스타기 사고가 블루 라이언스의 소행이라는 걸 아는 사람이 현재 누가 있지?"

―총리님과 법무성 장관, 그리고 국가 공안 위원장님께 통화 음성을 들려드렸습니다. 특별 수사본부 형사들도 물론 알고 있을 테고요.

"운수 장관도 인양 작업을 격려하러 현장에 갔을 텐데, 테이프를 들려줬나?"

―아뇨. 운수 장관님과 사고 조사단에는 자칫 예단할 수 있으니 아직 들려드리지 않았습니다.

"그래. 당분간은 그냥 있게."

―이하라 부총리께는 어떡할까요? 알리는 게 나을까요?

"아니. 알리지 않는 게 좋겠어. 분명 내게 전화를 걸어 와 내가 직접 그들을 상대한 것을 트집 잡을 게 뻔하니까. 다른 각료들도 마찬가지일세. 앞으로 이삼일은 여기서 조용히 머리를 식히고 싶어. 다음 전화 때는 그 비열한 블루 라이언스 일당을 체포했다는 소식을 꼭 듣고 싶군."

―또 그들에게서 전화가 걸려 오면 어떻게 할까요?

"물어서 뭐 하겠나. 난 이 나라의 총리야. 어떤 협박에도 굴할 수 없네. 블루 라이언스라는 그 정신 나간 녀석들도 내가 절대 요구에 응하지 않을 것을 알면 더 이상 쓸데없는 전화를 안 하겠지. 자네는 그들이 그걸 확실히 알 수 있도록 단단히 일러 주게."

총리는 언짢은 것처럼 거칠게 전화를 끊었다. 그는 모든 것에 화가 나 있었다. 블루 라이언스, 그리고 허둥지둥하고 있는 경찰 조직에도.

7

사몬지와 후미코는 36층 사무실에서 전일본항공 여객기 사고 소식을 TV로 보고 있었다.

이 사고가 블루 라이언스의 소행이라는 건 야베에게 이미 전화로 들었다.

"정말 지독한 놈들이야."

후미코는 이맛살을 찌푸리며 중얼거렸다. 화면에는 196명의 사망자 명단이 여러 번 반복해서 나오고 있다.

"지독한 건 맞지만 블루 라이언스 입장에서 보면 계획대로 움직였다고 할 수 있겠지."

"하지만 이유를 모르겠어."

"응?"

"사람이 죽어 갈수록 정부 입장은 더 단호해지지 않겠어? 196명이나 죽은 상황에서 정부가 만약 범인들에게 돈을 건넨 게 밝혀지면 국민들의 어마어마한 비난이 쏟아질 거야. 게다가 예산은 아무리 총리여도 마음대로 쓸 수 없고 어디를 어떻게 봐도 몸값을 받기 어려운 상황인데 블루 라이언스가 왜 또 이런 대량 살인을 저질렀는지 도무지 이해가 안 돼."

"당신 말이 맞지만 천재들이 모인 만큼 뭔가 우리가 눈치 못 챌 계획이 있겠지. 그러지 않으면 196명이나 되는 사람을 죽이지도 않았을 테고."

그러나 그것이 어떤 계획인지는 사몬지도 알지 못했다.

사몬지는 이틀 전 만난 스가와라 민페이와 모리 세이코의 얼굴을 떠올렸다. 아직 앳된 얼굴이었다. 그 두 사람과 다른 동료 세 명이 이번 전일본항공 여객기 사고도 일으킨 걸까.

그때 석간신문이 도착해서 사몬지는 흔들의자에 앉아 신문을 읽었다.

1면과 3면이 전일본항공 여객기 추락사고 기사로 채워져 있다. 그러나 경찰과 총리 비서관이 미리 손을 써서인지 블루 라이언스에 대한 언급은 어디에도 없었다.

3면 기사를 읽고 있던 사몬지는 돌연 "앗" 하고 소리쳤다.

"응? 왜 그래?"

후미코가 묻자 사몬지는 신문을 그대로 펼친 채로 건네며 "읽어 봐"라고 했다.

후미코는 창백해진 사몬지의 얼굴을 보고 고개를 갸웃거리며 3면 기사를 훑어봤다.

젊은 천재들, 이즈에서 집단 자살

"앗!"
후미코도 그렇게 소리치고 황급히 기사를 읽어 나갔다.

29일 오전 9시 20분경 이즈 아마기산 부근을 산책 중이던 마에다 겐키치(60) 씨가 사토 히로시 씨 소유의 별장에서 개 짖는 소리가 들려서 별장 안을 들여다보았다가 거실에 남녀 다섯 명이 사망해 있는 것을 발견하고 경찰에 신고했다.

조사에 따르면 이 다섯 명은 사토 히로시(29), 스가와라 민페이(29), 다카하시 히데오(28), 모리 세이코(29), 무라야마 도모코(28) 씨로 밝혀졌으며 사인은 모두 청산가리에 의한 음독사였다.

거실에 다섯 명의 이름이 적힌 유서가 남아 있어 경찰은 사건을 계획된 자살로 추정하고 있다.

다섯 명은 모두 IQ 140 이상으로 U대학 특별반에서 함께 공부한 동창이었고 졸업 후 '사회 구조 연구회'를 결성해 현대 일본의 병폐에 날카로운 메스를 들이대 왔다.

유서에는 현대 일본 사회에 대한 절망과 경고가 적혀 있었다.

후미코는 신문을 내려놓고 말없이 사돈지를 봤다.
사돈지는 어두운 얼굴로 "알고 있어"라고 했다.

"결국 우리가 틀렸어. 그 두 사람이 약을 먹여서 우리를 잠재운 건 자살을 방해받고 싶지 않았기 때문이야."

"또 벽에 부딪혔네."

"아니."

사몬지는 힘 있게 고개를 가로저었다.

"하지만……."

"다시 한번 일본 영재 교육 센터를 찾아가 봐야겠어."

사몬지는 흔들의자에서 몸을 일으켰다.

"우리가 틀렸잖아."

"그래. 그렇지만 일본 전 국민을 납치한다는 터무니없는 발상은 평범한 사람은 떠올리지 못해. 그리고 통화 속 범인의 말을 돌이켜보면 역시 블루 라이언스는 천재들의 모임이라고 생각할 수밖에 없어. 좌절한 천재들."

"U대학을 졸업한 후에도 함께 활동한 단체는 두 개밖에 없었잖아."

"그러니 이번에는 그룹이 아닌 사람들을 조사해 봐야지."

8

사몬지와 후미코는 다시 일본 영재 교육 센터에 찾아가 야기누마 이사를 만났다.

먼저 스스로 목숨을 끊은 다섯 명에 대해 애도를 표하자 야기누마 이사는 애통한 것처럼 눈을 깜빡였다.

"그 다섯 명은 누구보다 순수한 정신의 소유자였으니 절망도 깊었을 겁니다. 그런데 오늘은 무슨 일로?"

"U대학 졸업생 명단 카드를 다시 한번 확인해 보고 싶습니다."

사몬지는 그렇게 요청했다.

두 사람은 좌절한 천재를 찾아내기 위해 카드를 또다시 한 장씩 확인했다.

M중공업 생산 연구소장. 이 사람은 현재 자신의 일에 만족할 것이다.

T대학 철학과 교수 등도 제외해도 괜찮아 보인다.

외국 대학에서 강의를 하는 사람이 많았고 그중에는 사몬지가 아는 이름도 몇몇 있었다.

미국 대학에서 노벨 물리학상에 준할 발견을 한 물리학 교수의 이름도 보였다.

역시 지능지수 140 이상의 영재만 모여서인지 카드에 기재된 경력은 대부분 화려했다.

그러나 경력란이 텅 빈 카드도 몇 장 섞여 있었다.

"비어 있는 건 무슨 뜻인가요?"

사몬지는 야기누마 이사에게 물었다.

"졸업 이후 한 번도 취직하지 않았을 리는 없을 테고요."

"꼭 말씀드려야 할까요?"

"네. 궁금합니다."

"그 학생은 졸업 직후 사건을 일으켰습니다. 형사 사건을."

"감옥에 간 걸까요?"

"네, 그렇습니다."

"어떤 사건이었죠?"

"살인입니다. 좋아하는 여자가 있었다고 하는데 상대도 당연히 자신을 좋아해 줄 거라 믿었다고 합니다. 그러나 여자는 결국 평범한 회사원과 결혼했죠. 남들보다 갑절은 자존심이 셌던 그로서는 그런 상황을 참기 힘들었을 겁니다."

"그래서 여자를 죽인 겁니까?"

"아뇨. 남자를 죽였습니다."

"그렇군요. 천재적인 두뇌를 가진 자기 자신보다 열등한 남자에게 패배한 걸 참을 수 없었나 보네요. 그래서, 이 사람은 아직 교도소에 있습니까?"

"아뇨. 그때 같은 U대학 특별반 출신의 실력 있는 변호사가 그의 변호를 맡아서요. 징역 8년이라는 비교적 가벼운 형량을 선고받았으니 4년 전에 출소했을 겁니다."

"이후의 소재지는 모르시나요?"

"네. 주소는 물론 지금 무슨 일을 하는지도 모릅니다."

"요주의 인물이네."

옆에서 후미코가 남자의 이름을 수첩에 적었다.

마키노 히데키미(36)

주소도 지금 무슨 일을 하는지도 모르는 사람. 카드에는 사진이 붙어 있지만 12년 전 U대학을 졸업했을 때 사진이었다.

미래가 장밋빛으로 빛나던 시절이라 그런지 정면을 응시하는 눈빛이 반짝이고 있다. 이마가 넓고 샤프한 느낌의 그야말로 수재 같은 느낌을 주는 얼굴이다. 4년 전 8년 형기를 마치고 출소하고 나서도 이렇게 반짝이는 얼굴을 하고 있을까.

이후 사몬지와 후미코는 카드를 백 장 정도 더 확인하고 두 번째 요주의 인물을 찾았다.

이번에는 여자였다.

후타바 다카에(30)

여자 이름이다.

U대학 당시 전공은 화학. 대학원에 진학해 27세에 박사 학위를 취득했다.

그러나 카드에 적힌 이후의 약력은 어두웠다.

28세 결혼.

29세 이혼. 동시에 마쓰에 정신 병원에 입원.

30세 퇴원. 이후 행방불명.

"대학원생 시절 저도 그 학생을 만난 적이 있습니다."

야기누마 이사가 무겁게 입을 열었다.

"어떤 여자였죠?"

동성이니 후미코도 흥미가 생겼을 것이다. 그녀는 카드를 보며 야기누마에게 물었다.

"여자로서는 보기 드물게, 아니 이렇게 말하면 여성분들에게 비난받을 수 있겠지만 아무튼 항상 이성적이고 논리적으로 모든 일을 사고하는 여학생이었지요. 그러나 이 학생의 경우 그런 자질이 비극을 초래했다고 해야겠네요."

"그게 무슨 뜻이죠?"

"차라리 독신으로 학문에만 열중했다면 행복한 삶을 살았을 수도 있었겠습니다만."

"남자와 사랑에 빠져 결혼했다?"

"네. 거기 상대 이름은 적혀 있지 않지만 어느 전자제품 대기업에서 일하는 기술자였습니다. 불행히도 그는 아주 속물 같은 남자였고 하필이면 그런 속물에게 첫눈에 반한 거죠. 거기에 여학생 사진이 붙어 있죠? 아무리 좋게 봐줘도 미인이라고 하기는 어렵지요. 하지만 아주 똑똑하고 훌륭한 여학생이었습니다. 남편은 그런 아내의 지성에 경의를 표해도 모자를 판에 그녀에게 멍청하고 귀여운 여자가 되라고 강요한 것으로 보입니다. 남편의 말이라면 무조건 고분고분하게 따르는 순종적인 여자 말입니다. 그녀도 남편의 마음에 들도록 나름대로 노력한 것 같습니다만 한계가 있었겠죠. 그녀처럼 똑똑한 여자가 어떻게 한순간에 멍청한 여자가 될 수 있겠습니까. 결국 그녀는 노이로제에 빠져 이혼했고, 그것도 남자 쪽에서 일방적으로 결정했다고 합니다. 이후에는 안타깝게도 정신병원에 입원하고 말았습니다."

"지금은 퇴원하셨겠죠?"

"네. 퇴원했다는 소문을 들었는데 그 뒤로 어떻게 됐는지는 저도 잘……. 이토록 뛰어난 수재가 세상의 빛을 못 보며 산다는 건 참으로 안타까운 일입니다."

야기누마 이사의 말에서는 진심이 절절히 묻어났다.

9

세 번째 요주의 인물은 앞선 두 사람보다 사정이 조금 더 복잡했다.

그 카드를 처음 봤을 때는 하마터면 못 보고 넘길 뻔했다.

구시다 준이치로(34)

U대학 의학부 졸업

국가시험 합격 후 조후쿠 병원 외과에서 근무.

이후 세토 내해에 있는 K섬 진료소에 단신 부임.

언뜻 보기에는 평범한 약력이다.

대형 병원에서 근무하다가 뜻밖에도 세토 내해의 작은 섬에 있는 진료소에 부임했다. 미담 정도의 일화라고 할 수도 있겠지만 옆에서 후미코는 "이상해"라고 지적했다.

"얼마 전 TV에서 다큐멘터리에 이 K섬에 대한 이야기가 나왔어. 도쿄에서 온 의사가 아무 예고도 없이 사라지는 바람에 예전처럼 무의촌이 되어 곤란해하고 있다는 내용이었는데."

"그때 의사 이름도 나왔나?"

사몬지가 묻자 후미코는 잠시 생각하고 대답했다.

"그러고 보니 그때 '구시다 선생님'이라고 했던 것 같기도 해. 내과와 외과를 둘 다 전공했다고 하는데 희한하게도 가끔 환자를 내팽개치고 혼자 바다낚시를 하러 갈 때가 종종 있었대. 촌장은 어떤 선생님이라도 좋으니 섬마을에 꼭 와 주셨으면 한다며 무의촌의 불안감을 호소했어."

후미코가 말한 대로라면 이 구시다라는 의사가 사명감을 가지고 세토 내해에 있는 작은 섬에 들어간 것 같지는 않다.

"이 사람 말인데요."

사몬지는 카드를 야기누마 이사에게 보여 주며 물었다.

"혹시 조호쿠 병원을 그만둔 이유를 아십니까?"

"지금껏 정의감 때문에 그가 좋은 환경을 버리고 오지의 섬 마을로 갔다고 생각했습니다만."

"구시다 씨를 직접 만나 보신 적이 있나요?"

"한 번 있습니다. K섬에 부임한다고 해서 하네다에 그를 배웅하러 갔죠. 그때 만났습니다."

"그때의 인상은?"

"조금 신경질적인 청년 같았어요. 그리고 왠지 추워 보이더 군요. 그때가 12월이니 어쩔 수 없었겠지만."

카드 명단에서 이 세 사람 외에 다른 주목할 사람은 없었다. 범죄에 가담할 만한 경력이 아예 없는 건 아니지만 연령대 가 맞지 않았다. 그들이 '라이언스'를 자처하는 이상 60세나 70세 노인일 가능성은 작기 때문이다.

야기누마 이사에게 감사 인사를 하고 센터를 나간 후 두 사 람은 세 번째 요주의 인물인 구시다 준이치로에 대해 확인하 고 싶어서 택시를 잡아타고 기사에게 조호쿠 병원까지 가 달 라고 했다.

기사는 두 사람을 향해 "참 끔찍한 사고가 일어났네요"라고 하고 라디오 볼륨을 높였다.

아나운서가 여객기 사고 소식을 전하고 있었다.

아나운서는 사망한 승객 이름을 하나하나 낭독하더니 "기체 인양은 내일 아침부터 진행될 예정입니다만, 수중 카메라로 기체 파손 상태를 확인한 전문가 중에는 폭파설을 제시하는 사람도 몇 명 있다고 합니다" 하고 흥분한 목소리로 말했다.

"폭탄을 설치했다면 역시 보험금을 노린 살인이겠죠?"

수다쟁이 같은 기사가 사몬지와 후미코에게 물었다.

"뭐 그럴 가능성도 있겠죠."

사몬지는 그렇게 대답했지만 머릿속으로는 다른 생각을 하고 있었다.

그러나 그전에 두 명, 한 명을 죽인 그들이 왜 갑자기 대량 살인을 단행했는지 이유가 불분명했다.

이것저것 떠올리는 동안 조호쿠 병원에 도착했다.

5층짜리 대형 종합 병원이었다.

진료 시간이 이미 끝났지만 사몬지는 여기서도 총리 비서관 와타나베의 이름을 대고 사무장을 만났다.

조호쿠 병원에서 20년을 근무했다는 베테랑 사무장은 사몬지가 구시다 준이치로의 이름을 언급한 순간 표정이 험악해졌다.

아무래도 이 병원에서 구시다 준이치로의 이름은 금기 같았다.

"구시다 씨가 왜 병원을 그만뒀는지 알고 싶습니다."

사몬지가 과감히 묻자 사무장이 말했다.

"그가 오지 섬마을에 부임하겠다고 해서."

"그건 어디까지나 표면적인 이유겠죠. 전 구시다 씨가 병원을 그만둔 진짜 이유가 궁금합니다."

"글쎄요. 진짜랄 게 있을까요. 구시다 씨는 그냥 어느 날 홀쩍 세토 내해의 K섬 진료소로 떠났습니다."

"저도 압니다. 하지만 그런 선택을 한 이유가 있을 텐데요."

"그런 건 없습니다. 의료 인프라가 없는 섬마을에 가 보고 싶다면서 간 거라."

사무장은 끝까지 그렇게 밀어붙였지만 그럴수록 사몬지는 구시다의 과거에서 왠지 모를 어둠을 느꼈다.

"사무장님."

사몬지는 상대의 얼굴을 직시했다.

"구시다 씨는 현재 엄청난 사건에 휘말렸을 가능성이 있습니다. 그냥 하는 소리가 아닙니다. 살인 사건입니다."

"살인? 그게 정말입니까?"

사무장의 안색이 변했다. 단순히 살인이라는 말에 놀랐다기보다 그 단어와 구시다를 연관 지을 어떤 사건이 과거에 있었던 듯 보였다.

"정말입니다."

사몬지는 단호히 말했다.

"그 사건을 반드시 막아야 합니다. 그러려면 구시다 씨에 대해 정확히 알아야 하고요. 이대로 가다가는 대량 살인으로 발전할 수도 있습니다. 협력해 주시지 않겠습니까?"

"……."

사무장은 말없이 생각에 잠겼다.

5, 6분간 침묵이 이어지다가 사무장은 "여기서 나눈 이야기를 비밀로 해 주시겠습니까?" 하고 진지한 눈빛으로 사몬지와 후미코를 바라봤다.

"물론입니다. 저희는 지금 총리님의 의향에 따라 움직이고 있으니 비밀은 반드시 지킵니다."

"병원 이름이 공개될 일도 없겠죠?"

"공개되지 않습니다. 약속드립니다."

"실은……."

사무장은 어깨를 축 늘어뜨리고 이야기를 시작했다.

"구시다 씨는 여기 처음 왔을 때부터 뭔가 이상해 보였습니다. 워낙 똑똑하고 의사로서 실력도 뛰어났지만 이상한 신념 같은 걸 갖고 계셨죠."

"이상한 신념이라고 하시면?"

"실력 있는 의사들 중에 종종 이런 사고방식에 빠지는 분들이 있는데 의료 기술의 발전을 위해서라면 무엇을 해도 상관없다는 식의……."

"목적을 위해서 수단을 정당화하는 사고방식 말인가요?"

"그렇습니다. 5백 명의 환자를 구하기 위해서라면 두세 명 정도는 죽어도 상관없다는, 아주 위험한 사고방식이죠."

"일본 의사가 과거 중국에서 생체 실험을 했을 때도 그런 논리를 들었다고 하죠."

일본의 731부대 소속 의사가 중국에서 중국인 죄수를 상대로 생체 실험을 자행한 것은 이미 유명한 이야기다. 그때 의사 중 몇 명은 지금도 일본 의학계에서 활약하고 있는데, 그들의 유일한 해명이 바로 '그 덕분에 의학이 진보할 수 있었다'라는 것이다. 거기에는 살해된 이들의 심정은 완전히 결여돼 있다.

"구시다 씨도 설마 생체 실험 같은 걸 한 겁니까?"

"작년 10월 중순쯤이었을 겁니다. 심야에 교통사고로 혼수 상태에 빠진 청년이 구급차로 병원에 실려 왔습니다. 두개골 골절 때문에 사망하기 일보 직전이었죠. 그때 병원에 있던 사람이 바로 당직 근무 중이던 구시다 씨였습니다."

"곧장 수술에 들어갔겠죠?"

"아뇨. 구시다 씨는 그 환자를 방사선 치료실로 옮겼습니다."

"방사선 치료실? 거긴 암이나 육종에 방사선을 쏘여 치료하는 곳 아닌가요? 외과 수술이 필요한 환자를 왜 그런 곳에 데려간 겁니까?"

"방사선 치료에서 가장 까다로운 것이 환자에게 어느 정도 강도의 방사선을 얼마나 쬐어야 좋은지 하는 것입니다. 정상적인 피부와 장기가 방사선에 노출되면 유해하니까요. 방사선 치료의 가장 어렵고 위험한 부분인데, 구시다 씨는 그 한계를 알아보려 했다고 나중에 저희에게 해명했습니다."

"······."

"빈사 상태의 환자이기는 해도 장기 상태는 괜찮았기 때문에 그곳에 리니어 액셀러레이터(직선 가속기)를 써서 강한 X선을 쐈다고 하더군요. 피부가 빨갛게 짓무를 때까지요. 그는 그 상태에서 시간과 X선의 양을 측정했습니다."

"장기가 X선 때문에 파괴될 때까지 쏜 건가요?"

"네."

"그렇다면 살인 아닙니까?"

"구시다 씨의 말에 따르면 그 청년은 수술을 해도 목숨을 건지기 어려웠을 거라 하더군요. 자신의 실험 덕분에 방사선 치료에 관한 귀중한 데이터를 얻었으니 자신은 옳은 일을 했다고 주장했습니다."

"유족에게는 뭐라고 했습니까?"

"진단서에는 물론 뇌출혈에 의한 사망이라고만 적었습니다."

"뇌출혈보다는 장기에 과다한 X선을 쏘아서 사망한 것 아닌가요?"

"그 부분은 구시다 씨밖에 모르는 일이라."

"그래서 그 일 때문에 이 병원을 그만두고 나간 건가요?"

"그때 함께 있던 간호사가 아는 주간지 기자에게 그날 일을 털어놓았다고 합니다. 물론 저희는 끝까지 사실무근으로 밀어붙여서 기사화되지는 않았습니다만 원장님이 걱정하셨는지 구시다 씨에게 세토 내해의 K섬 진료소에 가서 잠시 쉬었다가 오라고 하셨죠. 하지만 도중에 구시다 씨가 저희에게 한마디 말도 없이 갑자기 자취를 감추는 바람에 저희도 걱정을……."

"구시다 씨는 자신의 행동을 반성하는 것처럼 보였나요?"

"조금 전에도 말씀드렸듯이 워낙 특이한 분이어서요. 의료계에 공헌한 실험을 했는데 왜 비난받아야 하는지 모르겠다며 끝까지 화만 내셨죠."

"그럼 구시다 씨가 지금 어디서 뭘 하는지는 아무도 모르는 상황인가요?"

"네. 저희와는 2년간 그곳에 가 있기로 약속했는데 4개월 만에 자취를 감춰 버렸으니까요."

"구시다 씨에게 다른 가족분들은?"

"히로시마에 부모님과 동생이 있다고 하는데 그쪽에도 아무런 연락이 없다고 합니다. 지금 들으신 이야기는 꼭 비밀로 해 주시길 부탁드립니다."

"알겠습니다."

사몬지는 고개를 끄덕였다.

6장.
뜻밖의 전개

1

트라이스타기 사고로부터 사흘이 지난 3월 31일, 모든 신문은 여전히 이 사고에 많은 분량을 할애했다.

바다 아래에 가라앉은 기체는 바닷물에 쓸려간 것으로 추정되는 꼬리날개 일부를 제외하고 전부 인양됐다.

196구의 시신도 모두 인양돼 유족들과 슬픈 대면을 이뤘다.

사고 조사단은 최종 결론을 미뤘지만 기체와 시신의 훼손 정황으로 미루어 기내에 폭탄이 설치됐을 가능성이 크고 그 장소는 주 날개 부분 근처의 좌석이라고 발표했다.

충격적인 발표는 언론에 불을 붙였다.

'불안의 시대'

'광기의 시대'

그런 표어가 신문과 TV 방송을 가득 채웠다.

경찰의 모호한 태도도 사람들의 불안감을 부채질했다.

사고 조사단이 기내에 폭탄이 설치됐을 가능성이 있다고 발표한 이상 경찰이 움직여야 마땅한데 어째서인지 경찰 당국은 '사고 조사단의 정확한 조사 결과가 발표된 이후'라고 하면서 조사를 미적거렸다.

실제로는 이미 수사를 시작했지만 사안이 유괴 납치 사건인 만큼 사람들이 패닉에 빠질 상황이 두려워 일부러 얼버무린 것이다.

본의 아니게 경찰 당국이 직접 이번 사건을 유괴 납치 사건으로 결정 지은 셈이었다.

석간신문의 마감 시간은 어느 신문사든 대체로 오후 2시다.

오후 1시 정각에 도쿄 야에스 출구에 있는 주오 신문사 사회부 앞으로 소포 한 통이 도착했다.

서류 가방 절반 크기의 소포는 기름종이로 포장된 겉면에 신문 또는 잡지에서 오려낸 것처럼 보이는 '주오 신문사 사회부 앞', '블루 라이언스'라는 글자가 붙어 있었다.

사회부 팀장과 기자들은 소포를 앞에 두고 낯빛이 창백해졌다. 비행기 사고가 일어난 직후이고 심지어 그 사고가 폭탄에 의한 것이라는 소문이 돌았기 때문이다.

게다가 그들은 매일 신문 지면에 '불안'이나 '공포' 같은 단어를 써 온 이들이었다.

"설마 시한폭탄은 아니겠지."

팀장은 주변을 둘러싼 기자들에게 진지한 것 같기도 농담 같기도 한 말을 꺼냈다.

"째깍째깍 소리가 안 나는 걸 보니 시한폭탄은 아닐 것 같습니다."

젊은 기자가 소포에 귀를 대고 의기양양한 얼굴로 말했다.

"이 소포가 어떻게 배달됐지? 우표가 안 붙어 있는 걸 보면 누가 접수창구에 직접 두고 갔나?"

팀장이 또다시 모두의 얼굴을 둘러보며 물었다.

"접수창구 여직원 말로는 못 본 사이에 두고 갔다고 합니다."

"못 본 사이에? 참 도움이 안 되는군."

"접수창구를 단 세 명이 지키니까요. 사람들이 끊임없이 찾아오니 누가 카운터에 두고 갔는지 기억이 안 난다고 하네요."

주오 신문사에서는 접수창구에 마스코트걸 세 명을 두고 있다.

주황색 유니폼을 입은 예쁜 여직원들인데 그들이 소화해야 하는 업무는 절대 만만치 않다.

방문객이 오면 카드에 일단 신원과 방문 목적을 쓰게 하고 전화로 사내에 알려야 한다. 그 밖에도 회사 안내를 맡고 가끔 견학오는 아이들의 질문에도 일일이 답해야 했다.

그렇게 바쁘게 움직이는 와중에 누군가 카운터 구석에 소포를 두고 갔어도 알아챌 수 없었을 것이다. 또 평소 접수창구를 물품 보관소로 착각해 잠깐 두고 가겠다며 물건을 맡기는 사람도 많았다.

"어쨌든 열어 보지."

팀장이 말했다.

"괜찮을까요? 블루 라이언스라니 뭔가 과격 단체 같은 데 저희는 평소 과격 단체를 비판하는 기사를 많이 쓰고 있잖습니까."

"비판적인 건 우리보다 아카하타*가 훨씬 심해. 무서우면 잠시 떨어져 있게."

팀장은 책상 서랍에서 가위를 꺼내 와 끈을 자른 후 포장을 풀기 시작했다.

후배 기자들은 도망치지 못하고 그 작업을 가만히 지켜봤다.

기름종이 안에서 나온 것은 커다란 도시락통 같은 플라스틱 상자였다.

구석에 가격표를 떼어낸 자국이 있는 걸 보니 시중에서 판매되는 제품인 듯했다.

뚜껑을 열 때는 팀장도 한순간 몸을 뒤로 젖혔다. 그러나 폭발은 일어나지 않았고 상자 안에서 쥐가 튀어나오지도 않

---

* 일본 공산당 중앙위원회에서 발행하는 일간 기관지.

았다.

상자 안에 들어 있던 것은 총 여덟 개의 카세트테이프였다.

테이프에는 각각 1부터 8까지 숫자가 크게 적혀 있고 그 밖의 편지와 사진 따위는 보이지 않았다.

"순서대로 들어보라는 뜻이군."

팀장은 1번 테이프를 집어 들었다.

"악질적인 장난이고 **그 순간**의 목소리라도 녹음돼 있는 것 아닐까요?"

"그럼 그것대로 좋지."

팀장은 카세트 플레이어를 가져와서 1번 테이프부터 듣기로 했다.

2

매우 침착한 남자 목소리였다.

묘하게 톤이 높고 또박또박한 목소리다. 그러나 기자들을 경악하게 한 것은 목소리의 특성이 아닌 그가 말하는 내용이었다.

―기자 여러분께. 지금부터 내가 이야기하는 것은 전부 사

실이다. 2번부터 7번까지의 테이프를 들으면 알 수 있을 것이다. 그리고 내 말을 이해했다면 마지막으로 8번 테이프를 들어라. 나는 방금 '내가'라고 했지만 정확히 말하면 '우리가'다. 정확한 인원수는 공개할 수 없다.

우리는 3월 21일에 일본 국민 1억 2천만 명을 납치했다. 그 안에는 현재 일본에 체류 중인 외국인도 포함돼 있다.

우리의 이 선언을 여러분은 아마 말도 안 되는 소리라며 웃어넘길 것이다. 그러나 곰곰이 생각해 봤으면 한다.

우리가 납치를 선언한 순간부터 인질 1억 2천만 명의 안전은 우리 손에 달려 있다. 기껏해야 20만에 불과한 경찰이 1억 2천만 인질을 전부 보호할 수 없고 자위대를 동원해도 1억 2천만의 인질 중 누가 표적이 될지 알 수 없는 상황에서는 그저 갈팡질팡할 뿐이다.

우리 앞에서는 20만의 경찰, 그리고 연간 5천억 엔의 거액의 예산이 투입되는 자위대도 무력하다는 게 증명됐다.

그런데도 일국의 책임자인 총리와 그 측근들은 우리의 요구에 답하지 않고 무책임하게 우리를 피해 다니고 있다.

따라서 우리는 어쩔 수 없이 인질을 죽여야 했다. 우리에게도 그것은 괴롭고 슬픈 일이지만 그들이 이번 사건이 유괴 납치 사건이라는 것과 사태의 심각성을 인식하지 못하고 있으므로 우리는 인질을 죽여서 직접 증명해 보일 수밖에 없었다.

그 경위는 2번부터 7번까지의 테이프를 들으면 잘 알 수 있을 것이다.

자, 그럼 2번부터 순서대로 7번까지의 테이프를 들어라.

그런 다음 우리의 요구이자 주장이기도 한 여덟 번째 테이프를 들으면 된다.

또 테이프에 나오는 총리의 목소리는 당사자의 목소리가 맞다. 의심스럽다면 성문과 그 밖의 어떤 과학적 방법을 동원해 조사해도 무방하다.

3

그때까지만 해도 팀장과 기자들도 반신반의했다. 대부분 악질적인 장난이라 생각했고 일본인 모두를 유괴했다니 정신이 나갔다며 비난하는 사람도 있었다.

그러나 어쨌든 다른 테이프도 들어보자는 의견이 많아서 번호 순서대로 테이프를 재생했다.

그리고 테이프가 하나씩 재생될 때마다 기자들의 눈빛이 달라졌다.

일곱 번째 트라이스타기 사고에 관련된 통화 음성 재생이 끝났을 때 그들은 일제히 얼굴을 마주 보며 웅성거렸다.

"꾸물거릴 때야!"

팀장이 버럭 소리쳤다.

"지금 당장 한 명은 총리 공관에 있는 와타나베 비서관에게 전화해서 사실을 확인하도록 해. 그리고 다른 한 명은 경찰이 현재 어떻게 움직이는지 확인하고 오고. 나머지는 마지막 테이프를 함께 듣도록 하지."

기자 한 명이 전화기 앞으로 달려갔고 다른 한 명은 경찰 본부가 있는 사쿠라다몬을 향해 뛰쳐나갔다.

나머지 기자들은 팀장을 중심으로 나란히 서서 여덟 번째 테이프를 들었다.

첫 번째 테이프 속 음성과 같은 남자 목소리였다. 여전히 묘하게 톤이 높은 목소리다.

─2번부터 7번까지의 테이프를 듣고 난 감상은 굳이 묻지 않아도 되겠지.

여러분에게는 아마 충격적인 내용이었을 거라 예상된다. 그리고 우리가 거짓말을 하는 게 아니란 것도 이제는 깨달았을 것이다.

테이프 재생이 끝나자마자 누군가는 당장 총리 비서관에게 문의하거나 경찰의 움직임을 알아보려고 사무실을 나가지 않았을까.

그러나 비서관이나 총리 주변 사람들은 전부 말끝을 흐릴 것이고 경찰도 그런 수사는 하고 있지 않다고 잡아뗄 것이다. 그들은 국민이 혼란스러워할 상황을 우려해 이 중대한 납치 사건을 비밀리에 해결하려 하고 있으니까.

하지만 그들이 과연 해결할 수 있을까?

우선 이번 납치 사건은 여느 유괴 납치 사건과는 차원이 다르다는 것을 알아야 한다. 조금 전에도 말했듯 인질이 너무 많은 관계로 경찰도 자위대도 인질을 지키는 게 불가능한 것이다. 그들도 어렴풋이 그 사실을 깨닫기 시작했는데 여전히 자신들의 위신에 집착하며 우리의 요구를 완강히 거부하고 있다. 그럼 우리도 어쩔 수 없이 인질을 죽여야 하지 않겠나? 그리고 그 불운한 인질이 지금 이 테이프를 듣고 있는 바로 여러분일지도 모른다.

우리 주변에는 인질이 넘쳐나서 굳이 누구를 죽일지 선택할 필요조차 없다. 칠흑 같은 어둠 속에서 그냥 마구잡이로 총을 갈겨도 인질 중 한 명이 죽을 테니까.

그러나 당국자들은 사태의 심각성을 여전히 이해하지 못하고 있다. 그들은 체면에 얽매여 자신들이 1억 2천만의 인질을 전부 지킬 수 있다고 착각하고 있을 것이다. 아니, 지킬 수 있다고 믿고 싶어 한다고 해야 할까.

물론 지킬 수 없다. 그들은 무력하니까. 아무리 훌륭한 무기를 가지고 있고 막대한 예산이 있어도 그들은 단 한 명의 인질도 지키지 못한다.

이것은 엄연한 현실이지만 그들은 끝내 우리의 요구를 거절하고 몸값을 지불하지 않을 것이다.

왜냐하면 우리의 요구대로 몸값을 건네면 자신들의 권위가 땅에 떨어지지 않을까 두려워하기 때문이다. 자신들이 무용지물로 전락할까 봐 두려운 것이다.

이렇게 그들의 어리석음을 줄줄이 늘어놓아 봐야 무슨 소용 있겠나.

그래서 결국 우리는 무력하고 무방비한 총리를 비롯한 당국자들을 무시하고 인질들에게 스스로 자기 자신을 보호할 기회를 주기로 했다.

또 그것을 위해 이 여덟 개의 테이프를 여러분에게 보내 공개를 의뢰하고자 마음먹었다.

우리는 인질인 1억 2천만 명에게 두 가지 기회를 주기로 했다. 첫째는 한 명당 5천 엔의 몸값을 우리에게 지불하는 것이다. 만약 5천 엔의 몸값으로 안전을 지키고 싶다면, 즉 인질에서 해방되고 싶다면 M은행 고토 지점의 보통 예금 계좌 번호 072928 '미카미 도쿠타로' 앞으로 5천 엔을 보낼 것. 3인 가족이라면 총 1만 5천 엔이다. 우리는 입금이 확인되는 대로 평화를 상징하는 아름다운 와펜*을 보낼 것이다. 그것을 가슴에 단 사람들은 몸값을 내고 풀려난 인질로 간주해 그들에게는 아무 짓도 하지 않을 것을 약속한다.

둘째는 몸값을 지불하고 싶지 않은 사람들은 스스로 자기 자신을 보호해 보라는 것이다. 제 한 몸을 지키는 게 무엇인지 모르는 일본인들에게는 아마 좋은 훈련이 되지 않을까.

다만 우리는 몸값 지불을 거부한 자들을 용서하지 않는다. 거리를 걸을 때나 차에 탈 때, 비행기를 탈 때도 주의하는 것이 좋을 것이다.

자, 기자 여러분.

이 테이프 내용을 공개하기 전에 당국과 상의하는 것은 무의미하니 추천하지 않는다. 그들에게는 어떤 대책도 없으니까.

그리고 우리는 몸값 지불에 대해 유예 기간을 두지 않는다. 내일 당장에라도 우리는 새로운 인질을 죽일 수도 있다. 그러니 한시라도 빨리 5천 엔을 지불해 안전을 사 두는 게 좋을 것이다.

* 천으로 만든 문장(紋章).

4

팀장은 테이프들을 들고 급히 부장실로 뛰어갔다. 너무 중대한 문제라 혼자서는 결정 내릴 수 없었기 때문이다.

노련한 부장도 팀장의 보고를 듣고 눈을 부라렸다.

"경찰 쪽 반응은 어떻지?"

"넌지시 떠봤는데 아무래도 수상합니다. 이 테이프에 녹음된 내용은 사실인 것 같습니다."

"총리 목소리도 진짜란 말이군."

"저는 기사를 써야 한다고 봅니다. 이런 대형 뉴스는 덮으려야 덮을 수 있는 것도 아니고요."

"하지만 유괴 납치 사건 아닌가."

"부장님. 이건 평범한 유괴 납치 사건들과 다릅니다. 평범한 납치 사건은 인질의 안전을 위협할 수 있으니 공표를 삼가지만 이번 사건의 경우에는 오히려 공개하는 게 인질의 안전을 보장할 수 있습니다. 그리고 범인들이 만약 다른 신문사에도 같은 테이프를 보냈다면 저희만 뒤처지게 됩니다."

"석간 마감까지 앞으로 몇 분 남았지?"

"9분입니다."

"좋아. 1면 톱으로 가지. 최대한 자극적이고 사람들이 놀랄 만한 제목을 달도록 해."

"이미 생각해 뒀습니다. '전대미문의 납치 사건에 일본 열도가 전율!' 어떤가요?"

"좋아."

부장은 히죽 웃었다.

재미있는 사건이 될 것 같았다.

팀장은 자리에 돌아가자마자 후배 기자들에게 원고를 쓰라 지시하고 혼마 기자를 향해 말했다.

"이 미카미 도쿠타로란 사람에 대해 조사해 봐."

"이 사람이 범인일까요?"

젊은 혼마 기자가 눈을 번뜩이며 물었다.

팀장은 "흐음" 하고 신음했다.

"글쎄. 나도 모르지. 그런데 만약 이놈이 범인이라면 어이없이 사건이 해결되잖나. 경찰이 이 미카미 도쿠타로를 체포하면 끝이니까. 테이프 내용을 들어 보면 블루 라이언스라는 녀석들은 머리가 아주 똑똑하고 냉정하고 계획적이야. 그렇게 쉽게 체포될 것 같지 않은데."

"그럼 이 미카미 도쿠타로의 계좌는 가공의 차명 계좌일까요?"

"만약 가공의 차명 계좌라면 돈이 들어올 때마다 어떻게 확인하고 와펜을 보내지?"

"그렇군요. 그건 잘 모르겠네요."

"그러니까 알아보라고 하는 거야."

편집장은 젊은 후배 기자의 어깨를 툭 치고 그를 내보냈다.

혼마는 스미다가와 너머 무코지마에 있는 M은행 고토 지점에 갔다.

작은 마을 공장이 모여 있는 지역 한복판에 커다란 3층짜리 은행이 있었다.

혼마는 기자증을 보여 주고 지점장을 만났다.

"이 은행에 미카미 도쿠타로라는 분의 보통 예금 계좌가 있다던데 맞습니까?"

혼마가 묻자 지점장은 당황한 것처럼 안경 안쪽에서 가느다란 눈을 깜빡였다.

"고객분들의 개인 정보를 함부로 알려 드릴 수는 없습니다."

"그건 저도 압니다. 예금액이 얼마나 되느냐 같은 걸 물으려는 건 아닙니다. 실은 저희 신문사가 이번에 미카미 씨와 거래를 하게 돼서요. 거래해도 괜찮은 분인지 알아보러 왔습니다. 어디로 가면 미카미 씨를 만날 수 있는지만 알려 주시면 됩니다."

"신문사가 미카미 씨와 거래를 한다고요?"

"미카미 씨가 와펜을 만드는 분 맞습니까?"

"네."

"저희 회사에서 곧 어떤 행사를 하는데 그때 사용할 와펜을 미카미 씨에게 발주하게 됐습니다. 미카미 씨가 양심적으로 일한다는 소문이 있어서요."

"그렇군요. 그렇다면 뭐 가르쳐 드려도 되겠네요. 이 앞 도로에서 오른쪽으로 150미터 정도 가면 파출소가 나옵니다. 그 옆 좁은 골목길로 들어가면 어딘지 바로 아실 겁니다. 미카미 제작소라는 간판이 걸려 있으니까요."

혼마는 감사 인사를 하고 그가 가르쳐 준 곳으로 향했다.

변두리 특유의 정취가 느껴지는 곳이었다. 생선 가게 옆 작은 공터에는 신사가 있다. 파출소 옆 좁은 골목길에 들어가자 지점장이 말한 대로 금세 간판이 눈에 들어왔다.

검은 콜타르의 양철 지붕이 씌워진, 그야말로 전형적인 소규모 마을 공장이다. 그을린 유리창을 손으로 쓸고 안을 들여다봐도 누군가 일하고 있는 기색은 없었다.

공장 옆에는 2층짜리 주택도 있는데 현관에 '미카미'라고 적힌 문패가 걸려 있었다.

변두리 마을 집답게 집 앞에 정원수와 작은 연못이 있고 연못 안에는 크기가 2, 30센티미터 정도 되는 잉어가 헤엄치고 있다. 그러나 아무리 사람을 불러도 집 안에서는 대답이 없었다.

"미카미 씨."

혼마가 다시 한번 큰 소리로 외쳤을 때 갑자기 등 뒤에서 누군가가 "미카미 씨는 지금 집에 없어"라고 했다.

고개를 돌려 보니 나막신을 신은 대머리 노인이 서 있었다.

"혹시 미카미 씨와 관계가?"

혼마는 그에게 물었다.

"난 이 옆에서 자동차 정비소를 하고 있어. 미카미 씨는 일주일 전에 부부가 함께 여행을 가서 내일이 돼야 돌아올 거야."

"혹시 어디로 갔는지 아시나요?"

"희한하게도 어디 갈지 말도 안 하고 떠나더군. 근데 돌아오기는 돌아올 거야."

"어떻게 확신하시죠?"

"그동안 정원수에 물을 주고 연못에 있는 잉어들에게도 먹이를 주라고 내게 부탁했으니까."

노인은 연못 앞 햇볕이 내리쬐는 곳에 앉아 잉어에게 먹이를 주기 시작했다.

혼마는 첨벙첨벙 물소리를 내며 먹이에 몰려드는 잉어 떼를 바라보며 물었다.

"미카미 씨는 어떤 분인가요?"

"그런데 당신은 누구야? 처음 보는 얼굴인데."

"이번에 미카미 씨와 거래를 하려는데 그분의 신용도 같은 걸 알아보고 싶어서 찾아뵈었습니다."

"그거라면 걱정 안 해도 돼. 그만큼 의리 있는 사람도 없으니."

"연배가 어떻게 되나요?"

"나랑 동갑이니 예순다섯이겠지."

"사모님과 여행을 떠났다고 하셨죠?"

"그래. 부부 금슬도 아주 좋지. 알고 지내서 손해 볼 것 없는 사람들이야."

"자제분은 없나요?"

"늦둥이 아들이 하나 있어. 마흔 넘어서 생긴 자식인데."

"아들은 지금 어디 있죠?"

"그게, 실은 2년 전에 집을 나가서 지금껏 행방불명이야. 그때 부부가 아주 힘들어 보였지. 지금은 간신히 마음을 추스른 것 같지만."

"마흔이 넘어 생긴 아들이라면 현재 스무 살 정도 됐겠네요."

"스물두세 살 됐겠지. 어렸을 때는 착한 아이였는데 요즘 젊은이들은 통 생각을 모르겠어. 갑자기 집을 뛰쳐나가 사라져 버렸으니."

"그렇군요."

"그런데 당신은 몇 살이야?"

5

그날 석간은 모든 신문사가 유괴 납치 사건 소식을 1면 톱으로 내걸었다.

블루 라이언스는 역시 모든 신문사에 같은 테이프를 보낸 것이다.

사몬지와 후미코는 '에트랑제'에서 커피를 마시면서 그 기사를 읽었다.

사몬지의 신조 중 하나로 번개는 같은 장소에 두 번 떨어지지 않는다는 것이 있다. 순수하게 확률론으로 가면 전혀 의미가 없지만 신조 같은 건 원래 대체로 비과학적이다. 그래서 이 찻집에서도 태연하게 커피에 설탕을 넣어 마시고 있다.

"결국 못 참고 모든 걸 공개하는 쪽으로 했나 보네."

후미코가 입을 열자 사몬지는 고개를 좌우로 흔들었다.

"아니."

"아니라니?"

"못 참은 게 아니라 이 역시 블루 라이언스의 처음 계획에 들어 있었을 거야."

"처음부터 계획했다고?"

"그래."

"하지만 처음에는 총리 공관에 여러 번 전화를 했잖아. 5천억 엔을 내놓으라 했고 일시금이라면 5백억 엔으로도 괜찮다고 했지. 결국 그 돈을 못 받을 것 같으니 이번에는 모두에게서 조금씩 돈을 끌어모으는 쪽으로 선회한 것 아닐까?"

"우리의 상대는 천재 집단이야."

사몬지는 고개를 흔들었다.

"그런 막무가내식 계획을 세웠을 리 없지. 이번 사건은 처음부터 아주 치밀하게 계획되고 계산됐어. 방위 예산 5천억 엔을 기부하라거나 재계가 보수당에 기부하는 정치 자금 5백억 엔을 일시금으로 내놓으라는 것처럼 불가능한 요구를 내건 것도 애당초 다 계산돼 있었던 거야. 다시 말해 상대가 받아들일 만한 요구를 할 마음이 처음부터 없었어."

"그렇다면 왜 그런 짓을 한 걸까?"

"테이프. 만약 저들이 아무 사전 준비도 없이 신문사에 대뜸 '1억 2천만 명을 납치했고 그중 몇 명을 죽였다'라고 했다면 신문사에서 믿어 줄까? 이번 여객기 사고도 갑자기 나서서 '그 여객기는 우리가 폭파했다'라고 해 봐야 아무도 믿어 주지 않을 게 뻔하지. 그러니 그들은 우선 총리 공관에 전화해서 기이한 납치 사건에 대해 설명한 후 통화 내용을 테이프에 녹음한 거야. 총리 공관에서도 통화를 녹음했지만 범인들도 통화를 녹음한 거지. 다음으로 인질을 두 명 죽이고 다시 전화해 그 반응을 테이프에 녹음했고 그때는 심지어 총리의 음성을 확보하기도 했어. 세 번째로는 처음 계획대로 대량 살인을 저지른 후 다시 전화를 걸어 와타나베 비서관의 반응을 녹음했지. 즉, 여러 번 테이프에 통화를 녹음해 자신들의 존재와 자신들이 저지른 행위를 사회에 인식시키기로 한 거야. 범인은 보통 자신의 범행을 숨기기 마련이지만, 그들은 정반대였어. 블루 라이언스는 자신들이 가공할 납치범이자 대량 살인을 저지른 범인이란 걸 인정받고 싶어 해."

"그럼 결국 계획에 성공한 셈이네?"

"증빙할 만한 테이프가 그렇게 있으니 신문사도 믿지 않을 수 없겠지. 게다가 총리 목소리까지 녹음돼 있다면 더더욱. 그렇게 그들은 지금껏 내걸었던 가짜 요구를 버리고 진짜 요구를 하기 시작했어."

"한 사람당 5천 엔의 몸값 말이지?"

"그래. 1억 2천만 명으로 단순 계산하면 총 6천억 엔. 경찰이나 자위대원 등은 오기로라도 돈을 낼 리 없으니 손실을 2천만 명으로 잡아도 나머지 1억 명으로 총 5천억 엔. 처음 요구한 액수와도 정확히 일치해."

"사람들이 정말 몸값을 낼까?"

"그들은 낼 것으로 계산했을 거야. 난 천재들의 이 예측이 정말로 들어맞을지 굉장히 기대돼. 사람들이 5천 엔으로 안전을 살 수 있다면 과연 싸다고 느낄까 하는 것도."

"내 생각에 머리는 잘 썼지만 계획에 실패할 것 같아. 5천 엔의 몸값을 지불하는 방식이 너무 엉성하잖아. 신문에 나온 미카미 도쿠타로라는 사람을 경찰이 붙잡아 버리면 끝 아니야? 너무 어설픈 방법 같은데."

"흐음."

사몬지는 고개를 들어 천장을 잠시 바라봤다.

"난 말이지. 우리가 지금 상대하는 적을 그렇게 만만하게 보지 않아. 우리는 영재 교육 센터에서 범인일 수도 있는 남녀 세 명을 찾았어. 그러나 그들이 정말 범인인지 확신은 없고 그들의 주소도 모르고 있지."

"그 세 사람이 범인이 틀림없을 거야."

"아마도 그렇겠지. 그런데 그 세 명은 모두 IQ 140이 넘는 천재들이야. 심지어 165인 사람도 있어. 내가 IQ 만능주의는 아니지만 머리가 좋은 녀석들인 건 확실해. 그리고 또 유념해야 하는 것이, 세 사람 중 한 명, 그러니까 구시다 준이치로는 무려 생체 실험을 한 의사야. 냉혹하고 목적을 위해서는 수단과 방법을 가리지 않는 사람이지. 천재에게나 있을 법한 이기주의라 할 수 있지만 어쨌든 냉혹한 면모와 똑똑한 머리는 세 사람에게 공통돼. 빈틈이라고는 손톱만큼도 없는 인간들이야. 그런 녀석들이 경찰에게 금세 덜미를 잡힐 만한 짓을 벌일 리가 없어."

"그건 그렇지만……."

"유괴 납치 사건에서 가장 위험한 순간이 바로 몸값을 주고 받는 순간이라 범인들도 여러 가지 궁리를 하기 마련이야. 예를 들어 돈다발을 비행기로 투하시키거나, 한 장에 몇억 엔짜리 고가 우표 등으로 바꿔서 보내게 하거나."

"그러니까 보통 납치의 경우 이 미카미 도쿠타로 명의 계좌로 돈을 입금시키는 게 몸값 수수에 해당하지?"

"그래. 그러니 그들이 그 방법을 열심히 궁리하지 않았을 리 없어."

"별로 궁리한 것처럼은 안 보이는걸. 미카미 도쿠타로라는 사람이 범인들과 한통속이고 그 앞으로 몸값을 보내게 하는 거라면 그다지 특출한 방법 같지도 않아. 일단 미카미 도쿠타로라는 사람을 찾아서 만나 봐야 하지 않을까? 블루 라이언스에 대한 단서를 얻을 수도 있을 것 같은데."

"굳이 우리가 찾아갈 필요는 없겠지. 지금쯤이면 경찰도 신문을 보고 이미 난리가 났을 테니. 미카미 도쿠타로라는 사람에 대해 경찰력을 총동원해서 조사할 테니 조만간 야베 경부가 우리에게 정보를 가르쳐 줄 거야."

"그럴지도 모르겠네."

후미코도 동의했다. 신상 조사는 경찰이 더 빠르고 철저히 할 것이다.

옆 테이블에 와서 앉은 젊은 커플이 침을 튀기며 신문 기사에 대한 이야기를 나누고 있다.

목소리가 커서 자연스럽게 대화 소리가 사몬지의 귀에도 들어왔다. 젊은 남녀가 이번 사건을 어떻게 해석할지 궁금했기 때문에 사몬지는 담배에 불을 붙이고 잠시 이야기를 들어보기로 했다. 후미코를 보니 그녀도 이야기를 엿듣는 것처럼 보였다.

"무섭네."

그렇게 진심을 담아 말하는 듯한 사람은 남자였다.

"이대로 있다가는 앞으로 안심하고 비행기나 신칸센도 못 탈 거야. 이 녀석들은 뭐든 하려는 속셈 같으니까."

"경찰이 곧 붙잡지 않을까? 만약 내일 당장에라도 붙잡히면 5천 엔은 그냥 허공에 날리는 셈이잖아."

그렇게 현실적인 말을 하는 사람은 여자였다.

"뭘 걱정해. 그때는 이 신문에 나온 미카미 도쿠타로라는 사람을 찾아가 환불해 달라고 하면 되지."

"그렇구나. 그런데 어떤 와펜을 보낼지는 모르겠지만 범인이 붙잡히면 오히려 프리미엄이 붙어서 비싼 값에 팔릴 수도 있겠어."

"목소리 좀 낮춰. 그 녀석들이 지금 어디 있을지 모르고 여기는 첫 번째 살인이 발생한 곳이야."

"나도 알아. 그러니 커피에 설탕도 안 넣어 마시고 있잖아. 아무튼 정말 몸값을 보낼 작정이야?"

"어쩔 수 없지. 난 보낼 거야. 다음 달에 우리 둘이 오사카에 가기로 했는데 그때 신칸센으로 가든 비행기로 가든 이번 트라이스타기 사고 같은 일이 또 일어나지 않으리란 보장 있어?"

젊은 커플은 커피를 다 마시고 찻집을 나갔다.

사몬지는 후미코를 보며 입을 열었다.

"적어도 1억 2천만 명 중에 두 명은 몸값을 내는 게 확실해졌군."

"우리도 5천 엔으로 안전을 살까?"

후미코가 농담 같기도 진담 같기도 한 표정으로 사몬지에게 물었다.

"어차피 우리는 살 수 없어."

사몬지가 대답했다.

"왜? 얼마 전에 야베 경부님이 돈을 선불로 줘서 우리 두 사람 몸값을 지불할 정도의 돈은 있어. 어떤 와펜을 보낼지 궁금하기도 하고."

"어차피 곧 보게 될 거야."

"모두가 앞다퉈 5천 엔을 보내서 와펜을 살 거라고 생각해?"

"그래. 사겠지. 이런저런 말이 많기는 하지만 지금은 살기 좋은 시대인 건 확실해. 사람들은 사치를 부릴 줄 알고 차를 가질 수 있을뿐더러 해외여행도 마음대로 갈 수 있으니까. 이런 시대에는 목숨이 아까운 법이야. 그러니 난 많은 사람들이 안전을 살 거라고 생각해. 아니, 사 주지 않으면 곤란해."

"왜?"

"그들이 또 대량 살인을 저지를 수 있으니까. 그게 두려워."

"그렇구나. 그런데 우리는 몸값을 주고도 안전을 살 수 없다는 건 무슨 뜻이야?"

"우리는 영재 학교에서 찾은 세 남녀를 주시하고 있어. 만약 그 세 사람이 블루 라이언스라면 그들에게 우리는 눈엣가시 같은 존재야. 5천 엔을 지불해 봐야 우리가 조사를 계속하는 한 보호해 줄 리 없지."

"하지만 우리를 노리고 있다는 느낌이 안 드는데."

"우리가 아직 그들에게 가까이 가지 못했다는 증거 아닐까. 우리가 주시하는 그 세 사람이 어디서 뭘 하는지도 모르고 있잖아. 그러니 그쪽도 아직 우리를 제거할 필요를 못 느끼는 거야."

사몬지는 미소 지었다. 그러나 평소의 환한 미소는 아니고 자조처럼 보이기도 하는 미소였다.

지금 그들이 신칸센을 폭파해도 그걸 막을 방법이 없기 때문이다.

"그 세 사람 말인데……."

후미코가 입을 열었다.

"응?"

"당신이 전에 천재는 고립되기 쉽다고 했잖아. 그런 사람들이 그룹을 만들었다면 그들 사이에 뭔가 공통점이 있을 테고 그게 'U대학 출신'일 거라고도 했어."

"그래. 그게 왜?"

"난 그 세 사람의 나이를 다시 한번 확인해 봤어."

후미코는 평소 즐겨 쓰는 작은 수첩을 펼쳤다.

"8년 동안 감옥에 있었던 마키노 히데키미는 36살. 생체 실험을 한 의사 구시다 준이치로는 35살. 여자인 후타바 다카에는 30살이야. 마키노와 구시다는 36살과 35살이니 비슷한 시기에 U대학에 들어갔을 수 있지만 30살인 후타바 다카에는 연령상 불가능해."

"흠."

"그리고 마키노와 구시다 두 사람만 봐도 마키노는 U대학을 졸업하자마자 살인을 저질러서 교도소에 들어갔어. 그럼 두 사람이 과연 친하게 지냈을 수 있었을까? 난 이 세 사람에게 별로 접점이 없을 것 같아."

"흐음."

사몬지는 잠시 고민하다가 느닷없이 "가자" 하고 몸을 벌떡
일으켰다.

6

　사몬지는 빠른 걸음으로 먼저 찻집을 나갔다.

　후미코는 황급히 남편을 뒤따라갔다. 사몬지는 가끔 이렇
게 아무 설명도 없이 움직일 때가 있어서 후미코를 당황하게
했다.

　후미코가 간신히 따라잡았을 때 사몬지는 멈춰 서서 택시
를 향해 손을 들고 있었다.

　'이 사람도 어쩌면 천재일지 몰라. 적어도 멋대로 행동하는
것만큼은 천재 수준이야.'

　후미코는 내심 쓴웃음을 지으며 사몬지와 함께 택시에 올
라탔다.

　"분쿄구에 있는 일본 영재 센터로 가 주세요."

　사몬지는 택시 기사에게 말했다.

　"거길 또 가?"

　후미코가 놀라자 사몬지는 파란 눈을 반짝이며 말했다.

　"당신 말이 맞아."

"세 사람한테 접점이 없다는 말 말이야?"

"그래. 천재들은 원래 평범한 사람은 이해 못 할 행동을 곧잘 하지만 그 세 사람은 특히 성격과 행동 모두 충동적이고 기인 같았어. 그런 세 사람이 이번 사건에서는 묘하게 냉정하고 침착하게 움직이고 있다는 게 계속 신경 쓰였지. 어쩌면 다른 사람일 수도 있겠다는 생각마저 들었고. 그런데 이 세 사람 위에 따로 지휘하는 사람이 있다면 이야기는 달라져. 그는 세 사람이 믿고 복종하는 인물로 통솔력과 행동력을 겸비한 사람일 거야. 그를 연결 고리로 세 사람이 한데 묶여 있는 거야."

"졸업자 명단에 세 사람 외에 인생에서 좌절을 겪은 다른 사람은 없었잖아. 다들 사회의 각 분야에서 활약하고 있는 사람들뿐이었어."

"그 말이 맞아. 보스라고 부를 만한 인물은 인생에서 좌절 같은 걸 겪지 않은 사람이야. 그러나 마음속 어딘가가 뒤틀린 사람. 그게 이번 납치 사건 주모자의 이미지에 잘 어울리는 느낌이 들어."

사몬지와 후미코가 영재 교육 센터에 도착하자 늘 그렇듯 야기누마 이사가 이번에도 두 사람을 맞아 줬지만 오늘은 표정이 왠지 어둡고 굳은 게 느껴졌다.

석간신문을 읽고 사몬지와 후미코가 왜 찾아왔는지 대략 눈치챈 것이 분명했다.

"두 분은 U대학에서 교육받은 영재 중에 이 끔찍한 사건을 저지른 범인이 있다고 보시는 겁니까?"

야기누마는 사몬지에게 진지하게 물었다.

사몬지는 잠시 대답을 망설였다. 지금까지는 어디까지나 추측일 뿐 확인되지 않았기 때문이다. 그러므로 야베 경부 앞에서도 이야기하지 않았다.

"그냥 그럴 수도 있겠다고 생각하는 겁니다."

사몬지는 모호하게 둘러댔다. 그러나 야기누마 이사는 이미 사몬지의 속내를 꿰뚫어 본 것 같았다.

"저로서는 U대학 졸업생은 모두 훌륭한 인재라고 생각하고 싶습니다만……."

"그 마음은 저도 이해합니다. 그래서 저희도 신중하게 움직이고 있고요. 증거도 없이 함부로 단정 짓지는 않습니다. 그나저나 살인죄로 감옥에 갔다 왔다는 마키노 히데키미 씨 말입니다만, 그 옆에 우수한 변호사가 붙어서 8년 형에 그쳤다고 하셨죠?"

"그렇습니다. 노가미 군이 고생해 줬지요."

"그 변호사의 이름이 노가미 씨입니까?"

"네. 젊고 유능한 변호사예요."

"그분도 U대학 특별반 졸업생인가요?"

"네. 9기생입니다."

"이건 병원 사무장님께 들은 이야기입니다만, 구시다 준이 치로 씨가 생체 실험 문제를 일으켰을 때도 혹시 그 노가미 변호사가 옆에 붙어서 조언해 그를 K섬으로 보낸 것 아닌가요?"

"글쎄요. 그럴지도 모르겠네요. 노가미 군은 후배들을 잘 돌봤으니까요."

"그리고 후타바 다카에 씨가 정신 병원에 들어갔다고 하셨 죠? 병원에서 나올 때 보증인이 필요했을 텐데 그 보증인이 되어 준 사람도 노가미 변호사 아닐까요?"

"그러고 보니 그랬을 수도 있겠군요. 확실한 건 아니지만 그는 이 센터의 고문 변호사이기도 하고요."

"어디로 가면 만날 수 있을까요?"

"긴자의 K빌딩에 사무실이 있으니 가면 만나실 수 있을 테 지만 평소에도 워낙 바쁜 사람이라서요. 전화로 한번 물어볼 까요?"

"아뇨. 제가 직접 가 보겠습니다."

7

긴자의 K빌딩 입구에 걸린 수많은 변호사 사무소 간판 중 에 '노가미 법률 사무소' 간판도 있었다.

사몬지와 후미코는 작은 엘리베이터에 올라탔다.

"드디어 적의 두목을 만나네."

후미코는 뺨이 붉게 상기돼 있었다.

"사랑스러워."

"응?"

"흥분하면 눈이 반짝반짝 빛나는 당신 모습이."

사몬지는 긴장을 풀기 위해 일부러 장난스럽게 말했다.

8층에 있는 사무소에 도착했다.

"우리 사무실보다 훨씬 번듯하네."

사몬지는 그렇게 말하고 문을 열고 안에 들어갔다.

접수창구에 서 있는 젊고 아름다운 여직원이 사몬지와 후미코를 보고 싱긋 미소 지었다.

"노가미 변호사님을 만나 뵙고 싶습니다만."

사몬지는 접수창구 안쪽을 살피며 여직원에게 말했다.

사무실 안에는 젊은 변호사가 세 명 정도 앉아서 열심히 일하고 있다. 수화기를 들고 큰 소리로 떠드는 사람이 있고 손님과 대화 중인 사람도 있다. 그들의 모습에서 활기가 느껴졌다.

"예약하셨나요?"

여직원이 물었다.

"아뇨. 하지만 변호사님을 뵈려고 일부러 뉴욕에서 찾아왔습니다. 꼭 만나 뵈었으면 합니다."

사몬지는 갑자기 영어로 말했다. 원하는 대로 일이 풀리지 않을 때 가끔 파란 눈을 가진 그의 외모가 도움이 됐고 그럴 때는 일부러 영어를 구사했다. 그러면 일본에서는 희한하게도 일이 순조롭게 풀리는 경향이 있었다.

아니나 다를까 접수창구 여직원은 당황한 얼굴로 잠시 안쪽에 들어갔다가 나오더니 "들어오세요. 가장 안쪽에 있는 방으로 가시면 됩니다" 하고 두 사람에게 말했다.

사몬지와 후미코는 안쪽에 있는 방의 문을 열어 안에 들어갔다.

넓은 방 안에 커다란 책상이 놓였고 건너편에 마흔대여섯 살 정도 돼 보이는 마른 남자가 허리를 쭉 펴고 앉아 있었다.

사몬지는 방에 들어가자마자 미국의 실용적인 사무실을 떠올렸다.

앉아 있는 남자도 공간과 잘 어울리는 지적인 느낌을 발산하고 있다.

"안녕하세요. 노가미 도모야라고 합니다."

남자는 의자에서 일어나 손을 앞으로 내밀었다.

사몬지는 그와 가볍게 악수하며 말했다.

"활기가 넘치는 사무소군요."

"젊은 인재들이 열심히 일해 주는 덕에 전 아무것도 하지 않고 이렇게 의자에 가만히 앉아 있어도 되지요."

노가미는 빙긋 미소 지었다.

"미국에서 오셨다고 들었는데 옆에 계신 여성분은 부인이신가요?"

"네, 아내입니다."

"비서이기도 해요."

후미코가 덧붙였다.

"부럽군요. 그런데 무슨 일을 하시는 겁니까?"

"뉴욕에서 영재 교육 연구를 하고 있습니다. 일본에 온 김에 일본의 영재 교육 현황도 알아보고 싶어서요. 어제 분쿄구에 있는 일본 영재 교육 센터에도 다녀왔습니다."

"아, 그렇군요."

"그곳에서 일본은 IQ 140 이상의 영재들이 U대학에 모여 특별 교육을 받는다고 들었습니다. 노가미 변호사님도 특별반 졸업생이라고 하던데, 맞나요?"

"네. 그런데 전 나이 먹어서 평범해진 사례 중 하나라 영재 교육 연구에는 아무 도움이 안 될 텐데요."

노가미의 목소리는 부드럽고 온화했다. 입가에 미소를 머금고 있다.

후미코는 테이프에서 들은 범인들의 목소리를 떠올리며 눈앞의 남자 목소리와 비교해 봤지만 아무래도 닮은 구석이라곤 없었다.

"제 연구 주제 중에 '천재의 좌절'이라는 것도 있어서요."

사몬지는 노가미의 얼굴을 보며 말했다.

"오, 그거 흥미롭군요."

"천재는 자기 자신을 믿는 경향이 일반인보다 강한 탓에 사소한 실패에서도 큰 좌절감을 느낍니다. 그 결과 사회와 타인에 공격적으로 돌변하는 게 아닐까 추측하고 있습니다."

"그래서, 결론은 나왔나요?"

"나오는 중이라고 해야겠네요. 일종의 복수심이 형성되는 것 같더군요. 그러면서 그들은 자신들에게만 통용되는 이론을 세우죠. 이를테면 '목적을 위해서라면 수단과 방법을 가리지 않아도 된다. 왜 가리지 않아도 되는가? 그것은 우리가 천재이기 때문이다' 같은 논리입니다. 거기서 말하는 수단과 방법에는 살인도 포함되지요."

"미국에도 그런 사례가 있습니까?"

"샤론 테이트 사건* 등이 전형적인 사례라 할 수 있겠죠. 어쨌든 전 일본에도 그런 사례가 있는지 영재 교육 센터에 가서 조사해 봤습니다. 그것은 대학에서 영재 교육을 받으며 좌절을 경험한 사람을 찾는 일부터 시작되었고요."

"그래서 발견하셨습니까?"

---

* 1969년 샤론 테이트라는 여성이 범죄 집단인 찰스 맨슨 일당에게 끔찍하게 살해된 사건.

"네. 남녀 세 명의 이름을 찾았습니다. 살인을 저지른 마키노 히데키미 씨, 생체 실험을 해서 병원에서 퇴출된 구시다 준이치로 씨, 정신 병원에 입원한 경험이 있는 후타바 다카에 씨, 이렇게 세 사람입니다. 그리고 변호사님이 이 세 사람을 아신다고 해서 오늘 이렇게 찾아뵌 겁니다."

"누가 그러던가요?"

노가미는 창밖에 펼쳐진 긴자의 야경을 힐끗 봤다.

"영재 교육 센터의 야기누마 이사님입니다."

"이런. 쓸데없는 이야기를 하셨군요."

노가미는 쓴웃음을 지었다.

"왜죠? 설마 이 세 분을 모르시는 겁니까?"

"아뇨. 모른다고 하지는 않겠습니다. 마키노 씨가 살인을 저질렀을 때 제가 변호를 맡았으니까요. 하지만 변호한 건 기억해도 지금 그가 어디서 뭘 하는지는 전혀 모릅니다."

"구시다 씨에 대해서는?"

"조호쿠 병원에서 어떤 문제가 생겨서 K섬에 갔다는 것까지만 압니다. 그는 기소된 게 아니니 변호사가 나설 일도 없었고요."

"후타바 다카에 씨는?"

"글쎄요. 그분은 잘 모르겠네요. 그런데 제가 그 세 사람을 알면 뭐가 어떻게 되는 겁니까?"

노가미는 웃는 얼굴로 물었지만 사몬지는 상대가 역습에 나섰음을 직감했다. 이 남자는 사몬지가 미국에서 영재 교육 연구를 하고 있다는 말을 속으로는 전혀 믿지 않을 것이다.

사몬지는 순간 어떻게 할지 망설였다.

이쪽의 가진 패를 보이고 상대의 반응을 살피는 게 좋을까. 아니면 끝까지 시치미를 떼는 게 좋을까. 사몬지는 고민하다가 전자의 방법을 택하기로 했다.

상대는 일본 유수의 영재 교육을 받은 사람이다.

연기를 꿰뚫어 봤다면 단도직입적으로 나가는 것이 오히려 상대를 당황시킬 수도 있다.

"오늘 석간신문을 보셨나요?"

"물론입니다."

노가미는 훗 하고 웃었다. '이제야 본론으로 들어가는군' 하는 듯한 웃음이다. 사몬지는 이런 식으로 앞질러 가는 상대는 딱 질색이었다.

'네가 지금 무슨 생각을 하는지 내 눈에는 훤히 보여.'

노가미의 눈빛은 그 말을 하고 있었다.

그러나 이 남자의 허점도 아마 거기 있으리라 사몬지는 추측했다. 자기 재능에 대한 과신이다.

"그럼 그 기묘한 납치 사건에 대해서도 아시겠군요."

"말을 빙빙 돌리시네요. 미국인들은 조금 더 솔직하게 이야기하지 않나요?"

노가미는 비아냥거리는 눈빛으로 사몬지를 봤다.

"네, 그럼 미국식으로 가죠. 전 그 사건에 등장하는 블루 라이언스가 제가 아까 말한 그 세 명 플러스 1이 아닐까 생각합니다. 즉 그들 자신의 논리로 이 사회에 복수하고 있는 겁니다."

"흥미로운 발상이군요."

"흥미로우신가요?"

"네. 그래서 그 세 사람이 범인으로 확인된 겁니까?"

"세 사람 플러스 1입니다."

"플러스 1은 누구죠?"

"세 사람은 확실히 IQ 140이 넘는 천재일지 모릅니다. 그러나 그들의 삶의 궤적을 들여다보면 정서가 상당히 불안정했다는 걸 알 수 있지요. 좋은 아이디어는 내놓을 수 있겠지만 협업에는 소질이 없을 겁니다. 그러니 지휘 역할을 맡을 사람이 필요합니다. 보스가 되어 그들을 통솔할 사람 말입니다. 그가 바로 플러스 1입니다."

"설마 제가 그 플러스 1이라는 건 아니시겠죠?"

"미국식을 원하시니 솔직히 말씀드리죠. 전 당신이 보스라고 생각합니다."

8

사몬지는 노가미가 어떤 반응을 보일지 유심히 관찰했다. 그저 웃어넘길 것인가. 아니면 화를 낼 것인가. 두 가지 모두 속내를 들킨 사람이 보일 반응이다.

그러나 노가미는 웃지도 화를 내지도 않았다.

노가미는 진지한 얼굴로 사몬지를 빤히 쳐다봤다.

"왜 저라는 결론에 이르게 됐는지 가르쳐 주시겠습니까?"

마치 공부하다가 문득 떠오른 질문을 하는 듯한 말투다. 예측하지 못한 반응에 오히려 사몬지가 살짝 당황했다.

"이 세 사람은 모두 나이가 다르고 U대학을 졸업한 시기에도 차이가 있습니다. 특히 마키노 히데키미 씨는 8년이나 교도소 생활을 해서 다른 두 사람과 알고 지내거나 함께 사건을 계획할 수도 없었을 겁니다. 그렇다면 세 사람을 묶을 만한 고리가 필요합니다. 세 사람을 전부 아는 동시에 냉정하고 계획성 있는 사람으로요. 거기서 변호사님이 부각된 겁니다. 변호사님은 마키노 히데키미 씨의 변호를 맡았습니다. 또 부인하시겠지만 구시다 준이치로 씨가 병원에서 쫓겨났을 때도 뒤에서 그에게 조언하지 않았나요? 그리고 후타바 다카에 씨가 정신병원에서 나올 때도 변호사님이 관여하시지 않았나요? 그렇다면 변호사님이 바로 세 사람을 한데 묶은 고리인 겁니다."

"약하군. 약해요."

노가미 도모야는 느닷없이 킥킥 웃음을 터뜨렸다. 허세를 부린다기보다 사몬지의 추리를 진심으로 우스워하는 느낌이다. 사몬지도 싱긋 웃었다.

"약한가요?"

"네, 약합니다. 그런 걸로는 법정에서 절대 못 이겨요. 아무래도 이번 사건에서 경찰에 협조하고 계시는 것 같은데 그렇다면 신문에 나온 그 테이프 음성도 들으셨겠죠?"

"네, 들었습니다."

"테이프 안에 제 목소리가 있었나요?"

"없었어."

옆에서 후미코가 사몬지에게 작게 속삭였지만 노가미는 민첩하게 그 말을 엿들은 듯했다.

"그럼 방금 말씀하신 그 세 명의 남녀는요? 세 사람이 지금 아무리 행방불명이어도 U대학 동창은 많을 테니 테이프를 가져가 그들에게 직접 음성을 들려줘 보시죠. 주장에 최소한의 설득력이라도 가지려면 그 정도는 해야 하지 않을까요?"

노가미는 사몬지를 다그치듯 말했다.

그때 접수창구 여직원이 문을 두드리고 들어와 노가미의 귓가에 대고 뭔가를 속삭였다.

"이런. 급한 일이 생겨서 전 이만 가 봐야겠네요."

노가미는 몸을 일으키더니 두 사람을 향해 미소 지었다.

"다음에 꼭 다시 와 주십시오. 사몬지 씨와 대화를 나눈 시간이 무척 즐거웠습니다."

"저도 꼭 다시 찾아뵙고 싶습니다."

사몬지도 웃으며 말하고 후미코와 함께 노가미 법률 사무소를 나왔다.

어느새 가랑비가 내리기 시작했다. 가로등에 비친 포장도로가 까맣게 젖었다. 늘 그렇듯 그 위를 차들이 정신없이 오가고 사람들이 보도를 걷고 있다. 다만 걸음걸이가 평소보다 바빠 보이는 건 비가 내리기 시작해서일까. 아니면 일본 전역을 휩쓸고 있는 납치 사건 때문일까.

"조금 걷지 않겠어?"

사몬지는 후미코에게 말했다.

봄비는 몸에 젖어도 묘하게 따뜻하다.

"좋아."

후미코는 고개를 끄덕이고 비 내리는 거리를 키가 큰 사몬지와 어깨를 나란히 하고 걸었다.

"뭔가 머릿속이 뒤죽박죽된 것 같아."

"응."

"설마 그 노가미라는 변호사가 범인이 아니라고 생각하게 된 건 아니지?"

"모르겠어. 직접 만나보니 보스가 맞는 것 같은데 아직 확신은 서지 않아. 다만 그는 말할 때 지나치게 냉정하게 이야기하더군. 자신감 때문에 그렇겠지만 뭔가 부자연스러웠어. 특히 마키노 히데키미, 구시다 준이치로, 후타바 다카에 세 사람에 대해 이야기할 때는 유독 냉정한 모습을 보였지. 이세 사람은 그의 후배이고 특히 마키노는 그가 필사적으로 변호까지 해 준 후배야. 그런 세 사람을 우리는 납치범이 틀림없다며 몰아세운 거고. 그럼 선배로서 당연히 불안해질 테고 세 사람을 걱정하는 게 자연스럽지 않을까? 하지만 그는 아주 태연해 보였어. 당황하는 모습을 보여서는 안 된다. 불안해하면 안 된다며 속으로 되뇐 결과처럼 보이지만, 어쨌든 부자연스러워 보인 게 사실이야."

"그럼 문제없네, 뭐. 이제 그들의 덜미만 제대로 붙잡으면 되겠어."

"그 덜미가 문제야. 블루 라이언스가 우리에게 유일하게 남긴 단서라면 뭐가 있을까?"

"목소리겠지."

"그래, 맞아. 목소리. 평범한 유괴 납치 사건에서 경찰은 범인의 목소리를 TV나 라디오에 내보내서 시민들에게 협력을 구할 때가 많아. 게다가 이번 테이프 속 목소리는 남녀 모두

243

묘하게 톤이 높고 특징 있는 목소리였지. 노가미는 우리를 부추기듯 테이프 속 목소리를 세 사람의 목소리와 비교해 보라고 했어. 현재 세 사람의 행방이 묘연하지만 그의 말대로 그들을 아는 사람은 분명히 있을 테니 테이프 속 목소리를 들려주며 확인할 수 있어. 그런데도 노가미는 왜 그렇게 자신만만할까?"

"두 가지를 떠올려 볼 수 있을 것 같아."

후미코가 비를 맞으며 걸으면서 말했다.

"하나는 목소리가 비슷하다는 증언이 나와도 그것만으로는 체포할 수 없다고 판단해서 아닐까? 또 하나는 전화를 전혀 상관없는 제삼자에게 걸게 했을 경우야."

"후자는 별로 탐탁지 않네. 사건에 얽히는 사람 수가 늘어날수록 그만큼 위험도 증가한다는 걸 그들이 모를 리가 없으니."

"그럼 전자겠네. 아무리 목소리가 비슷하다는 증언이 나와도 그들을 못 찾을 거라고 자신하는 게 아닐까?"

"그럴 수도 있겠지만, 아무튼 난 노가미의 자신감이 영 마음에 걸려."

"일단 세 사람의 지인들을 찾아가서 테이프를 들려줘 보자. 그 일은 내가 맡을게. 여자인 내가 가야 사람들도 부담 없이 협력해 줄 거야."

후미코는 마음을 이미 정한 것처럼 가랑비 속에서 아름답게 미소 지었다.

7장.
안전을 사다

1

경찰과는 다른 의미로 유괴 사건 보도에 큰 관심을 보인 곳은 M은행 고토 지점이었을 것이다.

문제의 미카미 도쿠타로 명의 보통 예금 계좌가 그곳에 있기 때문이다.

계좌 번호 072928에는 현재 76만 5천 2백 엔의 예금액이 있었다.

신문, 주간지의 대대적인 보도로 계좌에 전국에서 돈이 들어올지에 대해 은행 내부의 의견은 둘로 갈렸다.

모든 언론이 사건을 대대적으로 보도했고 이에 질세라 주간지들도 대서특필했다. 특히 가수 이시자키 유키코와 방송인 가지 구니야가 트라이스타기 사고로 목숨을 잃은 바람에 연예 주간지와 여성 주간지가 경쟁하듯 기사를 써냈다.

어느 유명 연예 기획사 사장은 다음과 같이 말했다.

"지금 우리 회사에는 130명의 아티스트와 83명의 직원이 있습니다. 저는 그들을 위해 지금 당장 와펜을 사들일 계획입니다. 5천 엔으로 안전이 보장된다면 싸지 않습니까? 우리 회사에는 하루에 백만, 2백만 엔을 가뿐히 버는 가수들이 즐비해 있는데요. 네? 블루 라이언스에 대해 어떻게 생각하느냐고요? 못된 놈들인 건 맞죠. 하지만 1억 명을 납치했으니 몸값을 내라니, 그런 스케일이 큰 발상을 한 것만은 대단한 것 같습니다. 그리고 이럴 때 경찰력은 정작 별 도움이 되지 않는다는 사실도 알게 되었고요. 이런 식의 뭐랄까, 평범한 이들의 상상을 초월하는 일이 벌어지면 경찰력도 소용없는 것 같습니다."

술집을 운영하는 마담이나 유흥업소 사장도 입을 모아 직원들의 안전을 위해 5천 엔에 와펜을 사겠다고 기자에게 답했다.

아무래도 그들은 직원들의 안전보다는 고가 상품의 안전을 보장받고 싶어 하는 느낌이었다.

이런 정보를 사람들은 어떻게 받아들일까. 흥미롭게도 은행원 중 젊은 직원들은 입금이 쇄도할 것으로 예측했고 중장년층 직원들은 고개를 갸웃거렸다.

그러나 신문에 기사가 나온 다음 날부터 미카미 도쿠타로의 계좌에 맹렬한 기세로 입금이 시작돼 젊은 직원들의 예측이 적중했다.

오전 82건. 196만 엔.

오후 306건. 720만 엔.

그 밖에도 은행으로 미카미 도쿠타로의 주소를 알려 달라는 전화가 빗발쳤다. 그들은 미카미 도쿠타로 앞으로 직접 현금을 보내 와펜을 사고 싶다고 했다.

은행은 미카미 도쿠타로에게 연락하느라 눈코 뜰 새 없이 바빴다. 어디 사는 누구에게 얼마의 돈이 들어왔는지 그에게 보고해야 했기 때문이다. 일일이 전화로 보고하다가는 하루 종일 전화기를 붙잡고 있어야 해서 입금 주소와 이름을 목록으로 만들어 나중에 미카미 도쿠타로에게 전달하기로 했다.

이틀째 되는 날에는 입금액이 더욱 늘었다.

신문과 TV가 전날 입금액을 상세히 보도한 것도 박차를 가한 듯했다.

오전 796건. 1,605만 엔.

오후 1,325건. 3,249만 엔.

미카미 도쿠타로 앞으로 직접 도착한 현금 등기 액수는 다음과 같았다.

오전 205통. 390만 엔.

오후 462통. 1,124만 엔.

그야말로 돈다발이 미카미 도쿠타로 앞으로 물밀듯이 쏟아진 것이다.

2

신문에 사건이 공표된 다음 날, 야베 경부는 후쿠오카에서 급히 비행기를 타고 도쿄에 돌아왔다.

후쿠오카에서는 아무런 수확이 없었다. 폭파범으로 추정되는 여성은 끝내 찾지 못했고 규슈 전역을 조사했지만 범인이 뇌관을 사거나 훔친 증거도 발견되지 않았다. 물론 수사는 앞으로 계속될 것이고 그래서 부하 형사 두 명도 두고 왔지만 하네다 공항에 혼자 내렸을 때 야베는 오만상을 짓고 있었다.

아무 소득이 없는 상황도 짜증스럽지만 그 이상으로 범인의 행동을 예측하지 못한 자기 자신에게 화가 치밀었던 것이다.

범인 측에서 지금까지 있었던 일을 모두 공개하는 것은 야베의 예측을 아득히 뛰어넘었다.

비단 납치 사건에 국한되지 않고 '사건'이라 명명되는 모든 범죄는 대부분 범인이 범행 자체를 숨기려 한다.

특히 유괴 납치 사건에서 범인은 경찰의 개입을 극도로 꺼린다. 경찰에 알리면 인질을 죽이겠다고 협박하는 것이 규칙이나 마찬가지다.

이번 사건이 애초에 굉장히 특이하기는 해도 설마 범인 측에서 모든 것을 털어놓으리라고는 상상도 못 했다.

그런 현실이 야베를 더 지치게 하고 분노를 들끓게 했다.

수사본부에 돌아가자 부하 형사들 역시 의기소침한 얼굴로 야베를 맞았다.

"본부장님은 방금 총리 관저에 불려 가셨습니다."

시력이 좋지 않은 이노우에 형사가 안경 안쪽에서 눈을 끔뻑이며 말했다.

"관저에서 직접 호출한 건가?"

"네. 총리께서 화가 많이 나셨다더군요. 범인이 모든 게 녹음된 테이프를 신문사에 보내는 바람에 총리님이 사재로 범인을 매수하려다 실패한 사실도 드러나고 말았습니다. 저 같은 사람 입장에서 보면 그렇게 별일은 아닌 것 같은데 역시 일국의 총리에게는 치욕이 되는 걸까요?"

"신문에 보도된 미카미 도쿠타로라는 남자에 대해서는 조사했나?"

야베는 평소 보기 드물게 거친 말투로 물었다. 수사본부 안에 팽팽한 긴장감이 감돌았다.

"네, 조사했습니다."

"결과는?"

"마을에서 작은 공장을 경영하는 사람이었습니다. 부부가 함께 공장을 하는데 남편 도쿠타로 씨는 66세, 아내 후미요 씨는 59세입니다. 다니키 형사와 다나하시 형사가 만나러 갔습니다."

"그래서 이 노부부는 지금 정말로 와펜을 만들어서 팔고 있나?"

"돈을 보내는 이들에게 와펜을 발송하고 있습니다. 바로 이 와펜입니다."

이노우에 형사는 주머니에서 지름 약 8센티미터의 둥글고 두꺼운 천으로 만든 와펜을 꺼내 야베 앞에 내려놓았다.

와펜 가운데에는 '안전과 평화'라는 글자가 새겨져 있다.

"미리 만들어 둔 건가?"

"네. 5만 개 정도를 만들어 뒀다고 합니다. 지금은 사람을 써서 추가 생산 체제에 돌입했다고 하네요."

"왜 이런 걸 미리 5만 개나 만들어 둔 거지?"

"어디까지나 미카미 도쿠타로 씨의 주장입니다만, 국민들의 교통안전과 평화로운 삶을 기원하며 석 달 전에 만들었다고 하네요. 야광 도료가 칠해져 있어 밤이 되면 글자가 빛난다고 합니다. 가슴에 달아도 되고 차에 붙일 수도 있어서 잘 팔릴 거라 예상해 5만 개를 만들었는데 정작 지금까지는 하나도 안 팔렸다고 합니다. 노인들이 만든 탓에 디자인이 요즘

스타일이 아니어서겠죠. 요새는 내용보다는 형태로 매출이 정해지는 시대니까요."

"그것도 미카미 도쿠타로 씨가 한 말인가?"

"아뇨. 제 의견입니다."

"자네 의견 같은 건 필요 없네. 그래서, 그 미카미 도쿠타로와 범인의 관계는?"

"그게 불분명합니다. 그냥 사람 좋아 보이는 노부부라 납치범 같은 이들과는 도무지 관련이 없어 보이던데 말이죠."

"뭔가 관련이 있으니 그곳을 지정한 것 아닌가? 사건에 대해서는 뭐라고 했나?"

"당연히 알고는 있더군요. 지인 변호사가 이건 순수한 상거래이니 와펜을 개당 5천 엔에 팔아도 문제가 되지 않는다고 했다고 합니다. 저도 다른 변호사를 찾아가 물어봤습니다만 돈을 보낸 사람이 미카미 도쿠타로 부부에게 협박당한 사실이 없는 한 통상의 상행위가 성립하고 이는 통신 판매와 같다고 합니다."

"어쨌든 이 노부부를 만나 봐야겠군."

야베는 쉴 새도 없이 몸을 일으켰다.

무코지마에 있는 미카미 도쿠타로의 공장 부근으로 가자 도로변에 신문사 차량이 빽빽이 늘어서 있었다.

그중 한 대 옆에 붙어 있던 낯익은 기자가 야베를 발견하고

"야베 경부님" 하고 말을 걸었다. 양복 가슴 주머니에 그 와펜이 붙어 있다. 야베의 눈에는 와펜이 경찰의 무력함을 상징하는 것 같아 공연히 화가 치밀었다.

"그 와펜은 돈을 주고 산 건가?"

"네. 제 목숨은 제가 지켜야죠."

"잘 어울리는군. 어린아이용 와펜 같아서 그런지."

야베는 한껏 비아냥거리고 공장을 향해 발걸음을 뗐다.

요새는 불경기 때문에 작은 공장이 많은 이 일대에 기계 소리가 잘 들리지 않지만 미카미 도쿠타로의 공장에서만은 요란한 기계 소리와 사람들이 떠드는 소리가 들렸다.

먼저 와 있던 다니키와 다나하시 형사가 야베를 데리고 공장 옆에 있는 집으로 갔다. 야베는 그곳에서 미카미 부부를 만났다.

이노우에 형사가 말한 것처럼 두 사람 다 몸집이 작고 변두리 마을의 공장주 같은 분위기가 물씬 풍겼다.

미카미 도쿠타로는 혈색 좋은 대머리 노인이었다. 말할 때 오른손으로 머리를 쓰다듬는 것은 이 남자의 버릇일 것이다. 사람 좋아 보이는 인상이지만 고집이 세 보이기도 했다.

아내 후미요는 매사 조심스러워 보였다. 야베에게 차와 과자를 권했지만 대화할 때는 야베가 먼저 묻지 않는 한 입을 열지 않았다.

"아주 바빠 보이시네요."

야베는 그렇게 운을 뗐다.

창밖에 기자들이 모여 있고 카메라 셔터를 누르는 소리가 시끄럽다. 심지어 닫힌 알루미늄 새시 창문을 열고 마이크를 들이미는 사람도 있어서 다니키 형사는 창문에 자물쇠를 채우고 커튼을 닫아 버렸다.

"덕분에."

미카미는 또다시 훤히 벗겨진 머리에 손을 갖다 댔다.

"솔직히 말씀드려서 아직 뭐가 뭔지 모르겠습니다. 어쨌든 돈이 엄청나게 들어오고 있어서 이웃과 아르바이트생까지 써서 와펜을 보내고 있습니다. 5만 개 재고도 곧 바닥날 판이라 서둘러 추가 생산에 돌입하려고 합니다."

"왜 갑자기 와펜이 팔리기 시작했는지는 아시겠죠?"

"그럼요. 당연히 알죠. 뭔가 무서운 일에 휘말린 것 같아서 마음이 썩 편치는 않지만 어쨌든 팔라고 하니 팔아야 하지 않겠습니까. 제가 사라고 협박한 것도 아니고 변호사를 찾아가서 상담하니 변호사 선생님도 괜찮다고 해서 팔고 있습니다. 혹시 뭐 문제라도 되는 겁니까?"

"아뇨. 저희라고 해서 미카미 씨가 와펜을 파는 걸 막을 수는 없습니다."

"그거 다행이군요. 경찰이 그렇게 말씀해 주시니 저희도 안심이 되네요."

"혹시 블루 라이언스로 짐작 가는 사람은 없습니까?"

"전혀요. 우리는 애초에 영어는 전혀 몰라요. 아는 건 이 와펜뿐이죠."

미카미 도쿠타로는 하하핫 하고 호탕하게 웃었다. 야베는 배짱이 두둑한 영감이라며 속으로 쓴웃음을 지었다.

"그 녀석들은 미카미 씨에게 돈을 보내서 와펜을 사라고 지시했습니다. 미카미 씨가 만든 와펜에 대해 어떻게 알고 있었을까요? 석 달 전 와펜을 처음 만들었을 때만 해도 통 안 팔렸다고 들었는데요."

"네. 파리만 날렸죠. 다만 그때 어떤 주간지에서 제 와펜에 대해 써 준 적이 있습니다. 그 블루인가 뭔가 하는 녀석들도 그걸 읽은 게 아닐까요?"

"그 주간지를 지금 가지고 계십니까?"

"네. 있습니다."

미카미가 어이 하고 아내에게 눈짓하자 후미요는 옷장에서 주간지 한 권을 꺼내 왔다.

대형 출판사에서 출간하는 「주간 시티」라는 잡지였다. 끝이 접힌 페이지를 펼치자 그곳에 '지금 화제인 이것!'이라는 코너가 있었다. '이상한 강도', '5백만 엔의 행사' 같은 기사와 함께 '빛나는 와펜이 있다?'라는 제목으로 이 마을 공장과 와펜에 대한 소개가 실려 있다.

'작은 공장을 경영하는 노부부가 교통안전과 세상의 평화를 바라며 빛나는 와펜을 만들었다. 하나 사서 가슴이나 차에 달아 보는 건 어떨까요' 하는 내용의 지극히 짧은 소개 기사였다.

노인의 말이 거짓말이 아니었던 것이다.

야베가 주간지를 다니키 형사에게 건네자 다니키는 곧장 어디론가 뛰어갔다.

그의 말대로 블루 라이언스가 이 기사를 읽었을 수도 있다. 하지만 그들은 왜 몸값으로 이 와펜을 사게 한 걸까.

"혹시 자녀가 있으신가요?"

"외아들이 하나 있는데 2년 전에 갑자기 집을 나갔지요."

미카미는 선반 위에 있는 액자를 슬쩍 쳐다봤다. 그곳에는 스무 살 정도 돼 보이는 청년의 사진이 걸려 있었다.

"흐음, 나이가 몇 살입니까?"

"그때 스물셋이었으니 지금은 스물다섯이겠네요."

"늦둥이였군요."

"네. 포기하고 있을 때 갑자기 생긴 자식이지요. 그런데 저희는 애초에 결혼 자체를 늦게 했습니다. 응석받이로 키운 게 결국 화를 불렀는지도 모르겠네요."

"집을 나간 이후로 소식은?"

"전혀 없습니다."

"이게 아드님이군요."

야베는 몸을 일으켜 작은 액자에 담긴 사진을 집어 들었다.

눈과 코 주위가 아버지를 쏙 빼닮았다. 어디에나 있을 평범한 외모의 청년이다.

"아드님 이름이?"

"가즈오라고 합니다. 첫아이라 이름을 '가즈오—男'라 지었는데 아쉽게도 그다음은 없었지요."

'이 미카미 가즈오가 블루 라이언스의 일원일까?'

야베는 의혹의 눈빛으로 사진을 봤지만 아무리 봐도 이번 사건을 일으킬 만한 사람으로는 보이지 않았다. 그러나 사람을 외모만으로 판단할 수 없다는 것을 야베는 잘 알고 있었다.

"아드님은 어느 학교를 나왔습니까?"

"이 근처에 있는 도립 고등학교입니다. 졸업 후에는 옆에서 절 돕거나 근처 슈퍼에서 아르바이트를 하기도 했지만 전부 오래 하지는 못했죠."

"포기가 빠른 성격인가요?"

"네. 그러다가 어느 날 갑자기 커피숍을 차리고 싶다고 하더군요. 제 일이 잘 풀렸다면 돈을 대 줄 수도 있었겠지만 잘 안 될 때였으니 결국 못 도와줬죠. 그것 때문에 상심했는지 갑자기 집을 나가서."

"실종 신고는 하셨습니까?"

"물론 했죠. 하지만 지금껏 감감무소식입니다. 대체 어디서 뭘 하는지······."

"얼마 전 여행을 다녀오셨다면서요?"

"네. 미나카미 온천에서 일주일 동안 쉬고 왔습니다. 마누라를 좀 쉬게 해 주려고 일부러 다녀왔죠. 매일 고생만 시켜서요."

"그때 묵은 숙소의 이름은?"

"그게······."

미카미는 집에 걸린 전통복 주머니에서 숙소 팸플릿을 꺼내 야베에게 건넸다.

"안 그래도 조금 전에 막 감사 편지를 쓰던 참입니다. 그때 친절하게 잘해 주서서."

"'나루미 호텔'인가요?"

"이름은 호텔인데, 일본식 전통 여관입니다."

"이 팸플릿과 아드님의 사진을 당분간 빌릴 수 있을까요?"

"그러시죠. 형사님도 참 이것저것 고생이 많으시네요."

"네. 이것저것."

야베는 쓴웃음을 짓고 두 가지 물건을 다나하시 형사에게 넘긴 후 미카미와 함께 공장 안을 둘러봤다.

미카미가 말한 대로 공장은 활기가 넘쳤다.

공장의 절반 정도에서는 와펜을 열심히 만들고 있고 나머지 절반에서는 마루 위에 돗자리를 깔고 책상을 나란히 늘어놓은 채 와펜 발송 작업을 하고 있다.

인원은 남녀 아르바이트생과 주부를 합쳐 30명은 돼 보였다. 현금 등기 주소와 은행에서 받은 명단을 보고 봉투에 받을 사람 이름을 적고 와펜을 넣은 후 우표를 붙이고 일정 수량이 되면 우체통에 가져간다. 수동식 컨베이어 작업이나 마찬가지였다.

그 모습을 신문과 주간지 촬영 기자들이 열심히 셔터를 누르며 찍고 있다. 16밀리미터 카메라를 든 사람은 방송국 카메라맨일 것이다.

"와펜의 원가는 얼마 정도 됩니까?"

야베는 작업 과정을 지켜보며 미카미에게 물었다.

"수량에 따라 다르지만 대략 2, 3백 엔 정도 되겠네요."

"그런 걸 한 개에 5천 엔에 팔고 있으니 이윤이 엄청나겠는데요."

"그렇죠. 세상 참 오래 살고 볼 일이에요. 한 개에 7백 엔에 팔 때는 한 개도 못 팔았는데 말이죠. 뭐 나중에 복지 사업에라도 조금은 기부할 생각입니다. 그래야 마음이 편할 것 같아요."

'그러고 보니 블루 라이언스의 요구도 5천억 엔의 방위 예산을 복지로 돌리라는 것이었는데…….'

야베는 문득 그 생각을 떠올렸다.

3

경찰은 미카미 도쿠타로 부부의 신변을 철저히 조사하기로 했다.

노부부가 일주일간 묵은 미나카미 온천의 나루미 호텔도 보통 때라면 전화로 문의하거나 현경에 의뢰하겠지만 완벽을 기하기 위해 수사본부 형사 두 명이 파견됐다.

조사 결과 밝혀진 사실은 다음과 같았다.

1. 미카미 부부에 대해

남편 도쿠타로는 대를 이은 토박이로 형제는 없다. 어릴 적에는 동네 골목대장이었다.

고등소학교*를 졸업 후 가업인 공장을 물려받았다. 당시에는 셀룰로이드 공장이었다.

전쟁 중에는 중국 전선에 출정했다. 이병에서 상병으로 진급할 무렵 종전. 사회에 복귀한 뒤에는 냄비와 솥 등을 만드

---

* 소학교(현재의 초등학교)를 졸업한 아동에게 다시 2년의 보통 교육을 실시하던 학교로 1947년에 폐지됐다.

는 공장을 차렸다.

36세에 결혼했지만 곧 이혼. 3년 후 현재의 아내 후미요와 재혼했다.

성격이 드세고 고집 있는 편이지만 인정과 눈물 많은 사람이라는 게 이웃들의 평판이다. 그를 나쁘게 말하는 사람은 없었다.

전과 없음.

취미는 아침 목욕(집에 욕조가 있지만 동네 친구들과 아침 목욕회를 결성해 목욕탕에 자주 간다), 장기, 정원 손질.

아내 후미요는 아사쿠마 센조쿠초에서 나막신 가게를 하는 부모 밑에서 태어났다(그곳 말로 하면 남편 도쿠타로는 '강 건너편' 사람이다).

언니와 여동생이 있는데 둘 다 결혼했다. 도쿠타로와는 초혼이다.

자매와 지인들이 말하기를 얌전하고 참을성 있는 성격.

이렇다 할 취미는 없고 남편 말에 잘 따르는 전통적인 느낌의 아내처럼 보인다.

전과 없음.

아들 가즈오는 도립 S고등학교를 320명 중 276등의 성적으로 졸업.

평소 혼자 있을 때가 많았고 친구라고 부를 사람도 별로 없었지만 그 얼마 안 되는 친구 중 한 명인 다구치 유이치(25)(현재 무코지마에서 청과업)의 증언은 다음과 같다.

"글쎄요. 굳이 꼽자면 좀 우유부단한 면이 있었다고 할까요. 평소에 어두운 분위기를 발산해서 친구나 여자 친구도 못 만들었던 것 같네요. 저요? 전 워낙 어릴 때부터 알고 지내서요. 그리고 사람 자체는 괜찮아서 싫지는 않았어요. 부모님이 너무 응석받이로 키운 게 잘못 아닐까요? 그래서 끈기가 없었는지 모르죠. 가출 이유는 저도 모릅니다. 커피숍은 진심으로 차리고 싶다고 했어요. 네. 사라진 이후에는 저한테도 연락 한 통 없었죠. 이번 사건과 관련 있어 보이냐고요? 아뇨, 걔는 그런 짓을 저지를 위인이 못 돼요. 그건 제가 보증합니다."

고등학생 시절 교사의 증언도 비슷했다. 어두운 느낌을 주는 학생이지만 인성은 괜찮은 편이었고 그런 거대한 범죄에 가담했을 것 같지 않다고 했다.

2. 「주간 시티」 관련

석 달 전 공장 소개 기사는 해당 잡지의 A기자가 썼다. 그 후 기사에 대한 전화나 편지 등의 문의는 없었다. 현재 「주간 시티」 발행 부수는 30만에서 40만 사이로 '지금 화제인 이것!' 코너는 나름 유명하고 팬층도 두터운 편이다. A기자도 이번 사건 소식을 접하고 크게 놀랐다고 한다.

미나카미 온천으로 떠난 형사 두 명도 조사를 마치고 돌아왔다.

"좀 어땠나?"

야베가 묻자 두 사람 중 나이 많은 오하시 형사가 대표해서 말했다.

"미카미 부부는 실제로 미나카미 온천에 있는 나루미 호텔에서 일주일 동안 묵었습니다. 3월 25일부터 3월 31일까지이고 3월 31일 이른 아침에 숙소를 나가 도쿄에 돌아왔습니다."

"숙소에서 두 사람의 모습에 뭔가 이상한 점은 없었나?"

"매니저와 여직원에게 물었는데 그냥 사이좋은 노부부처럼 보였다고 하네요. 두 사람이 숙박하는 기간에 여관에 찾아온 사람은 없었고 전화가 오는 것은 물론 부부가 먼저 전화를 건 사람도 없었다고 합니다. 두 사람은 오전과 오후에 강 주변을 산책하는 것 외에는 목욕을 좋아하는지 하루에 여러 번 온천욕을 했다고 합니다. 호텔 관계자들 모두가 증언했으니 틀림없어 보입니다."

"오전, 오후에 외출은 한 건가?"

"네. 호텔에서 낚싯대를 빌려 강에서 낚시를 하기도 했다네요."

"그것도 직원이 직접 본 건가?"

"아뇨. 정확히 말하면 그렇게 말하고 호텔에서 나갔고 그 뒤로 고기를 하나도 못 낚았다며 툴툴거리며 돌아왔다고 합니다."

"그럼 산책이나 낚시 같은 걸 할 때 누군가와 만났을 수도 있지 않나?"

"가능성은 있겠죠. 설마 그때 블루 라이언스와 접선했을까요?"

"그럴지도."

"하지만 부부가 온천에 있는 기간에 블루 라이언스 녀석들은 다른 지역을 이리저리 돌아다니지 않았습니까."

"그건 그렇지만 그 노부부가 블루 라이언스와 무관해 보이지 않는다는 게 문제야. 정말로 무관하다면 그들은 왜 미카미 도쿠타로에게 몸값을 보내라고 한 거지?"

"혹시 집을 나갔다는 그 아들이 블루 라이언스의 일원일까요?"

"물론 그럴 가능성도 고려해야지. 그런데 미카미 가즈오를 아는 사람들은 하나같이 그가 그런 엄청난 사건을 일으켰을 것 같지는 않다더군."

결국 수사본부의 의견은 둘로 나뉘었다.

하나는 미카미 부부 또는 집을 나간 아들 가즈오가 블루 라이언스와 관련 있을 거라는 의견이다.

또 하나는 전혀 관련 없을 거라는 의견이었다. 블루 라이언스는 석 달 전 출간된 「주간 시티」를 읽고 미카미 도쿠타로가 '안전과 평화' 와펜을 5만 개나 만들었다는 사실을 알았다. 그런 상황에서 몸값을 받는 일에 그것을 이용하기로 계획한 것이다.

미카미 도쿠타로의 계좌 번호를 알아내는 건 간단하다. 미카미의 공장에 전화해 '당신이 만든 와펜을 한꺼번에 사고 싶다. 대금은 은행 계좌로 입금하겠다'라고 하면 미카미 도쿠타로는 기꺼이 거래 은행과 계좌 번호를 알려 주지 않았을까.

범인들은 미카미 도쿠타로에게 몸값을 보내게 한 후 돈이 다 모이면 노부부에게서 돈을 다시 빼앗을 계획인 걸까.

4

수사 본부장인 마쓰자키 신주쿠 경찰서장이 야베를 불렀다.

"조금 전에 와타나베 비서관에게 전화가 왔네. 총리께서는 여전히 심기가 불편하신 모양이야."

마쓰자키는 삐걱삐걱 소리를 울리며 회전의자를 돌렸다. 귀에 거슬리는 소리가 마쓰자키 본부장 자신의 초조함을 암시하는 듯 보였다.

야베가 입을 다물고 있자 마쓰자키는 쓴웃음을 지었다.

"심지어 오늘 국회에 야당 의원이 그 문제의 와펜을 가슴에 달고 나타났다고 해. 총리 옆을 지나갈 때 '유능한 총리님 덕분에 이런 와펜까지 달게 됐다'라며 비아냥거렸다는군. 법무성 장관도 똑같은 비아냥을 들었고."

"그렇군요."

"수사는 좀 어떻지? 미카미 도쿠타로와 블루 라이언스가 관련 있어 보이나?"

"의견이 둘로 갈리는 상황입니다. 그런데 어쨌거나 미카미 도쿠타로의 계좌에 돈이 가득 쌓이면 그들은 반드시 모습을 드러낼 겁니다."

"그때까지 기다리자는 건가?"

"네. 현재 은행과 미카미 도쿠타로의 집에 형사를 상시 잠복시켜 놓고 조금이라도 이상한 낌새가 생기면 바로 보고하도록 했습니다. 또 스위스나 미국 은행에 그 돈을 옮길 수도 없습니다. 5천 달러가 넘는 돈을 외국 은행에 송금하는 건 금지돼 있으니까요."

"하지만 시간이 오래 걸리겠는걸."

"그러겠죠."

"바깥을 좀 보게나."

본부장은 몸을 일으키더니 야베를 창가로 불렀다.

"저기 걸어가는 엄마와 아들은 둘 다 가슴에 그 와펜을 달았어."

"그렇군요."

"저게 자꾸 늘어나는 건 우리가 무능하다는 뜻이 되기도 해. 세상 사람들은 그렇게 보지 않겠나?"

"네, 그럴 수 있겠습니다."

"그러니 미카미 도쿠타로의 예금 계좌에 쌓인 돈을 범인들이 가지러 올 때까지 손 놓고 기다릴 수는 없다는 뜻일세. 적어도 그들이 어떤 사람인지 윤곽이라도 파악해야 하지 않겠나?"

마쓰자키 본부장은 창밖을 지그시 바라보며 야베에게 물었다.

또 한 사람 양복 가슴에 와펜을 단 회사원 같은 남자가 눈앞을 걸어갔다.

야베는 다시 의자에 앉았다.

"테이프 속 목소리로 추정컨대 블루 라이언스는 최소 남자 세 명과 여자 한 명인 것 같습니다."

"그들 중 우두머리는 신문사 앞으로 보낸 테이프의 처음과 마지막 테이프에서 자기 생각을 늘어놓던 그 남자겠지?"

"저도 그렇게 생각합니다. 그리고 범행을 저지르는 동안 남자 한 명은 삿포로, 여자 한 명이 후쿠오카에 있었고 지금은 아마 모두 도쿄에 모였을 거라고 봅니다."

"왜 그렇게 생각하지?"

"이건 제 직감입니다만, 아마 다음 작전을 의논하기 위해."

"다음 작전?"

"그들의 뜻대로 일본 국민들이 5천 엔의 몸값을 정말로 지불하느냐에 따라 결정되겠죠. 계획대로 일이 풀리면 그들은 잠자코 미카미 도쿠타로의 계좌에 돈이 쌓이는 걸 지켜볼 겁니다. 신문이 매일 경쟁하듯 입금액을 보도하고 있으니 액수도 쉽게 알 수 있고요."

"그들의 계획대로 되지 않을 때는?"

"'코로넷 작전'에 나서지 않을까 싶네요."

"얼마 전에 사몬지 씨가 이야기했던 그 미군의 일본 진격 작전 말인가?"

"그렇습니다."

"그들의 코로넷 작전은 대체 어떤 거지?"

"글쎄요. 또다시 비행기나 배, 신칸센, 아니면 사람들이 모이는 공연장 같은 곳을 노릴 수도 있겠지요. 그들 입장에서는 1억 2천만 명의 인질을 위협만 하면 되니 선택지는 무궁무진합니다. 지키는 입장에서는 이토록 어려운 일도 없겠지만요."

"지금은 공항과 신칸센, 심지어 페리 등에도 경비가 강화돼 있지 않나?"

"전보다는 강화된 게 사실입니다. 비행기는 공항에서 체크만 확실히 하면 어느 정도 막을 수 있고, 대형 여객선은 폭탄 하나쯤 터져도 가라앉지는 않겠죠."

"문제는 신칸센인가."

"그렇습니다. 개찰구에서 승객의 짐을 일일이 체크할 수는 없으니까요. 그랬다가는 아마 대혼란이 일어날 겁니다. 기껏해야 철도 경찰관에게 열차 내부를 면밀히 점검시켜 미심쩍은 수하물이 나오면 통보해 달라고 할 수밖에 없죠. 일단 그들이 움직이기만 하면 저희 쪽에도 어떤 식으로든 방법이 나올 거라 생각합니다. 위험하지만 그걸 기대하고 있습니다."

5

사몬지는 석간신문에서 눈을 뗐다.

모든 신문에 와펜을 가슴에 단 회사원과 주부, 어린아이의 사진이 실려 있었다.

'북쪽에서 남쪽까지, 일본 열도에 와펜 열풍!'

사진 아래에는 그런 제목도 붙었다.

미카미 도쿠타로의 계좌 입금액은 마침내 2억 엔을 돌파했

272

다. 이런 추세라면 일주일 안에 10억 엔에 도달할 것이라고 신문은 예측했다.

미카미 제작소는 와펜 생산에 박차를 가하고 있고 물건 발송 직원도 30명으로 부족해 50명, 1백 명으로 점차 늘려 가다가 마침내 2백 명이 작업에 투입됐다.

후미코는 왠지 기운이 없어 보였다. 마키노 히데키미, 구시다 준이치로, 후타바 다카에 세 사람의 동창을 찾아다니며 문제의 테이프를 들려줬지만 어느 하나 비슷하다고 하는 사람이 없었기 때문이다. 예전 반 친구를 보호하려고 거짓말을 하는 것 같지도 않았다.

테이프 목소리를 통해 세 사람이 범인임을 증명하는 것은 결국 실패로 돌아갔다.

"블루 라이언스는 지금 상황에 만족하고 있을까?"

사몬지는 땅거미가 깔린 창밖 풍경을 바라보며 중얼거렸다.

"만족하지 않을까? 몸값이 2억 엔이나 모였으니."

"그들이 요구한 금액은 5천억 엔이었어. 하루에 1억 엔씩 모여도 5천 일, 즉 13년 이상이 걸리지. 천재를 자처하는 그들이 과연 그 정도로 만족할까."

"만족하지 않으면 또 비행기나 신칸센이라도 폭파해서 사람들을 위협하려나?"

"평범한 협박범이라면 그렇게 하겠지."

"그게 무슨 뜻이야?"

"인간은 원래 강한 공포 앞에서는 굴복하기 마련이야. 그러나 그 정도가 너무 심해지면 두려움이 단숨에 분노로 바뀔 수도 있어. 노예도 채찍과 당근이 동시에 주어지니 고분고분한 거지 계속 채찍질만 하다가는 들고일어나지 않겠어? 천재들이 모였는데 그 정도 심리학을 모를 리 없지. 특히 그 노가미라는 변호사는 더더욱."

"그럼 그들이 뭘 할 거라고 생각해?"

"지금 그걸 떠올리는 중이야. 그들의 입장에서."

"1억 2천만 인질들에게 몸값을 빨리 받아낼 방법 말이지?"

"그래."

사몬지는 흔들의자에 앉아 어둠이 짙어진 바깥 풍경을 응시했다.

네온사인이 하나둘 깜빡이기 시작하고 차량의 붉은 미등이 선명함을 더해 가고 있다.

사몬지는 어둠 저편에 네 사람의 얼굴을 그렸다.

카드에서 본 마키노 히데키미, 구시다 준이치로, 후타바 다카에 세 사람의 얼굴과 법률 사무소에서 만난 노가미 도모야의 얼굴이다.

지금 그들은 어떤 생각을 하고 있을까.

"노가미라는 변호사를 집중적으로 감시하는 건 어떨까? 그들의 다음 행동을 알 수 있을지도 몰라."

"소용없어. 보스인 노가미는 위에서 지시만 내릴 뿐이고 직접 움직이지는 않을 테니까. 실행은 다른 세 명이 하고 전화로 지령을 받으면 미행은 별 도움이 안 될 거야."

"그럼 어떡해?"

"생각 중이야. 1억 2천만 명의 인질이라고 하지만 아이들은 몸값을 직접 낼 수 없으니 성인 남녀를 몸값을 내는 인질로 봐도 되겠지. 그럼 약 7천만 명이야. 그 7천만 명을 위협해서 한시라도 빨리 몸값을 받아낼 방법이 뭐가 있을까."

"또 비행기나 신칸센을 폭파하는 건 오히려 역효과라고 했지?"

"그러면 또다시 대량 살인이 일어나니까. 공포를 줄 수 있을지 몰라도 사람들의 분노를 부채질할 가능성도 있어. 분노와 증오. 그렇게 돼 버리면 이후에는 사람을 아무리 죽여 봐야 소용없어."

"그럼 또 어느 커피숍의 설탕통 같은 곳에 청산가리를 넣으려나?"

"자존심이 남들보다 갑절은 센 녀석들이야. 전에 한 번 쓴 방법을 또 쓰지는 않겠지. 자존심이 용납지 않을걸."

"그럼 대체 뭘 한다는 거야? 그것만 알면 대비책도 마련할 수 있을 텐데."

후미코가 물었을 때 노크도 하지 않고 야베 경부가 사무실에 벌컥 들어왔다.

그는 들어오자마자 빈 소파에 앉아 "정말 피곤하군" 하고 요란하게 한숨을 내쉬었다.

사몬지는 빙긋 미소 지었다.

"다른 건 몰라도 체력 하나만은 자부하는 자네답지 않은데."

"언론과 정치판에 계신 저 높으신 분들까지 틈만 나면 경찰은 대체 뭐 하는 거냐며 두들겨 대고 있어. 경찰서도 이 사무소처럼 지상 36층쯤에 만들어야 해."

"지상에서의 잡음이 들리지 않으니?"

"그것도 그렇지만 여기 창문에서는 그놈의 와펜도 보이지 않잖아. 한 시간 전에 기자 회견을 했는데 거기 모인 기자들도 하나같이 그 와펜을 가슴에 달고 있더군. 정말 지긋지긋해."

"뭐라도 좀 드실래요?"

후미코가 물었다.

"마음 같아서는 위스키라도 한잔하고 싶지만 커피로 하겠습니다. 블랙으로."

그러고서 야베는 사몬지와 후미코를 향해 말했다.

"그러고 보니 두 사람은 와펜을 달지 않았군."

"경찰에 의리를 지켜야지."

사몬지는 담배를 입에 물고 야베에게도 한 대 권했다.

그는 담배에 불을 붙이고 야베에게 물었다.

"범인에 대해서는 뭔가 알아냈나?"

"아니. 유감스럽게도 도무지 갈피를 못 잡는 상황이야. 미카미 도쿠타로 부부 주변을 철저히 조사 중이지만 지금까지는 나온 게 아무것도 없어. 자네는 좀 어떤가?"

"범인의 이름은 전부 알고 있어요."

후미코가 커피를 가져오며 의기양양하게 말했다.

야베는 "네?" 하고 눈을 부릅뜨며 후미코를 보고 다시 사몬지를 봤다.

"그게 정말인가?"

"안다고 할 수 있겠지만 어차피 자네는 만족하지 못할 게 뻔해. 그래서 일부러 입 다물고 있었어."

"일단 알려 주게."

야베는 손에 든 커피를 옆에 내려놓고 사몬지를 재촉했다.

사몬지는 노가미 변호사를 비롯한 네 사람의 이름을 메모지에 적어서 야베에게 건넸다.

"그들이 이번 사건의 범인이야. 제일 위에는 노가미 도모야 변호사가 있고."

"흐음."

야베는 처음 보는 이름을 반신반의하며 바라보다가 물었다.

"이 네 사람이 이번 사건의 범인이라는 증기는?"

"없어. 아무것도."

"뭐라고?"

"요새 귀가 잘 안 들리나? 아무것도 없다고 했어."

"목소리가 테이프 속 목소리와 비슷하기라도 한 건가?"

"아니. 지인들을 찾아가 테이프를 들려줬지만 하나같이 다르다고 했다더군."

"만나서 이야기라도 나눠 봤나?"

"긴자에 있는 사무실에서 노가미 변호사를 만나긴 했는데 다른 세 사람은 주소조차 몰라."

"그럼 정말 아무것도 없잖은가!"

야베가 버럭 소리쳤다.

"그러니 자네에게 입 다물고 있었던 거야. 그렇게 화를 낼 게 뻔하니."

"그럼 대체 이 네 사람을 범인으로 지목하는 증거가 뭔가?"

"증거는 전혀 없다고 했을 텐데. 굳이 말하면 내 직감이라고 해야겠군."

"맙소사."

야베는 소파에 깊숙이 앉아 고개를 절레절레 흔들었다.

"자네들은 민간인이라 편하고 좋겠어. 우리 같은 경찰이 그런 기자 회견을 했다가는 아주 몰매를 맞을 텐데."

"그럼 자네도 경찰을 관두고 사립 탐정을 하는 게 어때?"

사몬지는 장난 섞어 말하고 다시 말을 이었다.

"이건 진지하게 하는 말인데, 그들은 조만간 분명 또 무슨 짓을 저지를 거야. 언론에서는 미카미 도쿠타로의 계좌에 돈이 2억 엔이나 들어왔다며 호들갑을 부리고 있지만 블루 라이언스 녀석들은 그런 액수에 만족하지 않을 테니까."

"경찰도 경계하고 있네. 다만 뭘 어떻게 해야 할지를 모를 뿐."

야베는 또다시 피로에 찌든 얼굴로 한숨을 내쉬었다.

8장.

코로넷 작전

1

4월 6일 수요일 도쿄역에서 오후 1시발 '하카타행 히카리 9호' 열차가 정시에 출발했다.

운임 인상으로 한때 줄어든 승객이 다시 돌아와 열차의 좌석은 7, 80퍼센트 정도 차 있었다.

트라이스타 여객기 사고가 블루 라이언스의 소행으로 밝혀진 후 그들이 다음으로 신칸센을 노릴 수도 있다는 이야기가 퍼진 탓에 모든 열차에 철도 경찰관이 두 명씩 배치돼 수상한 승객이나 짐이 있는지 눈을 번뜩이며 확인했다.

물론 '히카리 9호'에도 철도 경찰관 두 명이 탑승해 있었고 열차가 오다와라를 통과하는 지점부터 전 차량을 돌아다녔다.

그물 선반 위에 주인이 불분명한 물건이 있으면 큰 소리로 주인을 찾았고 차장도 협조했다.

차내 안내방송에서는 주변에 주인을 알 수 없는 수상한 물건이 있으면 즉시 차장에게 알려 달라고 승객들에게 거듭 당부했다.

모두가 신경이 곤두서 있는 걸 알 수 있었다.

그러나 열차가 오후 1시 정각에 출발해서 그런지 차내 식당과 뷔페는 금세 만원이 되었고 자기 자리에서 역에서 산 도시락을 먹는 사람도 많았다. 그런 것만 보면 평화로운 풍경이었다.

열차는 오후 3시 1분 정시에 나고야에 도착해, 2분 정차 후 3시 3분에 나고야를 출발했다.

철도 경찰관은 나고야 출발과 동시에 다시 둘로 나뉘어 선두 차량과 마지막 차량까지 한 칸씩 나아가며 차량을 확인했다. 범인이 폭탄을 설치 후 나고야에서 내렸을 가능성이 있기 때문이다.

모든 차량을 조사했지만 주인이 불분명한 짐은 없었고 화장실과 세면실에서도 시한폭탄은 발견되지 않았다.

"이상 없음."

두 명의 철도 경찰관은 안도한 얼굴로 전무 차장에게 보고했다.

2

도쿄역 신칸센 플랫폼 북쪽 끝에는 6층짜리 흰색 건물이 있다.

그곳은 국철이 세계에 자랑하는 종합 지령실이었다.

안에는 ATC(자동 열차 제어 장치), CTC(열차 집중 제어 장치), 컴트랙(CTC와 컴퓨터의 결합 장치), ATS(열차 자동 정지 장치) 같은 안전 확보를 위한 기계들이 가득 차 있다.

기계들의 가격을 전부 합치면 약 40억 엔. 그런 기계를 2백 명쯤 되는 직원이 모여서 제어했다.

노선에 조약돌 하나가 떨어져 있어도 열차는 자동으로 멈춰 선다.

천재지변이 일어나도 멈춰 서고, 열차 안에서 폭탄이 터져도 물론 멈춰 선다.

그러나 아직 실제로 신칸센에서 시한폭탄이 폭발한 적은 없었다.

종합 지령실 직원들은 긴장한 얼굴로 거대한 표지판을 응시했다.

그곳에는 도쿄—하카타 간 모든 역과 역 사이 노선 구성도가 표시돼 있다. 표지판 앞에는 신호 설비 제어판이 있고 그것으로 모든 역의 포인트와 신호기를 무선으로 제어할 수 있었다.

종합 지령실에는 이미 블루 라이언스가 다음으로 신칸센을 노릴 수 있다는 경고가 들어왔다.

기자단에서도 만약 신칸센에서 시한폭탄이 터지면 어떻게 되느냐는 질문이 나온 적이 있었다.

이에 국철의 상무이사는 다음과 같이 대답했다.

"신칸센은 무슨 일이 일어나든 반드시 멈춰 서니 안전합니다."

그러나 현장에서 근무하는 직원들은 그리 낙관하지 않았다.

컴트랙(COMTRAC)은 폭발이 일어나면 자동으로 열차를 멈춰 세울 것이다.

그러나 그 열차 자체가 폭발에 의해 어떻게 될지는 아무도 알지 못했다.

탈선 후 전복할지 아니면 불길이 치솟을지 알 수 없고 장소에 따라 피해도 달라질 터였다. 주변이 트인 시골길을 달리고 있다면 바로 구조하러 달려갈 수 있지만 만약 터널 안에서 그런 사고가 벌어지면 참사가 일어날 게 뻔했다. 또 하카타를 향해 서쪽으로 연장된 철길에는 터널 구간이 많았다.

그때 갑자기 전화기 한 대가 울렸다.

"종합 지령실입니다."

수화기를 든 사람은 아베라는 이름의 직원이었다.

─우리는 블루 라이언스다.

남자의 목소리가 수화기를 통해 전해졌다.

순간 수화기를 든 아베의 얼굴이 파랗게 질렸다.

심장이 쿵쾅거리기 시작했다. 아베는 마음을 가라앉히려고 일부러 "누구라고요?" 하고 되물었다.

수화기 너머에서 남자가 웃음을 풋 터뜨렸다. 묘하게 톤이 높은 웃음소리였다.

─블루 라이언스라니까.

"블루 라이언스? 설마 장난 전화인가?"

저절로 목소리가 커졌다. 그 목소리를 듣고 근처에 있던 직원들이 깜짝 놀라 고개를 돌렸다.

─아니, 진짜가 맞아.

"무슨 용건이지?"

─지금 '히카리 9호'는 어디를 달리고 있지?

"히카리 9호?"

아베는 표지판으로 시선을 향했다.

"방금 기후하시마를 통과했어. 그건 왜 묻지?"

─열차에 폭탄을 설치했거든.

"폭탄?"

그 한마디에 지령실 안이 얼어붙었다. 누군가가 부랴부랴 '히카리 9호'에 전화를 걸었다.

"거짓말은 아니겠지?"

아베는 창백한 얼굴로 잡아먹을 듯이 물었다. 근속 15년 국철 직원의 뇌리에 허공에 날아가는 신칸센의 모습이 잠시 비쳤다가 사라졌다.

—정말이야.

상대의 목소리는 지극히 냉정했다.

"우리에게 원하는 게 뭐지? 뭘 바라나?"

—그런 건 없어.

"뭐라고?"

—요구할 게 없다고.

"그럼 왜 폭탄 같은 걸 설치했지?"

—우리에 대해서는 알고 있겠지?

"그래. 그런 것보다 '히카리 9호'의 어디에 폭탄을 설치했는지 얼른 말해!"

—그렇게 서두를 거 없어. 그쪽에서는 '히카리 9호'에 연락할 수 있잖아. 아니, 이미 연락하고 있겠지.

남자는 다 아는 것처럼 말했다.

"그래, 지금 무선으로 연락을 취하고 있다."

—그거 다행이군. 앞으로 30분의 여유가 있어.

"폭탄이 어딨는지 얼른 말해!"

—자, 지금부터 내가 하는 말 잘 들어. 우리는 일본 국민 모

288

두를 납치하고 한 사람당 5천 엔의 몸값을 요구하고 있어. 하지만 5천 엔을 아까워하는 멍청이들도 많더군.

아베는 상대의 목소리를 들으며 자신의 가슴을 내려다봤다. 그는 아직 와펜을 사지 않았다.

—그래서 말인데.

상대는 계속 냉정하게 말했다.

—아쉽지만 사람들이 몸값을 내지 않는 이상 우리로서는 인질을 더 죽일 수밖에 없어. 그래서 '히카리 9호'에 폭탄을 설치하는 '코로넷 작전'에 돌입하기로 했다.

5미터 정도 떨어진 책상에서는 동료 나카니시가 필사적으로 '히카리 9호'의 전무 차장과 연락을 주고받고 있었다.

"블루 라이온스라고 합니다. 아무래도 장난 전화 같지 않아요."

—현재 경찰과 차장들이 모든 차량을 조사하고 있네.

'히카리 9호'의 전무 차장이 긴장한 목소리로 대답했다.

"아직 못 찾았습니까?"

—못 찾았네. 일단 열차를 세우고 모든 승객을 대피시키는 편이 나을까?

"아니, 잠깐만요. 만약 열차가 정차할 때 폭발하게 돼 있으면 어쩌죠?"

"요구는 다 들어줄 테니 폭탄을 설치한 곳을 알려 줘."

아베는 필사적으로 수화기 너머 상대에게 애원했다.

—당신은 몸값을 냈어? 지금 가슴에 와펜을 달고 있나?

상대는 조롱하듯 아베에게 물었다.

"아니, 아직이야. 하지만 지금 당장 돈을 보낼게. 와펜도 가슴에 달 거고. 그러니 '히카리 9호' 어디에 폭탄이 설치되어 있는지 알려 줘!"

—자, 이야기를 되돌리지. 지금부터 내가 하는 말을 잘 기억해 뒀다가 나중에 경찰과 신문 기자들에게 설명해 줘. 알겠나?

"그래."

—우리 블루 라이언스는 몸값이 들어오는 게 영 시원찮아서 어쩔 수 없이 '히카리 9호'에 폭탄을 설치했어. 그런데 우리는 승객 중에 와펜을 가슴에 단 가족이 있다는 걸 알게 됐지. 우리는 몸값을 지불한 사람에게는 안전을 약속했고, 약속은 반드시 지키는 사람들이야. 그래서 급거 폭파를 중단하기로 결정했다. 국철은 그 가족들에게 감사해야 할 거야. 내 말이 틀렸나?

"그래, 마땅히 감사해야겠군. 그래서 폭탄은 지금 어디에?"

—15호 차량에 있는 쓰레기통에.

"15호 차량 말이지?"

一또 하나 알려 줄 게 있는데, 우리가 설치한 건 플라스틱 폭탄이야. 어떤 형태로든 만들 수 있지. 그걸 염두에 두고 잘 찾아보도록. 전기 뇌관에 세이코사의 소형 알람시계를 시한 장치로 썼다. 전지가 들어가는 시계이니 소리는 나지 않아. 빨간색과 파란색 코드를 동시에 절단하면 시한장치가 멈출 거야. 이렇게까지 설명해 줬으니 아무리 멍청해도 처리할 수 있겠지? 그럼 행운을 빌게.

그는 차분한 목소리로 마지막으로 그 말만을 전하고 곧장 전화를 끊어 버렸다.

'히카리 9호'에서는 철도 경찰관 두 명이 15호차 객실 밖에 있는 쓰레기통으로 뛰어갔다.

"여기는 조금 전에도 확인했는데……."

한 명이 고개를 갸웃거리며 쓰레기통 입구를 열었다.

안에는 빈 맥주 캔과 도시락 용기가 보였다.

"플라스틱 폭탄은 어떤 형태로든 만들 수 있다고 해."

또 한 명이 그렇게 말하며 안에 든 쓰레기를 남김없이 밖으로 꺼냈다.

그러다 순간 손이 멈칫했고 얼굴에서 핏기가 가셨다.

"이거야!"

그는 소리치고 손에 든 도시락 상자를 동료에게 보여 줬다.

빈 상자가 두 개 있고 언뜻 보기에 끈으로 대충 묶어 놨지만 무게감이 상당하다.

"폭발까지 앞으로 20분 정도 남았나."

목소리가 저절로 떨렸다.

두 사람은 절도범이나 소매치기를 체포한 적은 있어도 폭발물을 처리하는 건 처음이었다.

그러나 지금은 둘이서 처리할 수밖에 없다.

한 명이 도시락 상자를 가만히 바닥에 내려놓았다.

전무 차장이 창백한 얼굴로 두 경찰관 뒤에서 고개를 내밀었다.

철도 경찰관은 떨리는 손으로 우선 끈을 풀었다.

상자 두 개가 전선으로 연결돼 있었다.

"아마 한쪽이 플라스틱 폭탄이고 다른 한쪽은 시한장치겠지."

철도 경찰관이 말했다.

상자 두 개를 잇는 전선은 두 줄로 각각 빨간색과 파란색 테이프가 감겨 있다.

"범인은 빨간색과 파란색 전선을 동시에 자르면 시한장치가 멈출 거라고 했습니다."

전무 차장이 긴장된 목소리로 말했다.

"만약 그게 거짓말이고 오히려 동시에 자를 때 폭발한다면?"

경찰관 중 한 명이 말했다. 모두가 신경이 곤두서 있다.

"자르지 않고 철교 위에서 열차를 세우고 강에 던져 버리는 게 나을까요?"

또 다른 경찰관이 말했다.

"나가라강을 건넜으니 앞으로 큰 강은 없습니다. 또 언제 폭발할지 모르니 얼른 처리하지 않으면……."

전무 차장이 빠르게 대답했다.

"어차피 모 아니면 도군. 일단 해 보지."

경찰관 중 한 명이 말했다.

"범인이 정말 폭파할 생각이었다면 폭탄이 있는 곳을 가르쳐 주지도 않았을 거야."

둘 중 나이 많은 경찰관이 전무 차장이 내민 가위를 받아 들고 전선 두 개를 집어 들었다.

전무 차장은 눈을 질끈 감았다.

만약 폭발하면 나는 처참하게 날아가 버릴 것이다. 그리고 시속 2백 킬로미터로 달리는 이 열차는 어떻게 될까.

툭, 하는 가위 소리가 들렸다.

그러나 아무 일도 일어나지 않았다.

두 명의 철도 경찰관은 창백한 얼굴로 거친 숨을 길게 내쉬었다.

51세인 전무 차장은 순간적으로 다리가 풀려 그 자리에 주저앉고 말았다.

'히카리 9호'와 승객 976명의 목숨을 구한 것이다. 그들을 구한 것이 자신들인지, 블루 라이언스인지, 아니면 '히카리 9호'에 탑승해 있다는 와펜을 단 가족이었는지 구분할 수도 없었다.

3

'히카리 9호'가 교토역에 도착하자 그곳에서 기다리고 있던 교토부경 기동대원들이 철도 경찰관에게서 폭탄을 넘겨받고 즉시 과학 수사 연구소로 향했다.

과학 수사 연구소에서 조사한 결과 폭탄은 블루 라이언스가 전화로 말한 대로 플라스틱 폭탄이었다.

현재 미국에서 개발된 C4. 만약 폭발했다면 '히카리 9호'는 그 즉시 선로를 벗어나 전복했고 수많은 사상자가 나왔을 터였다.

그 사실은 곧장 도쿄에 있는 수사본부에도 전해졌다.

보고를 받은 야베는 '역시 신칸센이었군' 하고 생각했다.

"그들이 도중에 마음을 바꿔서 다행이었습니다."

야베는 마쓰자키 본부장에게 보고했다.

마쓰자키 경시는 지난번과 마찬가지로 회전의자를 삐걱거리며 말했다.

"와펜을 달고 있었다는 그 가족에게 감사장이라도 보내야겠어. '히카리 9호'의 쓰레기통에 폭탄을 넣은 범인은 나고야에서 내렸겠지?"

"그래서 즉시 기후 현경에 연락해 '히카리 9호'에서 내린 것으로 추정되는 승객을 찾아 달라고 했지만 잘 될지는 모르겠습니다. 개찰구를 나오지 않고 그대로 상행선을 타고 도쿄로 돌아갔을 수도 있고요."

"그게 아니면 다음 '히카리'를 타고 더 서쪽으로 향했을 수도 있다는 말이군."

"그렇습니다. 그러니 나고야역 조사는 큰 성과가 없을 것으로 예상합니다."

"시한장치로 쓰인 세이코사의 알람시계나 플라스틱 폭탄에서 범인을 찾을 단서가 나오지 않을까?"

"글쎄요."

"평소와 달리 영 자신이 없군."

"이번 사건에서는 그들에게 계속 선수를 빼앗기고 있으니까요. 그러면서 아직 그들의 윤곽조차 파악하지 못하고 있죠. 맥이 빠질 수밖에요."

"사몬지 씨가 말한 그 4인조는 어떻게 생각하나? 난 상당히 흥미롭던데. 좌절한 젊은이들이 모여 범행을 저지르고 있다는 발상이."

"저도 착안점만큼은 흥미롭다고 생각합니다. 정작 사몬지와 후미코 씨 앞에서는 말도 안 된다며 웃어넘겼지만 다니키와 아오야마 형사에게 이미 조사를 지시했습니다."

"그래서?"

"현재까지는 성과가 없습니다. 무엇보다 증거가 전무하니까요. 테이프 속 목소리와도 일치하지 않고요."

야베가 쓴웃음을 지었을 때 젊은 형사가 석간신문 뭉치를 들고 들어왔다.

"경부님. 신문에 오늘 사건이 보도됐습니다."

젊은 형사가 보고했다.

마쓰자키 본부장은 그에게서 신문을 낚아채 곧장 펼쳤다.

1면에 대문짝만 한 제목이 쓰여 있었다.

신칸센, 일촉즉발의 위기에서 간신히 벗어나다!

와펜을 가슴에 단 가족이 976명을 구했다!

그런 커다란 글자가 신칸센 사진과 함께 마쓰자키의 눈에 들어왔다.

"자네가 기자 회견이라도 했나?"

마쓰자키가 야베를 보며 물었다.

"아뇨. 안 했습니다. 국철 측 발표 아닐까요."

야베도 신문을 훑어보고 본부장에게 말했다.

4

사몬지는 착잡한 얼굴로 석간신문을 내던졌다.

"교묘한 수를 쓰는군. 적이지만 훌륭해."

사몬지는 후미코를 보며 미소 지었다.

"기사에 경찰 발표라고 적혀 있지는 않아."

후미코가 기사를 읽으며 말했다.

"그들이 직접 신문사에 연락했을 테고 신문사가 다시 국철에 확인했겠지. 그렇게 적혀 있지는 않지만."

"와펜을 단 가족이 타 있던 덕에 블루 라이언스가 계획을 중단한 건 다행 아니야? 플라스틱 폭탄이 터졌다면 정말 수백 명이 목숨을 잃었을 거야."

"당신까지 그렇게 생각할 줄이야."

사몬지는 못 말리겠다는 듯이 어깨를 으쓱했다.

"아냐?"

후미코는 의아해하며 물었다.

"당연히 아니지. 승객 중에 와펜을 단 가족이 정말로 있었는지는 물론 나도 몰라. 있었을 수도 없었을 수도 있겠지. 하지만 그들이 와펜을 단 가족이 있어서 계획을 중단했다는 건 분명 거짓말이야."

"왜 그렇게 생각해?"

"그들은 몸값이 자신들 예상보다 모이지 않는 상황에 초조해하는 모습을 보였어. 신문은 계좌에 돈이 2억 엔이나 들어왔다며 호들갑을 부렸지만 그들 생각은 달랐던 거야. 그들은 지금 자신들이 일본 국민 1억 2천만 명을 납치했다고 믿고 있어. 천억 엔, 2천억 엔의 몸값이 들어오지 않는 이상 만족하지 못하는 거야. 그게 바로 천재를 자임하는 그들의 약점이야. 정도란 걸 모르는 거지. 그래서 그들은 조금 더 인질들, 그러니까 일본 국민 전부를 협박해야겠다고 생각했어. 그게 바로 코로넷 작전이라는 거고."

"하지만 대량 살인을 일으키면 오히려 인질들의 분노를 살 수도 있어. 그렇다고 한두 명 죽여 봐야 효과가 한정되고."

"그래, 맞아. 그래서 그들은 그럴싸한 작전을 떠올렸어. 아니, 맨 처음 올림픽 작전을 시작했을 때부터 이미 계획하고 있었는지도 몰라. 그들의 보스는 노가미라는 냉정한 남자니까. 돈이 들어온 미카미 도쿠타로의 예금 계좌를 손에 넣을 방법도 이미 알고 있을지 모르지. 그들은 최대의 효과를 거둘 방법으로 이번 조작을 실행에 옮긴 거야."

"조작?"

"그래. 그들은 처음부터 신칸센을 폭파할 마음 따위 없었어. 플라스틱 폭탄을 설치한 후 그것을 국철에 알린다. 그리고 계획을 중단한 이유는 승객 중에 안전을 보장하는 와펜을 단 가족이 있었기 때문이라고 한다. 그럼 어떤 효과가 생길지 뻔하지 않아? 아직 와펜을 사지 않은 사람들은 두려움에 떨 테고, 몸값을 지불해 와펜을 산 사람들은 안도하겠지. 심지어 당신도 승객 중에 와펜을 단 사람이 있어서 다행이라고 말할 정도니 오죽하겠어."

"그렇구나. 정말 교묘한 방법이네. 이번 일 때문에 와펜을 사는 사람들이 급증할 수도 있겠어."

"그렇겠지."

"한탄스러워?"

"아니. 딱히. 다만 지금까지는 주도권을 완전히 그쪽이 쥐고 있다고 말할 수 있어."

"당신은 아직도 그 네 사람이 블루 라이언스라고 확신해?"

"응. 점점 확신이 강해지기만 하고 약해지지는 않았어."

"하지만 그들을 아는 사람들은 하나같이 테이프 속 목소리가 그들과 다르다고 증언했잖아."

"그러지 않아도 나도 그 점에 대해 고민해 봤어. 지난번에 말한 것처럼 다른 사람에게 대신 전화를 걸게 하지는 않았을 거야. 자칫 잘못하면 비밀이 새어 나갈 수도 있으니까. 그럼 본인이 직접 전화를 걸었다는 말이 되는데 그들 주변 사람들은 하나같이 목소리가 다르다고 하는 상황. 자, 여기서 조금 다른 이야기지만 내가 미국에 있었을 때 컬럼비아 대학 시절 친구가 '시랩 계획(Sealab project)'에 참가한 적이 있어. 나도 그 친구를 따라 버뮤다에 갔었고."

"시랩 계획? 해저에 만든 집에서 사람을 며칠 동안 살게 했다는 그 계획 말이지?"

"그래. 버뮤다에서는 수심 30미터에서 그 실험을 했어. 바닷속 집은 중심을 주변 수압과 똑같이 맞추지 않으면 바닷물이 들어오면서 수압에 짓눌리게 돼. 그래서 보통 공기 대신 6, 70퍼센트의 헬륨과 나머지는 산소로 구성된 혼합 가스 속에서 생활했지. 왜 그런 혼합 가스가 해저 생활에 필요한지는 나도 모르겠어. 그 친구는 그곳에서 엿새 동안 해저 생활을 했는데, 아마추어인 내게 무엇보다 흥미로웠던 건 '도널드 덕 효과'라는 거였어."

"도널드 덕이라니. 그 목소리가 이상한 만화 속 오리 주인공 말이야?"

"그래. 헬륨 가스 안에서 말을 하면 목소리가 묘하게 날카롭고 이상한 음성으로 변해. 난 그때 바닷속에 있는 친구와

전화 통화를 했는데 그야말로 도널드 덕 목소리 같았지. 이
건 상압에서도 같다고 해. 헬륨에 통과시키면 목소리가 일그
러지는 거야. 그래서 미국 학자들은 그걸 도널드 덕 효과라고
불러."

"그럼 그 범인들도 전화할 때 헬륨을 통해서 전화했다는 거
야?"

"작은 용기에 헬륨을 넣고 그곳을 거쳐 전화하는 그런 기계
를 못 만들지는 않았을 거야. 무엇보다 후타바 다카에는 화학
을 전공한 천재였으니까. 헬륨 농도를 옅게 하면 목소리 왜곡
도 조절할 수 있어. 그럼 약간 특이한 목소리가 되겠지."

"그 목소리를 원래 목소리로 되돌릴 수도 있어?"

"일본에는 없지만 미국에는 원래 목소리로 되돌리는 장치
가 있어."

"그럼……."

"이미 범인의 테이프를 방금 말한 친구에게 보냈어. 그리고
목소리를 분석해서 다시 보내 달라고 했지."

5

미카미 도쿠타로의 계좌에 입금액이 급증했다. 어느새 두 배를 넘어 세 배, 네 배가 되었다.

미카미 제작소는 와펜 생산에 모든 것을 쏟아부었고 아르바이트생은 천 명을 돌파했다.

거리에는 와펜이 넘쳐났다. 지금까지는 와펜을 단 사람이 소수여서 어깨를 움츠리고 걸었지만 이제는 와펜을 단 사람들이 당당히 가슴을 펴고 걸었다. '안전과 평화'라고 적힌 와펜이 급기야 하나의 사회 현상이 돼 버린 듯했다.

어느 대형 기성복 업체는 대량으로 와펜을 주문해 가슴에 부착한 옷을 팔기 시작했다.

혼자서 와펜 대여섯 장을 사들여 양복 가슴은 물론 자동차와 보스턴백에까지 덕지덕지 붙이는 젊은이도 속출했다.

외국의 일본 특파원 중 한 명은 '와펜에 점령당한 일본'이라는 제목의 기사를 써서 본국에 보냈다. 그 기사를 작성한 기자의 가슴에도 물론 와펜이 달려 있었다.

이 현상이 비단 도쿄에서만 일어나는 것은 아니었다. 북으로는 홋카이도, 남으로는 규슈까지 일본 전역에 '안전과 평화' 와펜이 범람했다. 이 와펜 광란극에서 벗어난 곳이라면 최남단에 있는 오가사와라 제도와 오키나와 정도였다.

언론은 당연히 경찰에 비난의 화살을 돌렸다. 거리에 넘치는 와펜은 그대로 경찰의 무능과 시민들의 불신을 상징한다는 논조였다.

　　경찰도 물론 그저 손 놓고 와펜의 홍수를 지켜보고 있지만은 않았다.

　　야베 경부의 지휘하에 47명의 형사들은 필사적으로 범인을 쫓았다. 플라스틱 폭탄, 거기에 쓰인 뇌관, 삿포로에서 쓰인 32구경 권총, 테이프 등 증거품의 경로를 최대한 쫓았지만 아무리 거슬러 가도 범인의 윤곽은 떠오르지 않았다.

　　"이 모든 것들이 범인과 연결되지 않는 이유를 추측해 보자면 하나밖에 없습니다."

　　야베는 마쓰자키 본부장에게 말했다.

　　"예컨대 뇌관 말입니다만, 지난 트라이스타기 사고와 이번 신칸센 사고에서 최소 두 개가 쓰였습니다. 특히 이번에는 뇌관을 온전한 상태로 입수했고 조사해 보니 N화약 공장에서 제조된 것으로 판명됐죠. 하지만 그곳에서 뇌관을 도난당했다는 말은 없었습니다. 건설 현장에서도 뇌관이 사라졌다는 제보는 없었고요."

　　"그럼 범인들은 대체 어디서 뇌관을 입수했지?"

　　"해외일 겁니다."

　　"해외?"

"그렇습니다. N화약에서는 뇌관과 다이너마이트를 매년 상당수 해외에 수출하고 있습니다. 범인은 국내가 아닌 해외에서 뇌관을 입수하지 않았을까요? C4라고 불리는 플라스틱 폭탄도 마찬가지입니다. 국내에서는 어느 과격 단체도 플라스틱 폭탄을 사용하지는 않습니다. 하지만 동남아시아나 중동 등 내전이 일어나는 곳에서는 빈번하게 쓰이죠. 권총도 국내에서 폭력단 등을 통해 입수한 게 아니라 범인이 직접 하와이나 괌 등지에 가서 몰래 들여온 게 아닐까 추측합니다."

"어떻게?"

"권총은 조금 힘들 수 있지만, 플라스틱 폭탄과 뇌관은 손쉽게 들여올 수 있겠죠. 플라스틱 폭탄은 흰색이고 점토 형태라 인형 등의 형태로도 만들 수 있으니까요. 게다가 색을 칠하면 세관에서 걸리는 확률은 제로에 가까울 겁니다. 또 뇌관은 길이 3.5센티미터, 지름 0.75센티미터로 매우 작아서 목걸이 끝에 달거나 하면 프리 패스입니다. 요즘은 실탄 탄피를 목에 걸고 다니는 젊은이도 있는 시대니까요."

"무작정 해외라고 하면 너무 범위가 넓지 않나."

"그렇습니다. 그나마 다행인 것은 N화약이 뇌관을 수출하는 국가가 태국 한 곳뿐이라는 점입니다."

"거기에 수사 인력을 보내야 할까?"

"마음 같아서는 제가 가고 싶습니다만 이노우에가 적격 같습니다. 그는 어학에 능통해 예전에 필리핀에 파견된 적도 있으니까요."

"그래. 그런데 그렇게 해서 범인을 찾을 수 있겠나?"

"저도 모르겠습니다. 하지만 이대로 있다가는 죽도 밥도 안 되지 않겠습니까."

"그래. 인터폴을 통해 태국 경찰에 협조를 요청해야겠어."

6

사몬지는 후미코와 함께 긴자에 있는 노가미 도모야의 법률 사무소를 다시 찾았다.

택시 창문을 통해 밖을 보니 거리를 지나는 사람 대다수가 가슴에 와펜을 달고 있다.

두 사람이 탄 택시의 기사도 유니폼 가슴 부분에 와펜이 달려 있었다.

"회사가 일괄로 구매해서 직원들에게 나눠 주더군요."

중년의 기사는 운전하면서 사몬지를 향해 말을 걸었다.

"'안전과 평화'라는 문구가 안전운전을 해야 하는 우리 같은 택시 기사들에게 어울리긴 하지요. 그런데 손님은 와펜을 안 달고 계시네요."

"디자인이 마음이 들지 않아서요."

"이 택시에 타고 계시는 한 안전할 겁니다. 제가 가슴에 와펜을 달았고 차에도 와펜을 붙여 뒀으니까요."

"감사한 일이네요."

사몬지는 무심코 후미코와 얼굴을 마주 봤다.

"코로넷 작전은 결국 대성공인 것 같네."

후미코는 우습다는 듯이 말했다.

긴자에 도착한 두 사람은 빌딩 안에 있는 '노가미 법률 사무소'에 올라가 노가미를 만났다.

"안녕하세요. 다시 찾아뵈었습니다."

사몬지는 노가미를 향해 인사했다.

노가미는 "어서 오세요" 하고 두 사람에게 의자를 권하며 "언제든 환영합니다. 특히 두 분처럼 재미있는 분들은요" 하고 진심으로 반가운 것처럼 미소 지었다.

사몬지는 머릿속에 문득 어떤 말이 스쳤다. 말한 사람이 누군지는 잊어버렸지만 이런 말이었다.

'천재는 자신을 칭송해 주는 사람이 항상 주변에 있기를 바란다.'

노가미 변호사도 그런 부류가 아닐까 사몬지는 추측했다.

사몬지는 노가미가 이번 납치 사건의 보스라는 확신이 있었다. 그리고 확신이 틀리지 않을 거라 믿었다.

노가미는 경찰이 아무리 열심히 뛰어다녀도 증거를 찾을 리 없다며 자신감에 차 있는 모습이다. 그러나 한편으로 노가미는 물론 다른 세 사람도 자신들의 이번 행동을 과시하고 싶은 충동에 사로잡혀 있을 것이다.

그것이 바로 천재의 강점이자 약점이다.

여덟 개의 테이프. 와펜. 그것들도 모두 강렬한 자기 과시욕의 표출 아닐까.

이들은 범행이 드러나지 않기를 바라면서도 한편으로 '평범한 사람은 꿈도 못 꿀 엄청난 일을 저질렀다'라는 말을 듣기를 원한다.

그러므로 노가미는 사몬지와 후미코의 방문을 진심으로 반기는 것이다. 사몬지와 후미코를 자신을 '칭송해 줄 사람'으로 보는 게 틀림없었다.

"제가 여러분을 환영하는 게 부자연스럽나요?"

노가미는 웃는 얼굴로 사몬지와 후미코를 번갈아보며 물었다.

사몬지도 미소로 화답했다.

"아뇨. 별로 그렇게 생각하지는 않습니다. 오히려 저희를 반드시 환영해 주실 거라 확신했죠."

"왜 그렇게 확신하셨죠?"

노가미는 흥미로워하며 사몬지를 봤다. 사몬지는 짐짓 시치미를 떼며 말했다.

"담배 한 대 피워도 될까요?"

그는 세븐스타 담배를 꺼내 불을 붙였다.

"확신의 이유가 뭡니까?"

노가미가 또다시 물었다.

"그 사건에 새로운 진전이 있었기 때문입니다."

"저도 신문을 읽어서 소식은 압니다만, 그 일이 제가 여러분을 환영하는 것과 무슨 관련이 있나요?"

"그건 얼마 전에도 말씀드렸지만 변호사님이 이번 사건의 범인이기 때문입니다."

"정말 재미있는 분이시네요."

"천재치고는 어휘가 빈약하시군요. 방금 전에도 똑같은 말씀을 하셨는데."

"그랬나요."

노가미의 얼굴은 여전히 웃고 있다. 그러나 아주 찰나지만 미간이 모이는 순간이 있었다. 이 남자에게는 사소한 비판도 비위에 거슬리지 않을까.

"제가 범인이라면 왜 여러분을 환영하겠습니까? 제가 정말 범인이라면 오히려 여러분을 멀리해야 하지 않나요?"

"평범한 범인이라면 그렇겠죠. 변호사님과 다른 분들은 영재 교육을 받았고 스스로를 천재라고 믿는 분들입니다. 그런 분들은 첫째로 자신의 범행이 절대 탄로 나지 않으리란 강한 자신감이 있습니다. 둘째로 자신들의 범행을 훌륭하게 생각하면서 사람들의 칭송을 받고 싶은 욕구가 있지요. 이 두 가지 이유로 변호사님이 저희를 반드시 환영할 거라 확신한 겁니다."

"그건 아무래도 빗나간 추리 같군요."

"그럴까요?"

"저도 이번 사건에는 관심이 있습니다. 그렇지만 그건 제가 범인이어서가 아니라 개인적인 관심일 뿐입니다. '세상에는 참 엉뚱한 생각을 하는 사람도 다 있구나'라고 생각했죠."

"설마 변호사님이 범인들에게 살해당할까 봐 그 와펜을 가슴에 달고 계시는 건 아니겠지요."

사몬지는 노가미가 양복 가슴에 단 와펜을 보며 말했다.

노가미는 와펜을 손가락으로 문질렀다.

"저도 제 몸은 스스로 지켜야지요. 그러니 달고 있는 겁니다."

"제 눈에는 그렇게 보이지 않습니다만."

"그럼 어떻게 보이십니까? 제가 범인이고 그걸 숨기려고 와펜을 달고 있다고 보시나요?"

"아뇨, 당치도 않습니다."

사몬지는 손을 크게 내저으며 말했다.

"평범한 범인이라면 의혹을 다른 곳으로 돌리기 위해 자신도 피해자라는 연출을 할 때가 있습니다. 대부분은 엉터리 연기이고 거기서 허점도 드러나죠. 변호사님은 다릅니다. 항상 자신만만한 분이니 그런 연출을 할 필요성도 느끼지 못했을 겁니다. 그 와펜도 단지 승리의 표시로 가슴에 달고 있다고 봅니다."

"사립 탐정이신 줄 알았더니 심리학자신가요?"

노가미가 웃음을 터뜨렸다.

"컬럼비아 대학에서 범죄 심리학을 공부했습니다. 특히 관심 분야가 바로 천재적인 범죄자들의 심리였죠."

"오, 그거 흥미롭네요."

노가미는 역시 사몬지의 말에 관심을 보였다. 사몬지가 예상한 대로 노가미는 이번 사건에 대해 논하는 상황이 즐거운 것이다. 말하는 것 자체가 자신들을 향한 칭찬으로 이어지니.

7

사몬지는 두 번째 담배에 천천히 불을 붙였다.

후미코는 핸드백에서 손수건을 꺼내는 척하며 안에 있는 초소형 녹음기의 스위치를 눌렀다.

"이번 사건은 분명 천재적인 인물에 의해 일어났습니다."

사몬지는 냉정한 어조로 말했다.

노가미는 소파에 깊숙이 앉아 턱 밑에 손을 갖다 대고 사몬지를 바라봤다.

"왜 그렇게 생각하시죠? 머리 나쁜 녀석들의 충동적인 범행일 수도 있지 않나요? 우연히 성공했을 수도 있지요."

"아뇨, 그럴 리는 없겠죠. 만약 평범한 유괴 납치범이라면 부잣집 자식이나 정치가 같은 이들을 납치해 은신처에 감금하고 가족에게 몸값을 요구했을 겁니다. 머리가 조금 좋은 범인이라고 해도 기껏해야 길 가는 어린아이를 유괴 후 몸값을 부모나 학교 측에 요구했을 테고요. 어차피 누군가를 납치해 감금하는 패턴은 똑같습니다. 유괴 납치는 원래 그런 것이라는 고정관념이 있으니까요. 평범한 범죄자라면 그럴 거라는 말입니다. 하지만 이번 납치 사건은 전혀 다릅니다. 발상이 아주 천재적이거든요. 일본 국민 1억 2천만 명을 납치한다. 단지 납치했다고 선언만 해도 성립하는 납치. 이런 게 바로 천재적인 발상 아니고 뭐겠습니까."

사몬지는 일부러 범인들을 한껏 추켜세웠다.

노가미는 싱긋 미소 지었다.

"범인들에게 너무 과찬 아닐까요?"

"글쎄요. 정말 그럴까요? 거리에 나가 보십시오. 사람들의 가슴에 전부 와펜이 달려 있죠. 심지어 차에 와펜을 두세 장 붙이고 다니는 젊은이들도 있습니다. 신칸센 사건 이후 와펜을 달고 운전하면 승객들도 안전하다는 이미지가 생겨서 국철과 사철, 택시 회사도 와펜을 대량 사들여 직원들에게 나눠 주고 있지 않습니까. 지금은 그 와펜을 가슴에 다는 게 하나의 사회 현상이 돼 버렸습니다. 범인들의 완벽한 승리예요."

"듣고 보니 그럴지도 모르겠네요."

"그런데 경찰, 아니 그보다 일본 전체가 관심을 가지고 지켜보는 게 바로 미카미 도쿠타로 명의 계좌에 엄청난 기세로 쏟아져 들어오고 있는 몸값입니다."

"오늘 신문을 보니 입금액이 362억 엔에 달한다더군요."

노가미는 마치 남의 일처럼 말했다.

사몬지도 그 소식을 조간신문을 읽어 알고 있었다. 금액은 신칸센 사건 이후 폭발적으로 증가해 4월에는 천억 엔을 돌파할 거라 적혀 있었다.

"범인들은 언젠가 이 몸값을 받으러 올 겁니다. 경찰은 바로 그때가 범인을 체포할 순간이라 보고 있는 듯하고요."

사몬지가 지적했다.

노가미는 파이프 담배를 꺼내 만지작거리며 사몬지의 이야기를 듣다가 입을 열었다.

"느긋하네요."

"그렇습니다. 누가 봐도 느긋하죠. 하지만 지금 그게 범인들에게 가장 어려운 문제인 건 사실 아닌가요? 안 그렇습니까?"

"제게 물어보셔도 소용없습니다. 전 범인이 아니니까요."

"네, 그럼 변호사님은 정말 범인이 아니라고 치죠. 그럼 변호사님이라면 미카미 도쿠타로의 돈을 어떻게 입수하시겠습니까?"

"글쎄요."

노가미는 잠시 고민하듯 고개를 갸웃했다.

노가미는 범죄 집단의 보스이니 이건 어디까지나 연기에 불과하다고 사몬지는 꿰뚫어 봤다. 범인들은 이런 상황도 전부 계산해 이번 사건을 일으켰을 것이기 때문이다.

"저라면 아무것도 안 하겠습니다."

"아무것도 안 한다?"

"범인들의 요구에 5천억 엔의 방위 예산을 복지 사업에 쓰라는 게 있었죠? 미카미 도쿠타로 씨도 자기 앞으로 들어온 막대한 금액을 복지 사업 쪽에 기부하고 싶다고 말한 적이 있고요. 그가 그 말을 실천하면 범인들의 목적도 간접적으로 실현된 게 아니겠습니까? 범인은 그 모습을 멀리서 지켜보며 만족하면 되겠죠. 그러는 게 훨씬 스마트하고 이번 사건의 피날레로도 어울린다고 봅니다."

"아뇨. 그럴 리는 없을 겁니다. 절대로."

사몬지는 단호하게 말했다.

노가미는 희미하게 미소 지었다.

"왜 그렇게 생각하시죠?"

"범인들이 실제로는 복지 문제 따위에 티끌만큼도 관심이 없을 테니까요. 사회 복지에 진정 관심 있는 이들이 여객기에 플라스틱 폭탄을 설치해 2백 명이나 되는 사람들의 목숨을 앗아가는 짓을 벌일 리가 없지 않나요?"

"글쎄요. 몇천억 엔이나 되는 거금을 모아 불우한 사람들에게 나눠 주려면 약간의 희생은 감수해야 한다고 생각하지 않을까요."

"천재들에게만 통용되는 논리군요."

"그들이 목표하는 대로 5천억 엔이 모이고 그것이 정말 복지 혜택으로 돌아간다면 한 명당 천만 엔을 줘도 무려 5만 명의 불우한 사람들이 혜택을 보게 됩니다. 희생자 2백 명 정도는 어쩔 수 없지 않을까요? 게다가 오로지 정부만 믿고 평소 복지 따위에 자기 돈은 한 푼도 쓰지 않는 국민 상당수도 복지 사업에 5천 엔씩을 기부한 셈이 되지 않습니까."

사몬지는 천재들만의 논리를 새삼 확인했다. 윤리에는 일절 관심이 없는 그들만의 논리다.

"아뇨. 그건 아닐 겁니다."

"왜죠?"

"만약 그들이 정말 그렇게 생각했다면 처음부터 미카미 도쿠타로라는 일개 노인이 아니라 전국에 있는 복지 단체에 직접 5천 엔을 보내라고 지시했을 테니까요. 그게 훨씬 확실한 방법이지요. 그러니 그들은 반드시 돈을 찾으러 올 것이고 처음부터 그 계획도 세웠을 거라 봅니다."

"어떻게 찾는다는 말이죠? 미카미 도쿠타로 씨는 물론 계좌가 있는 M은행까지 모두 경찰이 스물네 시간 감시 중이고 모든 정보가 언론에 공개됐습니다. 그런 곳에 갔다가는 경찰에 나 잡아라 하는 꼴 아닐까요? 사몬지 씨. 사몬지 씨라면 어떻게 하시겠습니까?"

이번에는 노가미가 도발하듯 사몬지를 향해 물었다.

사몬지는 쓴웃음을 지었다.

"전 평범한 사람입니다. 천재적인 범인들이 어떤 행동을 할지 예측할 수 있을 리 없죠."

"정말 겸손하시군요."

"솔직하게 말씀드리는 겁니다. 하지만 단 한 가지 확신할 수 있는 것도 있습니다. 실은 그걸 변호사님께 전하고 싶어서 오늘 이렇게 찾아뵌 거고요."

"오, 뭐죠?"

"관심 있으신가요?"

"그야 물론이죠. 미국에서 사립 탐정으로 활약하던 분이 이번 사건에 어떤 평가를 내리실지 아주 궁금해요."

"이번 사건은 범인의 계획대로 착착 진행되고 있는 느낌입니다. 경찰은 연이어 터지는 사건에 휘둘리며 범인의 윤곽조차 제대로 파악하지 못하고 있는 실정이죠."

"경찰에 협조 중인 사몬지 씨가 그런 말씀을 해도 괜찮나요?"

노가미가 미소 지으며 물었다.

사몬지는 고개를 흔들었다.

"상관없습니다. 그게 엄연한 사실이니까요. 그리고 현명한 범인들도 그 정도는 당연히 알고 있을 겁니다. 물론 전 변호사님을 포함한 네 분이 범인이라고 확신합니다만 증거가 전혀 없기 때문에 아무것도 못 하고 있습니다. 범인들은 아마 이런 상황을 즐기고 있겠죠."

"범인들의 완전한 승리라는 뜻인가요?"

"그렇습니다. 지금 일본에는 와펜이 넘쳐나고 있습니다. 도쿄뿐만 아니라 일본 전역이에요. 그것이 범인들의 완전한 승리를 나타내는 가장 큰 증표 아니겠습니까. 그러나……."

사몬지는 거기서 말을 끊고 싱긋 웃었다.

노가미는 "그러나?" 하고 고개를 앞으로 내밀더니 "그러나, 뭐죠?" 하고 물었다.

"범인들의 계획이 성공할수록 그들의 파멸도 가까워질 겁니다."

"네? 그게 무슨 말씀이시죠? 성공이 왜 파멸로 이어진다는 겁니까?"

"궁금하신가요?"

"궁금하다기보다 관심이 생기네요."

"변호사님은 현명한 분입니다. 그러니 조금만 생각하면 금세 아실 수 있을 겁니다."

사몬지는 일부러 모호하게 말하고 자리에서 일어섰다.

8

사몬지와 후미코는 엘리베이터를 타고 내려가 빌딩 앞에서 택시를 잡았다.

"아까 그게 무슨 뜻이야?"

택시가 출발하자 후미코가 사몬지에게 물었다.

"그거라니?"

"마지막에 노가미 변호사한테 한 방 먹여 주고 왔잖아. 범인의 계획이 성공할수록 파멸에 가까워질 거라고."

"아아, 그거."

"상대를 혼란시키려고 일부러 의미 없는 말을 한 거야?"

"아니. 그럴 리 있나. 난 확신해. 범인들은 그 와펜이 거리에 늘어나는 광경을 자신들의 성공의 징표로 여기며 의기양양하게 보고 있겠지만, 사실 그건 그들의 파멸이 가까워 오고 있다는 징표이기도 해."

"왜 그렇게 되는데?"

"당신도 한번 스스로 생각해 봐. 금방 알 수 있을 거야."

"내가 알 수 있을 정도면 IQ 140이 넘는 범인들도 금방 알 수 있지 않을까? 알아내서 대비책을 세우면 어쩌려고?"

"그렇게는 안 될 거야."

사몬지는 미소 지으며 손으로 코를 긁적였다. 자신 있을 때 보이는 사몬지의 버릇이다.

"왜?"

후미코는 영문을 모르겠다는 얼굴로 고개를 갸웃거렸다.

사몬지는 또다시 손으로 콧잔등을 긁적였다.

"첫째, 그들의 영리한 머리와 자만심이 그걸 방해하기 때문이야. 그들은 아마 지금 자신들의 승리에 도취돼 발밑에서 입을 크게 벌리고 있는 함정을 깨닫지도 못하고 있겠지. 노가미 변호사가 내 말을 듣고 묘한 표정을 지은 게 바로 그 증거야. 둘째, 그들이 만약 깨닫는다고 해도 피할 도리가 없기 때문이야. 그들의 파멸은 이번 계획이 처음 세워진 순간부터 이미 시작됐어."

"역시 난 무슨 말인지 모르겠어. 범인들에게 왜 파멸이 기다리고 있는지. 몸값을 받으러 갈 때 경찰이 그들을 붙잡을 테니 그렇다는 거야?"

"당신이야말로 왜 그렇게 생각하지?"

"계획을 세운 시점부터 정해져 있다면 몸값을 받는 순간밖에 없을 것 같아서. 그리고 유괴 납치 사건에서 가장 어려운 부분이 바로 그 몸값을 주고받는 순간이기도 하고……."

"그들이 미카미 도쿠타로의 계좌에 모인 돈을 어떻게 손아귀에 넣을지에 대해서는 나도 감 잡히지 않아."

"그럼 그때를 말하는 게 아니야?"

"응. 만약 돈을 손에 넣는 데 성공한다고 해도 그들은 파멸하게 돼 있어."

"설마 그냥 내버려 둬도 된다는 뜻?"

"아마도. 하지만 파멸을 앞당길 수는 있겠지."

"응? 어떻게?"

"아쉽지만 아직 그 기회는 오지 않았어. 그때가 오면 당신에게도 알려 주고 당신 도움을 받게 될 거야."

사몬지는 이번에는 코를 문지르지 않고 똑바로 앞을 쳐다보며 말했다.

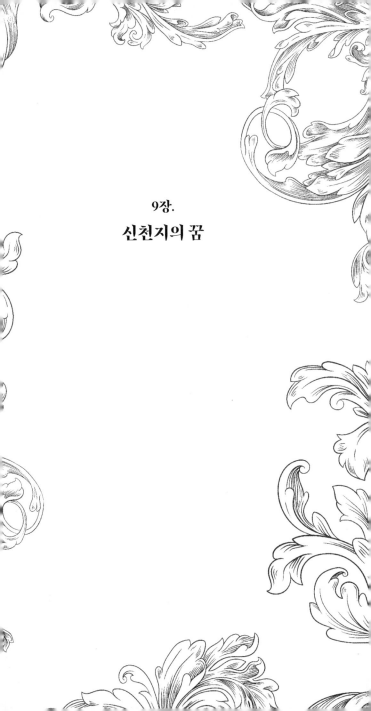

9장.

신천지의 꿈

1

4월 15일 오후 일본항공(JAL) 여객기를 탄 한 남자가 하네다 공항에 내렸고, 또 한 명의 남자는 팬아메리칸 여객기를 타고 날아오르려 하고 있었다.

일본항공기에서 내린 사람은 이노우에 형사였다.

야베 경부가 국제선 로비에서 그를 맞았다.

야베는 태국, 필리핀, 홍콩을 거쳐 돌아온 이노우에 형사에게 "수고 많았네" 하고 어깨를 두드려 주었다.

"차라도 마시면서 이야기를 들어볼까?"

야베와 이노우에 형사가 나란히 공항 내 찻집을 향해 발걸음을 뗄 때 평범한 체구의 남자가 출국 수속을 밟고 있었다.

그가 담당관에게 제출한 여권 속 이름은 미카미 가즈오였다. 그는 브라질 영주 허가증도 갖고 있었다.

4월 중순 관광 시즌이라 공항이 해외여행객으로 북적였기 때문에 직원은 지친 얼굴로 거의 기계적으로 출국 도장을 찍었다.

담당관이 특히 눈여겨보는 사람은 해외에 나가는 과격 단체 소속 젊은이들이었다. 그들의 명단과 얼굴 사진은 벽에 붙어 있다. 그 사진 속 사람이 아닌 다른 여행객들에게는 거의 주의를 기울이지 않았다.

팬아메리칸의 보잉 점보기는 로스앤젤레스를 거쳐 리우데자네이루 행이었다.

일본인 승객이 많아 307명 승객의 약 절반을 차지했다. 신혼여행을 떠나는 듯한 젊은 커플도 있었다.

그들을 태운 점보기가 굉음을 울리며 날아올랐을 무렵, 공항 안에 있는 찻집에서는 이노우에 형사가 동남아시아에서의 성과를 야베에게 보고하고 있었다.

"방콕에서는 일본 건축회사들이 오래된 건물을 부수고 새 건물을 짓고 있습니다. 쿠데타 이후에도 일은 계속되고 있다더군요. 그 건설사가 쓰는 뇌관이 바로 N화약의 뇌관이었습니다."

"그래서?"

"작업을 감독하는 일본인을 만나 이야기를 들어 보니 한 달 전쯤에 뇌관 몇 개가 분실된 사건이 일어났고 그때는 현지인이 훔쳤다고 생각했다고 합니다. 그래서 쓸데없는 마찰을 피하려고 현지 경찰에는 신고하지 않았다고 하더군요."

"훔친 사람이 일본인 여행자일수도 있다는 말이겠지?"

"이번 사건의 범인일 가능성도 있는 셈입니다. 경부님 말씀대로 체인 같은 것에 달아서 목걸이처럼 목에 걸면 공항 같은 곳도 어려움 없이 통과할 수 있었을 테니까요."

"마닐라와 홍콩에서는 어땠지? 뭔가 수확이 있었나?"

"홍콩에서는 없었습니다만 마닐라 경찰서에서는 회교도 게릴라들이 쓴다는 플라스틱 폭탄의 실물을 보고 왔습니다. 이게 그 일부분입니다. 특별히 나눠 받아 왔습니다."

이노우에 형사는 주머니에서 손수건에 감싼 흰색의 작은 덩어리를 꺼냈다. 만져 보니 찰흙처럼 부드러웠다.

"마닐라 경찰에서 분석해 보니 이른바 C4라고 알려진 플라스틱 폭탄과 동일했다고 하네요. 다시 말해 이번 사건에서 쓰인 폭탄과 같다는 뜻입니다."

"범인들이 모종의 방법으로 필리핀의 회교도 게릴라 집단과 접촉해 플라스틱 폭탄을 입수했을 수도 있겠군."

"아마 직접 사들였겠죠. 달러로요. 게릴라는 그 달러로 더 많은 플라스틱 폭탄과 무기를 구입할 테고요. 그러지 않았을까 추측합니다."

"그렇다면 이번 사건의 범인들이 사용한 무기는 전부 국외에서 조달했을지도 모르겠어. 플라스틱 폭탄과 권총, 뇌관까지. 그러니 국내를 아무리 뒤져도 증거가 나오지 않았던 거야."

"이제 어떡할까요?"

"방콕에서 뇌관이 사라진 게 한 달 전이라고 했나?"

"그렇습니다. 정확히 말하면 도난당한 개수는 총 다섯 개고 사라진 걸 깨달은 날짜가 3월 15일이니 도둑맞은 건 아마 3월 14일인 것 같다고 했습니다."

"좋아. 범인들이 플라스틱 폭탄을 입수한 것도 아마 그 무렵이겠지. 그리고 권총은 괌이나 하와이 또는 미국 본토에서 직접 입수했을 거야. 성가시겠지만 3월 14일 이후부터 이번 사건이 일어나기 전까지 동남아시아와 미국에서 돌아온 승객들을 전부 확인해 보는 게 좋겠군."

"인원수가 어마어마할 텐데요. 지금은 해외여행 붐이니까요. 제가 타고 온 일본항공 점보기도 방콕, 마닐라에서 돌아오는 일본인으로 만원이었습니다."

"어쩔 수 있나. 모두 힘을 합쳐 하는 수밖에."

야베는 단호하게 말했다.

2

야베는 수사본부의 형사 47명 전원을 그 조사에 투입하고 싶었지만 실제로는 그럴 수 없었다.

미카미 부부와 M은행 고토 지점을 계속 감시해야 하고 수사본부를 비워 둘 수도 없기 때문이다.

결국 형사 스무 명이 하네다 공항에 가서 약 한 달간의 해외여행 귀국자 명단을 모든 항공사로부터 넘겨받아 일일이 대조하기로 했다.

또 해외여행객들이 반드시 하네다로 돌아오라는 법은 없다. 동남아시아에서 출발한 여객기는 오사카 공항에 먼저 도착하는 경우도 많다. 실제로 이노우에 형사가 타고 온 일본항공 점보기도 방콕―마닐라―오사카―하네다 항로를 거쳤다.

따라서 오사카 부경에 협조를 구해 이타미 공항에 최근 한 달간 돌아온 일본인 명단을 작성해 보내 달라고 했다.

먼저 하네다 공항 관련 명단이 나왔다.

당초 예상한 것보다 훨씬 대상자가 많았다. 미국과 동남아시아만으로 제한해도 3월 14일 이후 귀국한 여행자 수는 2,506명에 달했다.

그중 미성년자를 제외해도 1,900명이 넘었다. 형사들은 명단에 적힌 주소에 의지해 그들을 한 명 한 명 만나러 갔다.

그러나 용의자처럼 보이는 사람은 나타나지 않았다.

남자의 경우는 삿포로에서 자동차 정비공이 총에 맞아 숨진 날의 알리바이, 그리고 여자는 전일본항공 417편이 폭파된 날의 알리바이, 남녀 공통으로는 '히카리 9호'에 플라스틱 폭탄이 설치된 날의 알리바이를 조사했지만 거의 모든 사람들에게 알리바이가 있었다.

명단의 약 절반 정도를 조사한 시점에도 유력한 용의자는 떠오르지 않았다.

그런 와중에 오사카 부경에서 이타미 공항 귀국자 명단이 도착했다.

하네다보다는 숫자가 적지만 그래도 천 명 정도 되는 사람의 이름이 적혀 있었다.

텅 빈 수사본부에서 야베는 두꺼운 명단을 한 장씩 읽었다. 이타미 공항에서 내린 승객이니 당연히 오사카보다 서쪽 지역에 사는 사람이 대다수지만 개중에는 도쿄 주소도 보였다. 이런 승객은 오사카에서 친구를 만났다가 다음 날 신칸센을 타고 귀경한 케이스일 것이다.

'또 각 현경에 협조를 요청해야겠군.'

그렇게 생각하며 인쇄된 명단을 몇 장 넘겼을 때 야베는 '어라?' 하고 순간 눈을 부릅떴다.

한 장에 약 30여 명의 이름과 주소가 적혀 있다.

야베는 그중 한 명의 이름을 지그시 응시했다.

'마키노 히데키미.'

그곳에는 그렇게 적혀 있었다.

'어디선가 본 이름인데.'

그렇게 생각했지만 바로 떠오르지는 않았다.

'사몬지가 준 메모에 적혀 있던 이름이야!'

야베는 한숨을 돌리고서야 그것을 떠올렸다.

서둘러 옷에 있는 모든 주머니를 뒤져 안주머니에서 작게 접은 메모지를 꺼냈다.

그곳에는 사몬지가 직접 쓴 총 네 사람의 이름이 적혀 있었다.

'노가미 도모야'

'마키노 히데키미'

'구시다 준이치로'

'후타바 다카에'

야베는 눈에 불을 켜고 명단을 정신없이 뒤지며 네 사람의 이름을 찾았다.

'있다!'

노가미 도모야의 이름은 없었지만 구시다 준이치로와 후타바 다카에의 이름을 발견한 것이다.

마키노 히데키미―방콕

구시다 준이치로―미국

후타바 다카에─마닐라, 민다나오

그것이 세 사람의 행선지였다.

저녁이 되어 성과를 올리지 못한 부하 형사들이 녹초가 되어 돌아오자 야베는 내일부터 이 세 사람을 우선적으로 조사하도록 지시했다.

3

그 무렵 사몬지가 컬럼비아 대학 시절 친구에게 보낸 테이프가 도착했다.

미국에서 개발된 '헬륨 음성 수정 장치'로 헬륨에 의한 음성 왜곡을 바로잡은 테이프였다.

안에 첨부된 친구의 편지에는 소리가 헬륨 가스를 통과할 경우 보통 공기 중보다 소리가 2.9배 빠르게 전달된다는 '도널드 덕 효과'에 대한 설명이 적혀 있었다. 그래서 목소리 톤이 높아지는 것이다. 왜곡을 바로잡기 위해 여러 음성 수정 장치가 개발되었지만 아직 완벽한 기계는 나오지 않았다고 했다.

그래도 그가 보낸 테이프를 들어 보니 전화 통화 속 목소리가 전에 들었을 때보다 톤이 낮아져 전혀 다른 사람의 목소리처럼 들렸다.

"앗!"

테이프를 듣는 도중에 후미코가 환호성을 질렀다.

"이 목소리, 그 노가미라는 변호사 목소리랑 비슷하지 않아?"

"응. 내 귀에도 그렇게 들리는군. 다른 세 목소리도 아마 우리가 지목한 세 사람의 목소리와 비슷하겠지."

"이 테이프를 들고 지인들을 다시 찾아가 볼게."

후미코는 힘차게 말하고 곧장 테이프를 들고 사무소를 뛰어나갔다.

혼자 남은 사몬지는 신문을 펼쳤다.

오늘도 M은행 고토 지점의 미카미 도쿠타로 계좌 입금액이 큼지막하게 적혀 있다.

이 정도면 거의 주가를 전하는 주식 면이나 마찬가지다. 매일매일 액수가 나온다. 주식 면과 다른 점이라면 이쪽 액수는 줄어들지 않고 계속 증가한다는 점이었다.

906억 엔. 이제 곧 천억 엔을 돌파할 것이다. 한 개에 5천 엔짜리 와펜이 총 1,812만 개 팔렸다는 뜻이다.

신문의 표현을 빌리자면 미카미 제작소는 이제 거의 일대 기업이나 마찬가지였다.

심지어 M은행에서는 본점 간부가 인사를 하러 미카미 부부를 찾아갔다고 한다.

세금이 얼마 정도 나올지를 계산한 오지랖 넓은 주간지도 있었다.

그때 전화벨이 울렸다.

사몬지는 신문을 던지고 수화기를 들었다.

—나일세.

야베 경부의 목소리가 들렸다.

—아무래도 자네 예상이 들어맞을지도 모르겠어.

"이런, 이런. 또 무슨 바람이 불었지?"

—범인들이 사용한 권총, 플라스틱 폭탄, 전기 뇌관 등을 외국에서 조달했다고 보고 최근 한 달간 해외여행자들을 전수 조사했는데, 그 안에 자네가 말한 네 명 중 세 명의 이름이 있더군. 노가미라는 변호사만 없었어.

"그거 흥미로운 소식이군. 그래서 그 세 사람의 주소는 파악했나?"

—마키노 히데키미의 주소가 도쿄라 즉시 부하를 보냈지만 이미 이사한 뒤더군. 3월 19일에 귀국해서 20일에 바로 이사한 모양이야.

"이사한 곳은 아직 모르고?"

—그래. 이웃과도 전혀 교류가 없었던 것 같네. 이웃들에게 물으니 평소에 말수가 적고 괴팍해 보였고 길에서 이웃을

마주쳐도 인사 한번 하지 않았다고 해.

"어디 빌라 같은 곳에 살았나?"

— 진다이지 부근에 있는 원룸 아파트였어. 집 안도 조사했지만 이미 텅 비어 있었네.

"계획을 실행하기 위해 지하에 숨어들었나. 다른 두 사람은?"

— 구시다 준이치로 쪽은 주소가 K섬으로 돼 있더군. 아마 거기 있을 때 여권을 취득했겠지. 후타바 다카에의 주소는 후쿠오카 시내라 후쿠오카 현경에 조회를 요청했네. 하지만 두 사람 다 자취를 감췄을 가능성이 커. 구시다 준이치로가 K섬에 없는 건 확실하고.

"모두 계획을 실행하기 위해 지하에 숨어든 거야. 지시를 내리는 보스만 지상에 남았고."

— 그게 그 노가미 변호사라는 말인가?

"그래. 자네도 한번 만나보는 게 좋을걸. 그런데 할 수 있는 건 없을 거야. 증거가 없으니."

— 그건 나도 아네. 다른 세 명 중 한 명이라도 찾으면 철저히 추궁해서 실토하게 할 텐데 말이야.

"민주 경찰이 무서운 말을 하는군."

— 마음 같아서는 범인의 턱주가리를 후려갈겨 주고 싶어. 우리가 매일매일 얼마나 많은 비난을 감수하는지 아나?

"조금만 참으면 돼."

—그래. 자네 말대로 됐으면 좋겠군. 앗, 잠깐만.

사몬지가 그대로 수화기를 귀에 갖다 댄 채 기다리고 있자 야베는 5, 6분이 지나 돌아왔다.

그는 대뜸 흥분한 목소리로 말했다.

—미카미 부부가 브라질 대사관에 브라질 영주 허가를 신청했다고 하네.

"브라질 영주 허가?"

—그래. 외국에 영주한다면 외화 반출은 무제한이지.

4

야베는 급히 무코지마로 출발했다.

미카미 제작소 앞에는 수많은 신문과 주간지 기자들이 모여 있었다. VIP의 기자 회견을 방불케 한다.

야베가 도착했을 때 기자 회견은 이미 시작돼 있었다.

"브라질에 가시기로 결심하신 게 언제입니까?"

"사흘 전입니다."

"너무 갑작스럽지 않나요?"

"오래전부터 브라질의 광활한 땅에서 농사를 지으며 살고 싶다고 생각했습니다. 귀농을 꿈꿔 왔어요. 그러다가 사흘 전 지금껏 행방불명이던 저희 외아들 가즈오에게서 편지가 도착했습니다. 브라질에서 말입니다. 아들은 앞으로 브라질에서 살 거라더군요."

"그 편지를 저희에게도 보여 주실 수 있을까요?"

"여깄습니다."

아내 후미요가 기뻐하는 얼굴로 에어 메일을 기자들에게 건넸다.

"그래서 두 분도 아드님과 함께 브라질에서 살아야겠다고 결심하신 겁니까?"

"네. 사실 저희는 아들과 함께 살 수만 있다면 브라질이든 어디든 상관없습니다. 게다가 브라질은 제가 좋아하는 나라이기도 하니."

"브라질 대사관에서 허가는 나왔습니까?"

"조만간 나올 것 같습니다. 이런저런 수속에 시간이 좀 걸릴 것 같네요. 그래서 일단 상파울루에 있는 아들에게 5천 달러를 송금했습니다. 조금 더 보내고 싶지만 5천 달러가 한도라고 해서."

"저희가 가장 궁금한 건 천억 엔에 가까운 예치금을 어떻게 처리하실지입니다만, 브라질에 영주하신다면 전액을 가져가시겠죠?"

"네. 실은 그곳에 가서 목장을 하려고 합니다. 물론 세금은 전부 다 내고 갈 겁니다. 브라질 대사관 쪽에도 브라질에 가면 목장을 하고 싶다고 말해 뒀습니다."

"실제로 브라질에 가시는 건 언제쯤을 예상하시나요?"

"이것저것 준비할 게 많아서 늦여름이나 가을이 되어야 하지 않을까요. 예순이 다 된 나이에 지금부터 슬슬 그쪽 말도 배워야 하고 목장 공부도 해야 하니까요."

"가을까지라면 미카미 씨의 통장 잔고는 2, 3천억 엔, 아니 더 많이 불어날 수도 있겠는데요."

"글쎄요. 그래도 세금을 내야 하니 브라질에 가져가는 건 기껏해야 몇백억 엔 정도 아닐까요."

미카미 도쿠타로는 환하게 웃었다.

기자들이 뉴스를 전송하려고 썰물처럼 빠져나가고서야 야베는 미카미 부부를 만났다.

야베는 충격을 받은 상태였다. 이런 전개는 상상도 못 했기 때문이다. 거금이 모이면 범인들이 어떤 수를 써서라도 노부부에게 접근해 돈을 빼앗아 갈 거라고 예상했다.

범인들이 스위스 은행에 계좌를 만들어 돈을 보내려고 해도 한도는 5천 달러다. 그러니 지금껏 폭력적인 방법만 떠올리고 있었는데 미카미 부부는 무려 브라질에 가서 목장을 하겠다고 한다. 브라질 정부가 이를 허락하면 경찰은 부부의 이주를 막을 권리가 없다. 더군다나 지금껏 번 돈에 대한 세금도 확실히 내겠다고 했으니 미카미 부부가 이번 사건의 범인임을 증명하지 못하는 이상 그들을 그대로 보내 줘야 하는 것이다.

그나마 다행인 것은 부부의 브라질 이주가 당장이 아닌 늦여름이나 초가을 무렵이 될 거라는 점이었다.

그전까지 어떻게든 해야 한다.

"이게 아드님 편지인가요?"

야베는 상파울루 소인이 찍힌 에어 메일을 집어 들었다.

아버지, 어머니.

갑작스럽게 편지를 받아 놀라실 수도 있지만 지금 전 브라질 상파울루시에 있어요. 브라질 정부의 영주 허가도 나와서 앞으로 평생 이 나라에서 살 생각이에요.

아버지 어머니도 이곳에 오시지 않겠어요? 여기는 일본처럼 빡빡하지 않고 사람들 인심도 후해서 살기 좋은 곳이에요.

돌이켜보면 지금껏 속만 썩여 왔는데 앞으로는 이곳에서 부모님께 효도하며 살고 싶습니다.

상파울루시에서

아들 미카미 가즈오가

"아드님의 필적이 확실한가요?"

야베는 두 사람에게 물었다.

"네. 당연하죠. 저희 아들 가즈오가 쓴 게 확실해요."

어머니 미카미 후미요가 눈시울을 누르며 고개를 끄덕였다.

"브라질 이주 결심을 바꾸시지는 않겠죠?"

"네. 절대로 바꾸지 않을 겁니다."

미카미 도쿠타로가 큰 소리로 호언장담했다.

"이제야 아들과 함께 살 수 있게 됐어요. 저희는 브라질에 꼭 갈 겁니다. 그곳에는 일본인도 많다고 하니 불안하지 않아요."

"그러고 보니 전에 수입 중 일부를 복지 관련 기관에 기부하겠다고 하시지 않았나요?"

야베는 약간 빈정 섞어 말했다.

그러나 미카미 도쿠타로는 비꼬는 말을 들어도 전혀 개의치 않는 모습이었다.

"그때는 제 아들 가즈오가 죽은 줄 알았으니 그랬죠. 브라질에 아들이 멀쩡히 살아 있는 이상 가져갈 수밖에요. 부모 마음이 원래 다 그런 겁니다. 그리고 그 돈은 정규 수입이니 세금이 왕창 나올 거예요. 75퍼센트 세율을 적용하면 천억 엔이더라도 저희 손에 남는 건 250억 엔. 나머지 750억 엔은 국가에 헌납하는 겁니다. 그 돈으로 정부가 직접 복지 혜택을 주면 되잖습니까."

"자꾸 여쭤서 죄송합니다만 두 분은 이번 납치 사건과 정말 아무런 관계가 없나요? 범인들을 전혀 모르시는 겁니까?"

"전혀 몰라요. 정말입니다."

노인은 단호하게 부인했다.

야베는 노부부를 앞에 두고 어찌할 바를 모르고 당황했다.

오랫동안 찾은 외아들이 갑자기 브라질에서 편지를 보내와 함께 살고 싶다고 했다. 그래서 노부부는 아들을 위해 브라질 이주를 결심했다. 너무도 당연한 이야기라 트집을 잡을 수도 없었다.

M은행 고토 지점에 있는 막대한 예치금도 변호사는 정당한 상행위에 따른 이익이라 했고, 그들이 세금을 확실히 내고 나머지 순이익을 들고 브라질에 이주하는 것을 경찰은 막을 방법이 없다.

미카미 부부를 지금껏 감시한 형사도 수상쩍은 사람이 노부부를 찾아온 적은 없었다고 증언했다.

야베는 또 위법임을 알면서도 일본 전신전화 공사에 의뢰해 미카미 부부의 전화를 도청하고 테이프에 녹음했다. 만약 그 사실이 드러날 경우 옷을 벗고 경시청을 떠날 각오도 돼 있었다.

물론 너무나 특수한 사건이기 때문에 도청이라는 비상수단을 택한 것이다.

그러나 녹음된 테이프는 사건에 대해 아무것도 말해 주지 않았다. 아침 목욕을 좋아하는 노인들의 시시콜콜한 대화. 현금을 보내면 와펜을 받을 수 있느냐는 문의. 오로지 그런 대화만 녹음돼 있었다.

5

"아무 관련이 없다는 건 거짓말입니다."

수사본부에 돌아간 야베 경부는 분개하며 본부장인 마쓰자키 경시에게 보고했다.

"그럼 진실은 어떻다는 건가?"

마쓰자키는 온화한 목소리로 야베에게 물었다.

"전 이 모든 게 처음부터 계획돼 있었다고 확신합니다."

"집을 나간 외아들이 브라질에서 갑자기 편지를 보낸 것도 전부 계획됐다는 건가?"

"그렇습니다."

"조금 더 구체적으로 설명해 주겠나?"

"미카미 도쿠타로 씨와 아내 후미요 씨는 누가 봐도 전형적인 순박한 시골 노인입니다. 이웃에게 물어도 그들은 비뚤어진 것을 싫어하고 인정이 많고 성품도 훌륭해서 늘 손해만 보고 사는 착한 부부라는 평판이 많죠. 그런 부부가 아무렇지도 않게 범죄에 얽힌 와펜을 팔아 수십억 엔, 수백억 엔이라는 이익을 얻는 상황 자체가 이상하다는 말입니다. 원래라면 그 두 사람은 그런 범죄에 가담하는 듯한 행동은 단칼에 거절하지 않았을까요. 순박한 미카미 도쿠타로 씨라면 그랬을 겁니다."

"하지만 어디까지나 정당한 상거래라고 하면서 돈을 쓸어 담고 있잖나."

"그렇죠. 제가 보기에 그 시골 노인이 그런 행동을 할 이유는 하나밖에 없습니다. 끔찍이 아끼는 외아들을 위해 어떤 종류의 돈이든 일단 벌어 둬야겠다고 생각한 겁니다. 범인들은 그런 부모의 사랑을 악용한 게 분명합니다."

"그럼 미카미 부부는 브라질에서 편지가 와서 처음 아들의 소식을 듣게 된 게 아니라 전에도 아들과 어디선가 만났다는 말인가?"

"그렇습니다. 정말로 몇 년 만에 상파울루에서 아들의 편지가 도착했다면 영주 절차를 밟는 것보다 상파울루에 먼저 가 보는 게 인지상정 아닐까요? 그게 아니더라도 국제전화를 걸어 아들과 통화를 하는 게 먼저일 겁니다. 그러나 전화를 도청한 결과 두 사람이 국제전화를 건 기록은 전혀 없었습니다. 다시 말해 그 노부부는 아들이 브라질에 가는 것을 처음부터

341

알고 있었다고 볼 수밖에 없는 겁니다."

"혹시 그 미나카미 온천에서 만났을까?"

"네. 부부는 그곳에서 집을 나간 아들을 만났을 겁니다. 산책 같은 걸 할 때 말이죠. 아마 범인들이 자리를 주선하지 않았을까요? 사몬지가 말하기로 범인 일당 중 두목은 노가미 도모야라는 제법 유명한 변호사라고 하더군요. 아마 그 변호사가 중간에서 계획을 짜지 않았을까 예상합니다. 그때 아들 가즈오는 부모에게 브라질에 이주해서 목장을 차리고 싶은데 그러려면 큰돈이 필요하다고 했을 겁니다. 이후 도쿄로 돌아온 노부부는 범죄에 얽힌 돈이란 걸 알면서도 오로지 외아들을 위해 닥치는 대로 와펜을 만들어 돈을 벌었을 거고요. 그렇게 벌어들인 돈을 들고 부부가 브라질로 이주하면 당연히 범인들도 브라질로 떠나겠죠. 그때 말씀드린 그 세 명의 남녀는 모두 어두운 과거가 있으니 일본보다 브라질에서 살기를 원할 겁니다."

"수백억 엔이나 있으면 브라질에서 그들 인원수만큼 큰 목장을 살 수 있겠군. 그런데 두목이라는 그 노가미 변호사는 브라질로 도망칠 이유가 없지 않나? 일본에서도 잘 먹고 잘살고 있으니."

"네. 그의 몫으로 리우데자네이루 부근에 거대 별장 같은 걸 사 두거나 하겠죠. 그곳은 땅값이 싸서 몇억 엔만 있으면 엄청나게 큰 별장을 살 수도 있지 않을까요? 그리고 자신들의 성공을 되새기기 위해 1년에 한두 번 정도 별장에 갈 생각일지도 모릅니다."

"미카미 가즈오라는 아들은 집을 나간 뒤로 어떤 사건에 가담했을 수도 있겠군. 그래서 노가미 변호사와 처음 알게 됐고, 노가미는 가즈오의 아버지가 팔리지 않는 와펜을 대량으로 만들었다는 걸 알게 된 후 이런 엄청난 계획을 세웠다……."

"가능성이 충분하다고 생각합니다."

"미카미 부부를 중요 참고인으로 소환해 조사해 보는 건 어떤가?"

"그것도 고려했습니다만 아마 소용없을 겁니다. 그 부부는 노가미 변호사와는 만났을지도 모르지만 다른 세 남녀는 만나지 않았을 테니까요. 범인들은 아주 용의주도하게 움직이고 있습니다. 또 그 부부가 사건과 관련돼 있다는 증거도 현재는 전무한 상황입니다. 그들은 소중한 외아들이 불리해질 만한 증언은 절대 하지 않겠죠. 두 사람의 성격도 아주 완고해 보이고요."

"그럼 그 노부부가 거금을 들고 브라질로 떠나는 걸 그저 손 놓고 지켜봐야 한다는 말인가? 그 세 남녀도 아직 소재를 모르잖나."

"이주 전까지 아직 시간이 있습니다. 그리고 그 세 사람도 머지않아 행방이 밝혀질 겁니다."

"어떻게 말이지?"

"제 예상이 틀리지 않는다면 그들도 조만간 브라질 이주 허가를 받으려고 외무성과 브라질 대사관에 모습을 드러낼 테니까요."

"이미 영주 허가를 받았으면 어떡하나?"

6

조사 결과는 금세 나왔다.

세 사람 중 마키노 히데키미만 브라질 영주 허가를 받아 둔 상태였다.

허가가 나온 날짜는 3월 19일. 이번 사건이 시작되기 이틀 전이다.

애초에 그들, 즉 블루 라이언스가 이번 계획을 세운 건 훨씬 이전이고 그 시점에 이미 계획을 실행에 옮겼다고 생각하면 마키노 히데키미는 사건이 시작되고 나서 영주 허가를 받은 셈이다.

조사를 마치고 돌아온 다니키와 다나시마 형사는 미심쩍

어하며 말했다.

"왜 셋이 함께 브라질 영주 허가를 신청하지 않았을까요?"

"셋이 한꺼번에 신청하면 세 사람이 동료인 게 들킬 수도 있으니 그런 것 아닐까."

야베는 다른 가능성은 떠오르지 않아서 그렇게 예측했다.

그로부터 사흘 후 외무성에 브라질 영주 허가 관련 서류를 받으러 온 구시다 준이치로가 신고에 의해 체포됐다. 아니, 체포됐다는 표현은 정확하지 않다. 그가 아직 블루 라이언스 일원이라는 증거가 없는 이상 임의 동행 형태였다.

야베는 흥분을 억누르며 범인 중 한 명일지도 모르는 남자와 마주 봤다.

키가 크고 마른 남자였다. 이마가 넓고 콧대도 높다.

그는 의자에 앉아도 두려워하는 기색 없이 오히려 거만한 느낌으로 가슴을 쭉 펴고 야베를 바라보고 있었다.

"요즘은 외국에 이민 가고 싶어 하는 것도 죄가 되는 줄 몰랐네요."

구시다는 비아냥거리면서 말했다.

"왜 브라질로 이주하시려는 겁니까?"

야베는 정중히 물었다. 상대는 아직 용의자도 아니기 때문이다.

"왜긴요. 일본이라는 나라에 진절머리가 나니까 그렇죠."

"조후쿠 병원 외과에 계실 때 생체 실험을 했다는 이유로 해고되셨죠?"

"생체 실험이라는 말은 잘못됐습니다."

"그럼 뭐죠?"

"의학 발전에 기여한 실험이라고 해야죠. 그런 실험을 두고 하도 이러쿵저러쿵 말이 많아서 드넓은 브라질로 떠나기로 했습니다. 일본은 제 재능을 살리기에 나라부터, 그리고 그 나라에 사는 인간들까지 전부 그릇이 좁쌀만 해요."

"마키노 히데키미, 후타바 다카에, 노가미 도모야. 이 세 분을 아십니까?"

"아뇨. 모릅니다."

"이상하군요. U대학에서 함께 영재 교육을 받은 분들입니다만."

"졸업 연도가 다르지 않나요? 전 동기들 빼고는 잘 모릅니다."

"그럼 미카미 도쿠타로 씨는 아십니까?"

"그 이름은 들어 본 적 있네요."

구시다는 히죽 웃었다.

"돈을 몇백억인가 쓸어 담았다는 그 와펜 파는 노인 아닌가요?"

"그분과의 관계는?"

346

"관계요? 아, 저도 와펜을 샀으니 판매자와 고객 관계는 되겠군요."

구시다는 재미있는 것처럼 웃으며 와펜을 단 가슴 언저리를 손가락으로 가볍게 두드렸다.

"얼마 전 미국에 여행을 다녀오셨던데 맞습니까?"

"아, 네. 가면 안 되나요?"

"돌아오시면서 몰래 권총을 반입하시지 않았습니까?"

"……저기, 성함과 직급이?"

"야베라고 합니다. 직급은 경부입니다."

"저기요. 야베 경부님. 증거도 없으면서 그런 말은 하시는 거 아닙니다. 제가 변호사라면 바로 고소했을 겁니다."

"그럼 다른 질문을 드리죠. 여권을 보니 주소가 K섬으로 돼 있던데 맞습니까?"

"네."

"K섬에서 나온 후에 어디서 뭘 하셨습니까?"

"오사카 니시나리에 있는 병원에서 근무했습니다. 이름은 사이다 병원. 못 믿으시겠으면 직접 전화해서 물어보셔도 됩니다."

"3월 26일에는 어디 있었습니까?"

"3월 26일?"

"블루 라이언스라고 밝힌 범인들이 삿포로에서 아무 상관도 없는 청년 한 명을 사살한 날입니다. 인질을 죽였다고 하면서요."

"그러니까 지금 야베 경부님은."

구시다는 우스운 것처럼 키득키득 웃었다.

"저를 그 블루 라이언스라는 범인 단체의 일원으로 보시는 겁니까?"

"아닌가요?"

"터무니없네요."

"그럼 3월 26일의 알리바이를 알려 주십시오. 특히 밤 시간대의."

"글쎄요. 아 참. 사이다 병원은 구급 지정 병원이라 제가 그날 당직이었을지도 모르겠네요. 한번 문의해 보세요."

"다니키 형사."

야베는 그를 불러 구시다가 적어 준 병원의 전화번호를 건넸다.

"그런데 구시다 씨. 구시다 씨는 이번 납치 사건을 어떻게 생각하십니까?"

야베가 묻자 구시다는 "글쎄요" 하고 잠시 고민하는 모습을 보이다가 입을 열었다.

"재미있는 사건 같던데요. 범인은 분명 머리가 잘 돌아가는 녀석이겠죠."

"구시다 씨처럼 IQ 140이 넘는 사람들이 모였을까요?"

"그건 모르겠지만, 돌아가는 꼴을 보아하니 그들을 잡는 데 꽤 애를 먹으시는 것 같은데요."

구시다가 경찰을 무시하듯 히죽 웃었을 때 다니키 형사가 다가와 야베에게 귓속말을 했다.

"병원에 전화하니 구시다는 3월 26일 밤에 당직을 섰고 밤 11시경 교통사고를 당해 실려 온 노인을 치료했다고 합니다."

7

구시다 준이치로는 석방됐다. 증거가 없는 이상 계속 붙잡아 둘 수는 없기 때문이다.

야베는 삿포로에서 일어난 자동차 정비공 사살을 마키노 히데키미의 소행으로 추측했다. 역할은 사전에 정해져 있었고, 따라서 마키노만 먼저 브라질 영주 허가를 받았을 것이다.

그렇다면 마키노는 이미 일본을 떠났을 가능성이 크다.

그것을 조사하기 위해 형사들이 다시 하네다로 떠났고 오사카 부경에 수사 협조를 요청했다.

결과를 기다리는 동안 이번에는 후타바 다카에가 브라질

영주 허가 신청을 하러 나타났다가 수사본부에 연행됐다.

이번에도 야베가 그녀를 맡았다.

왜소하고 똑똑한 보이는 여자지만 여성스러운 매력은 전혀 느껴지지 않았다.

구시다처럼 후타바 다카에 역시 야베의 시선을 피하지 않았다. 자신감이 넘치고 일말의 죄책감도 없어 보였다.

"전일본항공기 사고로 196명이 목숨을 잃은 걸 알고 계시죠?"

야베는 다카에를 직시하며 물었다.

"네. 당연히 알죠."

"블루 라이언스라는 범인들이 기내에 플라스틱 폭탄을 장착해 폭파시켰습니다."

"그것도 신문에서 읽은 기억이 나네요."

"그 폭탄은 문제의 비행기가 후쿠오카 공항을 날아오르기 직전 승객 중 한 명이던 가수 이시자키 유키코 씨에게 팬을 자처하는 여자가 선물한 케이크에 들어 있었던 것으로 추측됩니다."

"아, 그렇구나. 이제야 절 여기 데려온 이유를 알겠네요. 그 팬을 자처한 여자가 저라는 말씀이시죠?"

"목격자들 증언 속 여자와 후타바 다카에 씨의 용모가 비슷합니다."

"그럼 그 목격자들과 절 대면시켜 주세요."

후타바 다카에는 도발하듯 말했다.

야베는 소용없을 거라 생각했다. 후쿠오카 공항의 범인은 촌스러운 옷을 입었고 머리를 뒤로 묶은 채 얼굴에는 흰 마스크를 끼고 있었다. 그러나 지금 눈앞에 있는 후타바 다카에는 새하얀 바지 정장을 입었고 얼굴에는 선글라스를 낀 데다 머리를 짧게 잘랐다. 전혀 다른 사람처럼 보였다.

"현주소가 후쿠오카로 돼 있습니다만, 후쿠오카에서 무슨 일을 하십니까?"

야베는 질문을 바꿨다.

"사설 학원에서 아이들을 가르치고 있는데, 안 되나요?"

"아뇨. 그런데 브라질에는 왜 가시려는 겁니까?"

"일본에는 좋은 기억이 없거든요. 어차피 저에 대해 다 조사하셨겠지만 정신병원에 들어가 있었던 시절도 있었고요. 일본을 벗어나 넓고 자유로운 브라질에서 살고 싶은 게 당연하지 않겠어요?"

앞뒤는 맞는다.

"그나저나 특이한 목걸이를 하셨군요. 열쇠인가요?"

"네. 아무것도 열 수 없는 열쇠지만."

"전에는 목걸이 대신 전기 뇌관을 목에 거시지 않았습니까? 동남아시아를 여행하실 때."

"뇌관이요?"

"네. 플라스틱 폭탄에 쓰이는 뇌관 말입니다."

"저도 여자예요. 목걸이로 그런 흉흉한 물건을 왜 달고 다니겠어요?"

후타바 다카에는 후훗 하고 웃었다.

경찰은 아무 증거도 없다는 걸 이미 내다보고 비웃는 것처럼 보였다.

결국 후타바 다카에도 역시 계속 붙잡아둘 수 없어서 석방해야 했다.

그 후 얼마 되지 않아 야베에게 좋지 않은 소식이 들려왔다.

마키노 히데키미가 이미 닷새 전에 하네다 공항에서 브라질로 떠났다는 보고였다.

10장.

사자와 덫

1

사몬지는 창밖에 펼쳐진 야경을 바라보고 있었다.

후미코가 지인 세 명을 찾아가 미국에서 보낸 테이프를 다시 한번 들려준 결과는 사몬지가 예상한 대로였다.

그들은 이번에는 마키노 히데키미, 구시다 준이치로, 후타바 다카에 세 사람의 목소리와 꼭 닮았다고 증언했다.

그러나 그것은 사몬지의 확신을 굳힐 뿐이지 목소리가 비슷하다는 이유만으로 경찰은 세 사람을 체포할 수 없었다.

"정말 방법이 없는 걸까?"

후미코가 초조한 듯이 사몬지에게 물었다.

"이 네 사람이 블루 라이언스라는 걸 아는데도 발만 동동 굴리고 있다니. 마키노 히데키미는 영주 허가를 받아 브라질로 떠났고 구시다 준이치로와 후타바 다카에는 경찰이 아무리 조사해도 증거를 못 찾고 있어. 심지어 대장인 노가미는 지금도 긴자에 있는 사무소에서 여유롭게 지내고 있잖아. 내 말 듣고 있어?"

"응, 듣고 있어."

"오늘 아침 신문을 보니 마침내 3천만 명이 그 와펜을 샀대. 일본인 네 명 중 한 명이 그 짜증 나는 와펜을 가슴에 달고 다닌다는 거야."

"앞으로 더 늘겠지."

"그럼 조만간 1억 명이 와펜을 사고 그들이 그렇게나 떠벌렸던 5천억 엔이 입금될지도 모르겠네."

"그럴지도."

"어쩜 그렇게 느긋해?"

"난 그저 사실을 말하고 있을 뿐이야."

"5천억 엔이면 세금을 75퍼센트 떼도 무려 1,250억 엔이 남아. 그들이 그 돈을 몽땅 들고 브라질로 도망쳐도 지금 상황에서는 가만히 지켜보고 있어야 해. 경찰은 물론 우리 탐정 사무소에도 불명예가 될 거야. 어떻게든 해야 해."

"괜찮아."

사몬지는 후미코를 돌아보며 미소 지었다.

"뭐가 괜찮은데?"

"전에 내가 이야기하지 않았나. 그들은 파멸에 가까워지고 있다고."

"이해가 안 돼. 오히려 점점 성공하고 있는 것 같은데?"

"언뜻 그렇게 보일 뿐이야. 그 '히카리 9호' 사건을 떠올리면 돼."

"그들이 머리가 좋다는 걸 증명해 준 사건이었잖아. 그 사건 때문에 와펜을 달고 있으면 안전하고, 달지 않으면 죽을 수도 있다는 공포를 사람들에게 심는 데 성공했어. 그날을 기점으로 와펜 판매도 급증했고."

"하지만 그 사건으로 그들은 명을 재촉했지."

"무슨 말인지 모르겠다니까. 조금 더 알아듣기 쉽게 설명해 주지 않겠어요? 탐정님."

"그들은 애당초 납치범으로 처음 모습을 드러냈어. 그들만의 기이한 논리였지만 납치는 납치였지. 다음으로 그들은 살인범이 됐어. 두 명, 한 명을 죽이고 다음으로 약 2백 명에 달하는 사람을 한꺼번에 죽이는 대량 살인까지 저질렀지. 그때까지는 오히려 안전했다고 할 수 있어. 다음으로 그들은 사람들에게 안전을 팔았어. 와펜이 그 안전의 보증 수표였고."

"그것도 성공하고 있어."

"그런데 잘 생각해 봐. 살인자가 어느새 갑자기 수호자가 돼 버린 거야. 그들은 와펜을 사면 안전하다고 사람들에게 약속했어. 그 약속은 반드시 지켜야 하고, 그들은 '히카리 9호'

사건을 통해 자신들은 약속을 지킨다는 걸 사람들의 눈앞에 선보였어. 그로써 지금은 무려 3천만 명이나 되는 사람들이 가슴에 와펜을 달고 있지. 후미코. 이번 사건에서 경찰이 무능해 보이는 가장 큰 이유가 뭐라고 생각해? 1억 2천만 명이나 되는 사람을 고작 20만 명의 경찰력으로는 지킬 수 없기 때문이야. 그런데 이제 그 역할을 블루 라이언스 녀석들이 떠맡게 됐어. 고작 네 명, 아니 마키노 히데키미는 이미 브라질로 떠났으니 세 명이겠지. 고작 셋이서 과연 3천만 명을 지킬 수 있을까?"

사몬지는 아내를 바라보며 한쪽 눈을 찡긋했다.

"우리가 사는 이곳 일본에서는 매일같이 살인 사건이 일어나고 있어. 동기도 저마다 천차만별이지. 그런 살인범들이 상대가 와펜을 달았는지 안 달았는지를 따질까?"

2

게이오선 하쓰다이역에서 내리면 바로 앞에 8호 상점가가 있다.

그 상점가 외곽에 시라이시 자전거 가게가 있었다. 그곳에는 가장인 시라이시 이치로를 비롯한 일가족 다섯 명이 함께 살았다.

4월 25일 밤, 그 일가족이 누군가의 손에 살해됐다.

시신이 발견된 건 다음 날 낮이 다 돼서였다. 이웃 빵집 주인이 자전거 가게 문이 계속 닫혀 있는 것을 보고 수상히 여겨 뒷문으로 들어갔다가 참극을 목격한 것이다.

다다미 여덟 장 넓이의 거실에는 TV가 그대로 켜져 있었고 탁자 주변에 일가족 다섯 명이 피투성이가 된 채 죽어 있었다. 저녁 식사 후 TV를 보다가 범인의 습격을 당한 것으로 추정됐다.

시라이시 이치로(36)

아내 후미에(31)

첫째 딸 유카(12)

둘째 딸 사나에(9)

셋째 딸 쇼이치(7)

다섯 사람 모두 손도끼 같은 것으로 온몸을 난도질당한 상태였다.

피바다 속에서 유독 눈에 띈 것은 다섯 명의 가슴에 달린 '안전과 평화' 와펜이었다.

사건 소식을 접했을 때 사몬지는 마침내 고대하던 순간이 찾아왔다는 것을 직감하고 후미코와 함께 야베 경부가 있는 특별 수사본부로 달려갔다.

야베는 사몬지를 보자마자 냉담하게 말했다.

"그 살인 사건은 우리 관할이 아니고 아마 원한에 의한 살인이니 범인도 곧장 잡힐 거야."

"자네는 참 놀라울 만큼 태평하군."

사몬지가 나직이 탄식하자 야베는 미간을 찌푸렸다.

"태평이라니. 그 사건 때문에 얼마나 애를 먹고 있는데. 이대로 범인들이 브라질로 떠나면 난 그길로 사직서를 써야 해. 태평할 수 있겠나?"

"그러니까 태평하다는 거야. 사건을 해결할 천재일우의 기회가 찾아왔는데도 움직일 생각을 하지 않으니."

"천재일우의 기회라니?"

"하쓰다이의 8호 상점가에서 일어난 살인 사건."

"뭐? 그 사건은 방금 말했다시피."

"진정하게 들어보기나 해. 그 사건에서는 일가족 다섯 명이 살해됐고 그들은 모두 가슴에 와펜을 달고 있었어."

"그래. 그건 나도 아네. 그런데 납치 사건과는 관련이 없잖나."

"정말 말귀를 못 알아먹는군. 만약 그 사건의 범인이 블루라이언스 일당이라는 소문이 퍼지면 어떻게 될지를 상상해 봐. 사람들은 와펜을 사면 안전이 보장된다고 믿었으니 5천 엔을 지불해 와펜을 샀어. 하지만 와펜을 가슴에 달고 있어도 살해된다는 게 알려지면 어떻게 될까? 그길로 미카미 제작소

360

에 우르르 몰려가 환불해 달라고 소리치지 않겠어? 그럼 천억 엔을 돌파한 현금도 순식간에 바닥날지 몰라."

"흐음."

야베가 눈을 번득였다.

사몬지는 그 모습을 보고 싱긋 웃었다.

"이제야 이해가 되나 보군. 게다가 블루 라이언스 녀석들은 자신들이 천재라고 자부하고 있어. 뒤틀리기는 했어도 평범한 이들보다 자존심이 두세 배 센 녀석들이지. 그런 그들이 안전을 약속했는데도 일가족 다섯 명, 심지어 어린아이까지 참혹하게 살해했다는 소문이 퍼지면 그 자존심에도 상처가 나지 않겠나? 분명 안절부절못하게 될 거야."

"그렇군. 그런 상황이 정말 펼쳐지면 그들이 어떻게 나올 것 같나?"

야베는 몸을 앞으로 내밀어 사몬지를 봤다.

"당장 우리는 그런 쓸데없는 살인 따위 저지르지 않는다고 사람들 앞에 나서서 주장하고 싶겠지만, 그렇다고 공개석상에 나타날 수는 없겠지. 앞에 나서서 어젯밤 알리바이라도 제시하면 자신들이 납치 사건의 범인이라는 걸 자백하는 꼴이니까."

"그럼 그들이 그냥 잠자코 있을 경우에는?"

후미코가 옆에서 물었.

"그들의 범행이 아니면 그 일가족을 죽인 살해범도 언젠가는 체포될 거 아니야? 그럼 그들이 이번 살인 사건과 무관하다는 게 저절로 증명될 텐데."

"그렇게 되지 않게 그들을 몰아붙여야지. 야베 경부. 일가족 살인 사건의 수사본부는?"

"여기 신주쿠 경찰서에 세워졌네. 나랑 동기인 사사키 경부가 책임자야."

"그거 좋군. 지금 당장 상의해 보지 않겠어? 그들을 파멸로이끌 절호의 찬스니까."

"그래. 해 보지."

3

곧장 사몬지가 주선하는 형태로 두 개의 수사반이 합동 회의에 들어갔다.

사사키 경부는 도호쿠 출신이라 그런지 말수가 적고 성실하면서도 끈기가 있어 보였다.

"이번 사건은 현장 상황으로 보건대 원한에 의한 살인 가능성이 유력합니다. 현금 26만 엔이 거실에 그대로 있었고 집안을 뒤진 흔적 같은 것도 없었죠. 남편인 시라이시 이치로 씨에게는 원한을 품을 만한 사람이 없었지만, 아내 후미에 씨는 미인이고 한때 술집에서 아르바이트를 해서 예전에 접근하던 남자들이 많았다고 합니다. 일단 그쪽부터 캐 보고 있습니다."

"기자 회견은 언제 하실 겁니까?"

사몬지가 물었다.

"내일 오전 중으로 예정돼 있습니다. 기자들이 석간에 맞추고 싶다고 해서요."

"그때도 방금 말씀하신 원한에 의한 살해설을 제시하실 건가요?"

"네. 그렇습니다. 유력 용의자도 이미 세 명 정도 떠오른 상황이라서요."

"그때 우리에게 협조해 줬으면 하네."

야베가 동기답게 사사키 경부에게 스스럼없이 말했다.

"그러니까 이번 사건이 그 납치범의 소행인 것 같다고 기자들에게 말하라는 건가?"

"그렇게 직접적으로 언급하시면 안 됩니다."

사몬지가 옆에서 말을 보탰다.

"왜죠?"

"우리는 천재들을 상대하고 있습니다. 그런 눈에 빤히 보이는 연기는 금세 간파할 겁니다. 물론 간파해도 그들은 진범을 찾아 나서겠지만 어쨌든 최대한 그럴싸하게 만들어 보고자 합니다."

"어떡하면 되는 겁니까?"

"우선 그 원한에 따른 범행설을 언급하십시오. 하지만 그 가족이 평소 납치범들에게 분노하고 있었다. 심지어 신문 독자 투고란에 그들을 사형시키라는 글을 보낸 적도 있어서 그들에게 살해됐을 가능성도 부인할 수 없다고 덧붙이시는 겁니다."

"잠깐만요. 시라이시 씨가 신문에 글을 투고했다는 건 처음 듣는 이야기인데요."

"투고했습니다. 글을 쓴 사람은 저입니다만."

사몬지는 미소 지으며 일주일 전 주오 신문을 꺼내 사사키 경부 앞에 펼쳤다. 야베도 놀란 얼굴로 신문을 들여다봤다.

'납치 사건 범인들에게 극형을!'

일부에서 이번 납치 사건의 범인들을 영웅처럼 우대하는 풍조가 있다고 한다. 통탄할 일이다. 그들은 2백 명에 가까운 사람들의 소중한 생명을 앗아 갔다. 나도 나 자신의 안전을 바라며 그 와펜을 가슴에 달기는 했지만 와펜을 볼 때마다 매일 속이 부글부글 끓는다. 살인범들의 공범이 된 것 같은 기분이 들기 때문이다. 그런 범인들은 한시라도 빨리 붙잡아 극형에 처해야 한다. 그때 그들의 얼굴에 와펜을 던져 버리고 싶다.

(익명을 요구한 독자)

"3천만 명이나 와펜을 가슴에 달고 다니면 언젠가 이번과 같은 살인 사건이 발생할 거라 예상해 미리 복선을 깔아 놓은 겁니다. 다만 살해될 사람이 독신인지 가족이 있는 사람인지 여성인지는 모르니 전부 통하게끔 일부러 애매하게 글을 적었죠."

"정말 혀를 내두를 만하군."

야베가 신음 섞어 말했다.

"주오 신문 쪽에는 이야기했나?"

"여기 오기 전에 협조를 부탁했어. 그쪽도 납치범 체포에 협조한다는 큰 메리트가 있으니 기꺼이 돕겠다고 하더군."

"알겠습니다. 해 보죠."

사사키 경부가 진지한 얼굴로 약속했다.

"다만 제가 연기를 잘할 수 있을지는 모르겠습니다."

"자네가 지닌 그 소박함이 무기가 될 거야."

야베 경부가 기운을 북돋아 주듯 말했다.

4

다음 날 석간은 사몬지가 예상한 기사들로 채워졌다.

사사키 경부는 두 가지 가능성을 암시했지만 모든 신문이 뉴스 가치가 있는 쪽, 다시 말해 납치범들의 살인 가능성 쪽을 중점적으로 보도한 것이다. 그것 역시 사몬지가 예상한 대로였다.

시라이시 씨는 납치범들에게 극형을 바란다는 취지의 글을 본지에 투고한 바 있다. 그들은 글을 읽고 분노한 것일까?

주오 신문에는 그렇게 적혀 있었다.

와펜을 가슴에 달아도 살해되는 거라면 5천 엔을 돌려받아야 한다며 분개하는 사람들

거리에서 시민을 인터뷰한 기사도 있었다.

모든 신문이 공통으로 강조한 것은 '안전 와펜을 달았는데도 살해됐다'라는 것이었다.

노가미 일당은 과연 경찰의 이 연기를 알아챌까.

사몬지는 알아채도 상관없다고 생각했다. 그래도 그들은

수수방관하고 있을 수 없기 때문이다.

그들이 뿌려 놓은 공포가 일본 전역에 퍼져 그들을 도왔듯이 이번에 그들을 향한 의혹도 이대로 두면 눈덩이처럼 커질 것이다. 따라서 그들은 천재로서의 자부심을 지키기 위해서라도 뭔가 해야 한다고 생각할지 모른다.

"덫은 깔렸습니다."

사몬지는 두 번째 합동 회의에서 만족스럽게 말했다.

"다음은 어떡하면 될까요?"

사사키는 팔짱을 끼고 사몬지를 봤다.

"저희도 이대로 가만있을 수는 없을 것 같은데요."

"그래. 수사본부까지 세웠는데 가만히 있으면 또 경찰이 무능하다는 비판이 쏟아질 거야."

야베가 사사키의 의견에 동의하며 사몬지를 봤다.

사몬지는 미소 지으며 "범인을 체포해 주십시오"라고 사사키 경부에게 당부했다.

"체포해 버리면 그들을 덫에 빠뜨릴 수도 없잖습니까."

사사키 경부는 고개를 갸웃거렸다.

"유력 용의자가 세 명 있다고 하셨죠?"

"네. 그중에 범인이 있는 게 확실하다고 봅니다."

"그럼 체포해 주십시오."

"그다음에는 어떡하죠? 범인을 체포하면 일가족 살인 사건은 블루 라이언스와 무관한 것으로 끝나 버릴 텐데요."

"진범을 체포한 후 증거 불충분으로 석방하시면 됩니다. 그리고 다시 한번 기자 회견을 여는 겁니다."

"다시 기자 회견을?"

"원한에 의한 범행으로 보고 용의자를 체포해 조사했지만 증거가 나오지 않아 풀어줬다. 이렇게 된 이상 블루 라이언스라는 그 납치범들이 신문 지면을 통해 자신들에게 악담을 퍼부은 시라이시 씨 일가를 본보기로 살해했을 가능성이 커졌다고 봐야 한다. 그들은 1억 2천만 명을 납치해 인질로 붙잡았다고 주장하면서 무려 2백 명에 가까운 여객기 승객들의 목숨을 앗아 간 자들이다. 그런 자들에게 이번 살인 사건은 식은 죽 먹기였을 것이다, 라고 하시는 겁니다."

"과연. 그럼 그들은 분노하겠지요. 이후 그들이 어떻게 나올 거라 예상하십니까?"

"그들이 취할 수 있는 수단은 하나밖에 없습니다. 진범을 자기 손으로 붙잡아 일가족을 살해한 것을 자백하게 하고, 그것을 녹음한 테이프를 모든 신문사에 보내 이번 사건과 자신들은 무관하다는 것을 증명하는 겁니다."

"그러지 않으면 와펜을 산 돈을 돌려달라고 요구하는 사람이 쇄도하겠군요."

"그것도 문제지만 그 이상으로 이번 사건에는 그들의 자존심이 걸려 있습니다. 천재인 자신들이 온 나라를 떠들썩하게 만든 엄청난 사건을 일으켰는데 고작 사사로운 원한 때문에 일가족 다섯 명을 몰살했다는 이미지가 만들어지는 건 그들로서 몹시 자존심이 상할 일입니다. 그러니 진범을 직접 붙잡아 자백을 받아낼 게 뻔합니다."

"그 실험이 부디 성공했으면 좋겠군."

야베가 씁쓸하게 말했다.

5

다음 날 '자전거 가게 일가족 살인 사건 수사본부'는 데라다 고지(29세, 무직)를 유력 용의자로 체포했다.

전과가 있고, 한때 시라이시 후미에가 일하던 술집 '로사리오'의 단골손님으로 그녀를 집요하게 쫓아다니던 남자였다.

그는 후미에가 일을 그만두고 가정을 꾸린 뒤에도 자주 전화를 걸어 와 남편 시라이시 이치로가 전화를 받으면 '후미에와 헤어져라. 헤어지지 않으면 죽이겠다'라고 협박한 적도 있었다고 한다.

사사키 경부는 복잡한 심경으로 데라다의 취조를 맡았다.

평소 같았으면 그가 일가족을 죽였다고 순순히 자백하기

를 바랐을 것이다. 지금도 그런 마음이 없는 건 아니지만 더 거대한, 즉 블루 라이언스가 일으킨 납치 사건을 해결하기 위해서는 데라다가 범행을 부인해 주는 편이 나았다. 일단 증거 불충분으로 그를 풀어 줘야 하기 때문이다.

외모는 평범하지만 젊은 시절 탄광에서 일한 적도 있어서 다부지고 눈매가 날카로운 남자였다.

"그 자전거 가게 일가족을 살해한 사람이 자네 맞지?"

"말도 안 돼! 내가 왜 그런 짓을 저지릅니까?"

데라다는 누런 이를 드러내며 고래고래 범행을 부인했다.

"평소에는 벌레 한 마리 못 죽이는 사람이라는 건가?"

"맞아요. 전 겁이 많아서 파리 한 마리도 못 죽여요."

"5년 전에는 싸우다가 사람을 죽이지 않았나?"

"그건 전적으로 상대 잘못이었고 정당방위였습니다. 그래서 3년만 살고 나왔죠."

"그 후 시라이시 후미에를 만났나?"

"네. 아주 괜찮은 여자였죠."

"그 여자에게 퇴짜를 맞아서 가족을 모두 몰살시킨 건가?"

"그게 무슨 소립니까. 좋아하는 여자를 왜 죽이겠어요?"

"그럼 그 집에도 가 본 적이 없나?"

"네. 전화를 건 적은 있어도 가 본 적은 없습니다."

데라다가 부루퉁한 얼굴로 말했을 때 부하 형사가 들어와 사사키에게 귓속말을 했다.

"현장에 남아 있던 지문과 데라다의 지문이 일치했다고 합니다."

이로써 데라다가 범인인 게 확실해졌다.

여느 때 같으면 그 사실을 상대에게 들이대며 자백을 요구하겠지만 사사키는 잠시 망설였다.

지금은 진범인 데라다에게 자백을 받아내서는 안 되는 상황인 것이다.

'이런 경우가 다 있군.'

사사키 경부는 속으로 쓴웃음을 지으며 지문에 대해서는 함구하기로 했다.

"어쨌든 자네는 그 가족을 죽이지 않았다고 주장하는 건가?"

그는 똑같은 질문을 반복했다. 그리고 데라다의 입에서도 같은 대답이 반복돼 나왔다.

"난 아니에요. 아무도 안 죽였어요."

"그래. 그럼 잠시 머리를 식히고 있게."

"이대로 날 가둬 두겠다는 겁니까? 증거도 없는데?"

"일단 스물네 시간은 있어야 해. 정말 결백하다면 내일 저녁에는 나갈 수 있을 거다."

사사키는 마치 의식을 치르는 것 같다고 생각했다.

지금 당장 데라다를 풀어 주면 블루 라이언스 녀석들의 의심을 살 수 있다. 그러니 아무리 조사해도 증거가 나오지 않아서 부득이하게 풀어 주는 형식을 취해야 한다. 그런 의식이었다.

그날 데라다는 신주쿠 경찰서 유치장에서 하룻밤을 보냈다.

6

다음 날 오전 10시 사사키 경부는 사건에 관한 두 번째 기자 회견을 열었다.

"현재까지의 수사 상황을 설명하겠습니다. 용의자 한 명을 붙잡아서 조사 중입니다. 심증은 가지만 아직 범인이라는 확증이 없어 애를 먹고 있습니다."

"오, 웬일로 그렇게 솔직히 털어놓으시죠?"

기자 한 명이 비아냥거렸다.

"혹시 그가 전과 1범에 현재 하는 일이 따로 없는 데라다 고지 씨인가요?"

다른 기자가 끼어들어 물었다.

"그건 여러분의 상상에 맡기겠습니다. 참, 한 가지 말씀드리고 싶은 것이 있습니다. 이번 일가족 살해 사건이 개인적인 원한 때문이 아니라 그 납치 사건의 범인, 즉 블루 라이언스 일당의 소행일 가능성도 무시할 수 없는 상황입니다."

"네? 시라이시 씨 가족은 모두 그 와펜을 가슴에 달고 있지 않았나요? 안전이 보장됐을 텐데요."

"그렇습니다. 그러나 시라이시 씨 가족은 평소에 늘 블루 라이언스를 '미치광이 집단'이라 비난했고, 심지어 시라이시 씨는 주오 신문에 그들을 비난하는 글을 투고하기도 했습니다. 블루 라이언스가 본보기로 가족을 살해했을 가능성도 큰 상황입니다. 현재 신병 확보 중인 중요 참고인이 결백한 것으로 밝혀지면 우리는 그 사건을 블루 라이언스의 소행으로 생각할 수밖에 없습니다."

"기사화해도 될까요?"

"사실이니 기사화해도 상관없습니다."

"큰 혼란이 일어날 텐데요. 사람들은 와펜을 달아도 그들의 마음에 들지 않으면 자전거 가게 일가족처럼 살해될 수도 있다고 생각할 겁니다."

"그럴지도 모르죠. 하지만 사실이니 어쩔 수 없습니다."

오후가 되자 모든 석간신문에 사사키 경부의 기자 회견 내용이 실렸다.

자전거 가게 일가족 살해 사건이 블루 라이언스의 소행?

안전 와펜은 안전하지 않았다. 와펜을 가슴에 단 일곱 살 아이까지 살해됐다.

그런 자극적인 기사가 지면을 가득 채웠다.

TV 뉴스는 석간을 읽고 미카미 도쿠타로의 공장에 달려가 와펜을 바닥에 집어 던지며 환불을 요구한 젊은이가 5, 60명 있었다고 보도했다.

"첫 번째 단계는 그럭저럭 성공한 듯하군."

수사본부에서 야베 경부가 사몬지에게 말했다. 그러나 얼굴은 아직 반신반의하는 것처럼 보였다.

"자네는 정말로 이 먹잇감에 그들이 달려들 거라고 보나?"

"그래. 그들은 반드시 자신들의 결백을 증명하려 할 거야. 데라다 고지가 풀려나는 시간이 몇 시지?"

"오후 5시 예정일세."

"스물네 시간 구속인가."

"그래."

"노가미는 변호사니까 데라다 고지가 풀려날 시간도 알고 있겠지."

"그를 어떡하려는 걸까?"

"아마 어딘가에 데려가 범행을 자백시키고 그걸 테이프에 녹음하겠지. 테이프를 워낙 좋아하는 녀석들이니까. 그리고 자신들의 주장을 첨부해 신문사에 테이프를 보낼 거야. 언론을 이용하는 것도 그들이 좋아하는 수법 중 하나이니."

"앞으로 5분."

야베는 손목시계를 보며 말했다.

"이 데라다 고지라는 놈이 말이야. 현장에 남아 있던 지문과 지문이 일치했네. 피바다였던 탁자와 기둥에 그의 지문이 남아 있었어. 그게 무슨 뜻인지는 알겠지?"

"확실한 진범이라는 뜻이겠지."

"그래. 우리는 지금 그 진범을 증거 불충분으로 풀어 주는 거야."

"더 큰 사냥감을 잡기 위한 미끼니까 괜찮아. 아예 풀어 주는 것도 아니고."

"만약 블루 라이언스가 끝내 나타나지 않고 데라다가 도망치기라도 하면 사사키 경부뿐만 아니라 나까지 책임을 지게 될 걸세."

"그렇게 되면 나와 함께 탐정 사무소를 차리지 않겠나? 공동 경영자로 넣어 주지. 좀 미덥지는 못하지만."

사몬지가 얄미운 말을 내뱉었을 때 젊은 형사가 황급히 들어와 "녀석이 나갑니다" 하고 알렸다.

바깥은 아직 밝았다.

데라다는 신주쿠 경찰서 정문을 막 지나는 참이었다.

거리에 나가자 두 팔을 벌리고 크게 기지개를 켠다. 구속돼 있던 이들은 대부분 밖에 나가면 가장 먼저 기지개를 켰다.

"미행은?"

사몬지가 물었다.

"무전기를 든 형사 두 명이 붙을 거야. 경찰차 한 대도 잠복 중이고."

창문에서 데라다의 모습을 내려다보며 야베가 화난 것처럼 말했다. 내심 초조해하는 것이 훤히 보였다.

"그의 집에도 물론 형사가 잠복해 있겠지?"

"당연하지. 그쪽은 사사키 경부가 맡고 있어."

"데라다에게 소지금이 있나?"

"2만 1천 60엔을 갖고 있다더군."

"그럼 바로 집에 가지 않고 가부키초 같은 곳에 한잔하러 갈 수도 있겠어."

사몬지의 예상대로 데라다는 번화가 쪽으로 걷기 시작했다.

"우리도 뒤쫓아 가세."

야베는 그렇게 말하고 사몬지와 나란히 신주쿠 경찰서를 나갔다.

"후미코 씨는 어디 갔지?"

야베가 데라다의 뒷모습을 눈으로 좇으며 막 떠오른 것처럼 사몬지에게 물었다.

"긴자에 있는 노가미 법률 사무소를 지켜보러 갔네."

"그가 움직일 것 같나?"

"아니. 그는 지령만 내리지 움직이는 건 다른 녀석들일 거야. 그런데 만에 하나의 경우도 있으니. 구시다 준이치로와 후타바 다카에의 소재는 확인했나?"

"아니. 오사카와 후쿠오카에 돌아가지 않은 건 확실하지만 지금 어디 있는지는 모르는 상황일세. 증거가 없는 사람을 온종일 감시할 수도 없는 노릇이니."

데라다는 풀려나서 안심했는지 태평하게 걷고 있다.

"제기랄. 남의 속도 모르고."

야베가 혀를 쯧 찼을 때였다. 갑자기 대여섯 살 정도 되는 아이가 뛰어와 데라다에게 작은 쪽지를 건네고 도망쳤다.

7

사몬지는 반사적으로 그 아이를 뒤쫓았다.

근처 아파트에 뛰어들기 직전에 아이를 잡았다. 눈이 큰 남자아이가 깜짝 놀란 얼굴로 사몬지를 올려다봤다. 외국인인 줄 알았던 모양이다.

"방금."

사몬지는 아이를 보며 미소 지었다.

"어떤 아저씨한테 쪽지를 건넸지?"

"네."

아이가 고개를 끄덕였다.

"누가 쪽지를 건네라고 시켰는지 아저씨한테 알려 줄래?"

사몬지는 주머니에서 백 엔짜리 동전을 꺼내 아이의 손에 얹었다.

아이는 손바닥 위에 있는 백 엔짜리 동전과 사몬지의 얼굴을 연신 번갈아 봤다.

"절대 말하지 말라고 하면서 백 엔을 받았어요."

"그럼 아저씨는 백 엔을 더 주마. 그 사람한테 혼나면 백 엔을 다시 갚으면 되지 않을까?"

사몬지는 동전 하나를 더 꺼내 아이의 손바닥에 올렸다.

"네, 좋아요."

아이가 말했다.

"하얀 바지 정장을 입은 여자였어요."

"키는 별로 크지 않았니?"

"네."

"혹시 선글라스를 끼고 있었어?"

"네."

"그 아저씨한테 쪽지를 전하라고만 했니? 다른 말은 안 했고?"

"네. 그러면서 백 엔을 주셨어요."

후타바 다카에가 틀림없다고 생각했다. 역시 그들이 움직이기 시작한 것이다.

사몬지는 아베 경부가 있는 곳으로 돌아갔다.

"후타바 다카에가 나타났어."

그렇게 짧게 보고하고 앞을 걷고 있는 데라다를 쳐다봤다.

주위가 점점 어두워지면서 네온사인이 아름답게 반짝이기 시작했다. 그 풍경 속을 데라다는 조금 전보다 빠른 걸음으로 가부키초의 인파를 향해 걷고 있다.

"쪽지에 뭐라고 적혀 있을까?"

아베는 걸어가며 혼잣말처럼 말했다.

"읽고 나서 반응은 어때?"

"주위를 두리번거리더군. 그리고 갑자기 발걸음도 빨라졌어."

"경찰에게 쫓기고 있다는 걸 경고했을지도."

사몬지가 지적했다.

"우리가 데라다를 쫓고 있는 걸 그들이 알고 있다는 말이야?"

아베의 안색이 변했다.

사몬지는 미소 지었다.

"IQ 140이 넘는 천재들이야. 우리가 데라다 고지를 미끼 삼아 자신들을 낚으려 한다는 걸 알고 있다고 보는 게 좋겠지. 우리가 미행할 것도 예상했을 테고."

"그럼 그들은 우리 앞에 나타나지 않으려나?"

"아니, 반드시 나타날 거야. 덫인 걸 알아도 그들은 데라다의 자백을 받아서 테이프에 녹음한 후 그걸 언론에 보내 일가족 살인 사건의 범인이 자신들이 아니란 걸 일본 국민에게 증명해야 하니까. 1억 2천만 명을 납치한 그들의 숙명이지."

"잘 이해는 안 되지만 어쨌든 나타나 주기를 바라야겠군. 그런데 범인이 체포되면 어떻게 될까?"

"어떻게라니?"

"그 1천 5백억 엔 말이야."

"와펜에 아무 효과가 없다는 게 밝혀지면 다들 5천 엔을 돌려 달라며 미카미 제작소에 몰려들지 않겠어?"

"거래 자체는 정상적인 거래잖나."

"그 노부부가 그렇게 우기면 경찰이 그들을 찾아가 잘못하면 공범이 될 수 있다고 경고해야겠지. 그럼 순순히 5천 엔을 환불해 줄 거야. 그 노부부도 검은돈 같은 건 없이 브라질에 가는 게 결국 행복할 테니까."

그러는 동안 데라다의 모습이 가부키초의 인파 속에 파묻혔다. 사몬지와 야베는 시야에서 그를 놓치지 않도록 거리를 좁혔다. 다른 형사 두 명도 데라다 주변에 있을 터였다.

해가 저물어도 따뜻한 날씨였다. 그래서인지 주말인데도 가부키초 1번지는 몹시 붐볐다.

인파 속에서 데라다는 뭔가를 찾는 듯한 눈빛으로 좌우를 두리번거리며 걷고 있다.

그는 신주쿠 코마 극장에서 오른쪽으로 꺾어 구청이 있는 곳으로 걸어갔다.

그러다가 갑자기 멈춰 섰다.

'불새'라는 바 앞이었다.

다른 가게들은 떠들썩하게 호객 행위 중인데 그 가게 앞은 어째서인지 한산했다.

데라다는 확인하듯 문에 적힌 가게 이름을 보고 안에 들어갔다.

먼저 데라다를 쫓고 있던 형사 중 한 명이 야베 쪽으로 다가와 물었다.

"어쩌죠? 들어갈까요?"

"일단 한 명만 들어가. 다른 한 명은 뒷문 쪽으로 가고."

야베의 지시에 부하 형사가 문을 밀려고 하다가 "앗" 하고 소리쳤다.

"문이 열리지 않습니다. 안에서 잠근 것 같습니다."

"잠갔다고?"

야베도 서둘러 문 앞으로 달려갔다.

그의 말대로 문을 밀어도 꿈쩍도 하지 않았다.

야베의 얼굴이 창백해졌다.

"부숴!"

그는 부하를 향해 고함을 질렀다.

건장한 체격의 형사가 문으로 몸을 부딪쳤다.

두 번째에 문이 뒤틀렸고 세 번째 만에 문이 튕겨져 나갔다.

형사들은 즉시 가게 안에 들이닥쳤다.

"아무도 없습니다!"

야베와 사몬지는 불만 켜진 텅 빈 가게 안을 망연자실하게 바라봤다.

의자가 없고 선반에는 술병 하나 놓여 있지 않다. 물론 사람도 없다. 조금 전에 들어온 데라다도 어디론가 사라져 버렸다.

사몬지는 서둘러 뒷문을 열었다.

뒷문으로 돌아가라고 한 형사가 뛰어오고 있었다.

범인들은 비어 있는 이 점포에서 데라다를 기다리고 있었을 것이다. 그리고 그가 들어온 순간 때려서 기절시키고 뒷문으로 끌고 나간 게 분명했다.

형사 한 명이 바닥에 떨어진 구겨진 종이를 집어 들었다.

넌 지금 형사들에게 쫓기고 있다.

도와줄 테니 신주쿠 가부키초에 있는 '불새'라는 바에 와라.

종이에는 그렇게 적혀 있었다. 아까 아이가 건넨 이 쪽지를 보고 데라다는 가게에 들어온 게 틀림없었다.

"차로 어딘가에 옮겼을 거야. 차를 찾아!"

야베가 소리치자 두 형사는 가게를 뛰쳐나갔다.

그러다 곧 한 명이 다시 뛰어와서 말했다.

"어떤 남녀가 뒤쪽 골목길 끝에 세워진 차에 기절한 남자를 태우고 사라졌다고 합니다."

"목격자는?"

"몇 명 있습니다. 바가 밀집한 골목에서 나와서 술 취한 사람을 부축해 태운 줄로만 알았답니다. 차는 흰색 캐롤러고 다행히 번호를 기억하는 사람이 있습니다. 차가 주차 금지 구역에 세워져 있었다네요."

"좋아. 그 차를 수배하게. 지금 당장!"

야베가 또다시 소리쳤다.

사몬지는 그들의 대화를 옆에서 듣다가 야베에게 말했다.

"난 긴자에서 노가미 변호사를 만나고 올게. 그들을 붙잡으면 그쪽으로 연락 줘."

8

후미코는 노가미 법률 사무소가 있는 K빌딩 앞에 서 있었다.

사몬지가 나타나자 후미코는 안도하는 표정을 지어 보였다.

"노가미는 아직 사무실에 있어."

"그렇겠지. 그는 움직이지 않고 지시할 뿐이니."

"나머지 두 사람은 덫에 걸렸어?"

"아니, 보기 좋게 놓쳤지. 데라다 고지를 납치해 어디론가 사라져 버렸어."

"경찰은 정말 안 되겠네."

후미코는 요란하게 한숨을 내쉬었다.

"그러지 마. 아직 추적 중이니까. 자, 우리는 노가미 도모야를 만나러 가지."

"만나서 축하해 주게?"

"그것도 나쁘지 않겠군."

사몬지는 싱긋 미소 짓고 후미코의 어깨에 팔을 두르고 엘리베이터에 올라탔다.

노가미 법률 사무소에 들어가자 노가미는 뒷짐을 진 채 창밖으로 펼쳐진 긴자의 야경을 바라보고 있었다.

두 사람이 안에 들어가자 그는 휙 돌아서서 "여어, 어서 오십시오" 하고 웃는 얼굴로 인사했다.

기분이 좋아 보이는 걸 보니 데라다를 납치했다는 보고가 노가미에게도 들어온 듯했다.

"지금쯤 자네 부하들이 데라다 고지를 고문하고 있겠군. 구시다 준이치로는 의사이니 나치가 개발한 자백약이라도 주사해서 음성을 녹음하고 있으려나?"

"무슨 말씀인지 모르겠습니다만."

"이제는 솔직하게 털어놓지 않겠어?"

사몬지는 미소 지었다.

"난 자네들이 가엾기 그지없어."

"가엾다?"

"그래. 정말 가엾지. 자네들 블루 라이언스는."

"전 모르는 일입니다."

"뭐 몰라도 상관없어. 일단 자네들이 블루 라이언스라고 가정하고 이야기하지. 블루 라이언스는 일본 국민 1억 2천만 명을 납치한다는 기발한 작전을 세우고 그걸 훌륭하게 성공시켰어. 현재 3천만 명이 한 명당 5천 엔의 몸값을 지불하고 가슴에 안전을 보장해 주는 와펜을 달고 있지. 그 와펜은 블루 라이언스에게는 작전 성공의 상징, 그리고 경찰에게는 패배와 굴욕의 징표가 되었어."

노가미는 말없이 사몬지의 설명을 들었다. 사몬지의 말이 블루 라이언스에 대한 찬사이기 때문이다.

사몬지는 설명을 이어 갔다.

"하지만 전에 만났을 때 그 성공은 파멸로 향하는 지름길이기도 하다고 내가 말했을 거야. 3천만 명이 몸값을 지불해 와펜을 달았다는 건, 즉 3천만 명의 안전이 보장됐다는 뜻이야. 그러나 고작 블루 라이언스 세 명이 3천만 명을 지킬 수 있을 리 없지. 이번처럼 와펜을 단 사람이 살해되면 가장 먼저 블루 라이언스가 의심을 사게 되고, 그럼 블루 라이언스는 자신들의 무죄를 증명해야 해. 또 그게 이번 한 번만으로 끝나는 것도 아니야. 무려 3천만 명이니까. 앞으로 이런 일이 거의 영원히 이어진다고 봐야지. 내일, 아니 지금 이 시간에도 일본 어딘가에서는 그 와펜을 단 사람이 살해될지도 몰라. 그리고 범인이 밝혀지지 않으면 경찰은 블루 라이언스의 소행일 가능성이 있다고 하고, 신문도 그렇게 기사를 내겠지. 와펜을 달아도 살해되는 거냐며 화가 난 사람들은 미카미 도쿠타로에게 들이닥칠 테고 와펜을 땅바닥에 집어 던지며 5천 엔을 돌려 달라고 부르짖을 거야."

"……"

노가미는 말없이 사몬지에게 등을 돌렸다.

사몬지는 그의 뒷모습을 향해 말했다.

"이번 5인 가족 살인 사건에서 블루 라이언스는 데라다의 자백을 녹음한 테이프를 언론에 넘겨서 자신들의 소행이 아니라는 것, 그리고 그 와펜은 여전히 안전의 보증 수표라는 걸 증명할 수 있을지도 몰라. 하지만 그걸로 일이 끝날 것 같나? 다시 한번 말하지만 3천만 명이야. 앞으로도 와펜을 달았는데 살해되는 사람이 끊임없이 나올 테고, 그때마다 블루 라이언스는 사방팔방 돌아다니며 자신들이 사건과 관련 없다는 걸 증명해야 해. 그런 상황을 버틸 수 있겠나? 그렇다면 브라질로 도망친다고 해서 과연 그걸로 끝날까? 아니지. 블루 라이언스가 직접 자신들이 납치범이라고 털어놓고 일본을 떠나지 않는 한 와펜을 단 사망자가 나오면 앞으로도 블루 라이언스에 의혹이 쏠리게 돼 있어. 그리고 일본에 남은 자네는 그것이 블루 라이언스와는 무관하다는 걸 증명해야 해. 그런 상황이 앞으로 계속 이어질 거야. 끊임없이, 어쩌면 영원히. 그래서 가엾다는 것 아니겠나."

"……."

노가미는 침묵한 채로 어깨를 움찔했다.

"지금까지는 매일 아침 신문을 펼칠 때마다 자네와 구시다 준이치로, 그리고 후타바 다카에도 자신들의 승리에 도취됐겠지. 두근거리는 마음으로 매일 발표되는 숫자를 봤을 거야. 미카미 도쿠타로의 계좌에 들어오는 돈이 갈수록 불어나는 모습은 자네들에게 훌륭한 구경거리였을 게 분명해. 자네들의 계획은 완벽하게 성공했지. 하지만 그 성공이 이제는 자네들의 목을 조이기 시작했어. 이젠 매일 아침 신문을 펼칠 때마다 긴장하게 될 거야. 오늘도 와펜을 단 사람이 일본 어딘가에서 살해되지는 않았을까, 그렇게 걱정하면서 말이야. 아닌가?"

노가미는 여전히 말이 없다. 그는 사몬지와 후미코에게 등을 돌린 채 긴자의 야경을 바라보고 있다. 그러나 초점 잃은 눈에는 아무것도 비치지 않을지도 모른다.

사몬지 혼자 계속 말을 이어 갔다.

"내일도 분명 어딘가에서 와펜을 가슴에 단 사람이 죽겠지. 무엇보다 3천만 명이나 있으니까. 하지만 자네들은 그 일이 자신들과 무관하다며 그냥 내버려 둘 수 없어. 조금 전에 말한 이유 말고도 이유는 더 있는데, 그건 바로 자네들이 천재이기 때문이야. 자네들은 20만 명의 경찰을 향해 1억 2천만 명의 인질을 지킬 수 있겠느냐며 조롱했어. 1년에 5천억 엔이라는 거금을 쏟아붓는 자위대가 최신식 무기를 동원해도 소용없을 거라고 도발했지. 이제는 자네들이 시험대에 올랐어. 고작 셋이서 안전을 팔아넘긴 3천만 명을 지킬 수 있을까? 지키지 못하면 이제는 자네들이 조롱받게 될 거야. 자네들이 경찰과 자위대를 조롱한 것처럼 말이야. 그들이 1억 2천만 명의 인질을 지키지 못한 것처럼 자네들도 3천만 명을 지킬 수 있을 리 없어. 자네들이 할 수 있는 일이라곤 오직 우리가 죽인 게 아니라는 걸 증명하는 것뿐. 그것도 보통 일이 아니지만, 그걸 하지 않는 순간 자네들은 자네들이 조롱한 경찰보다 못한 존재가 돼. 천재로서의 자존심이 그런 상황을 용납할까? 그러니 자네들은 오늘도 위험을 무릅쓰고 데라다를 납치했어. 하지만 같은 짓을 내일도, 모레도 해야 해. 어쨌든 자네들은 3천만 명에게 안전을 보장했으니까."

"말씀을 아주 잘하시는군요."

노가미는 사몬지와 후미코에게 등을 돌린 채 지친 목소리로 입을 열었다.

"게다가 사립 탐정이 설마 그 납치 사건의 범인들을 동정할 줄이야."

말투가 조금씩 거칠어지고 있다. 이 유능하고 냉정한 변호사의 동요를 나타내는 것처럼 보였다.

"난 머리 좋은 사람들을 좋아해."

"왜죠?"

"냉정하게 자기 자신을 볼 수 있으니까. 자네도 승리에 도취돼 있느라 미처 깨닫지 못한 큰 함정에 빠졌다는 걸 이제는 깨달았겠지."

"함정 같은 걸 인정하지 못하겠다면?"

"아니. 자네는 이미 알고 있을걸. 자신들 계획의 성공이 곧 파멸의 시작이었다는 것을. 자네만이 아니야. 다른 세 사람도 알고 있겠지. 천재로서의 자존심이 그 패배를 인정하지 못하고 있을 뿐."

그때 책상 위에 있는 전화기가 울렸다. 노가미가 순간 고개를 돌렸다. 사몬지를 힐끗 한 번 보고 수화기를 집어 든다.

"노가미 법률 사무소입니다."

그는 그렇게 전화를 받더니 갑자기 "당신한테 걸려 온 전화예요" 하고 수화기를 사몬지에게 내밀었다.

"네, 전화 바꿨습니다."

ㅡ나야.

수화기를 통해 야베 경부의 목소리가 들렸다.

"어떻게 됐지?"

사몬지는 노가미를 바라보며 나직이 물었다.

노가미는 사몬지에게 등을 돌린 채 창문으로 밤거리를 내려다보고 있다. 그러나 온 신경이 사몬지의 목소리에 쏠려 있는 것은 명백했다.

ㅡ전화로 이야기해도 되나? 노가미도 거기 있지 않아?

"그래. 상관없어. 어차피 그에게 보고가 들어올 거고 구시다 준이치로와 후타바 다카에가 데라다를 미행한 건 확실하니까."

ㅡ그렇군. 그 캐롤러를 간신히 창고 앞에서 발견했네. 안에 들어가니 데라다가 눈이 가려진 채 의자에 묶여 있고 옆에

는 녹음기가 있더군. '경시청 수사1과 여러분께'라고 적힌 엽서와 함께.

"테이프는 들었나?"

—그래. 들었지. 데라다가 그 5인 가족 살인 사건에 대해 상세하게 털어놓는 내용이었어. 아마 똑같은 테이프를 신문사에도 보내지 않을까.

"데라다는 어떤 상태지? 뭐라고 하던가?"

—그게 말이지. 꼭 헤로인에 중독된 사람처럼 뭘 물어도 이해할 수 없는 대답만 하더군. 팔에는 주사 자국이 있었어.

"약인가."

—즉시 병원으로 옮겼네. 뭘 주사했는지 곧 밝혀지겠지.

"아마 나치가 2차 대전 중에 발명했다는 자백약을 주사했을 거야. 구시다는 의사이니 그 약을 구할 수 있었을 테고."

—어쨌든 사라진 구시다 준이치로와 후타바 다카에를 찾아야 해.

야베는 화가 난 것처럼 말하고 전화를 끊었다.

사몬지는 수화기를 내려놓고 여전히 등을 돌리고 있는 노가미를 쳐다봤다.

"다 들었겠지?"

사몬지가 묻자 노가미는 밤거리를 내려다보며 입을 열었다.

"뭘 말이죠?"

"통화가 들렸을 텐데. 이번에는 어떻게든 빠져나간 것 같지만 미리 알려 주지. 앞으로 자네와 다른 동료들은 잠 못 이루는 날이 이어질 거야. 그리고 아침에 일어나 신문을 펼칠 때마다 불안에 떨겠지. 일본 어딘가에서 와펜을 가슴에 단 3천만 명 중에 한 명이 살해되지는 않았을까 걱정하면서. 그뿐만이 아니야. 자네들은 미카미 부부에 대해서도 걱정하는 게 좋을걸."

"……."

대답은 없지만 대신 노가미의 뒷모습이 순간 움찔거렸다.

"그런 거금을 손에 넣은 노부부를 과연 이 세상 악당들이 내버려 둘까? 그 노부부를 죽여서 돈을 챙기려는 사람이 반드시 나올걸. 만약 누군가가 그 부부를 죽이면 경찰은 어떻게 생각할까? 분명 이렇게 생각하겠지. 블루 라이언스 녀석들과 그 부부는 한패였으니 블루 라이언스가 부부를 죽이고 계좌에 있는 돈을 독차지하려 했다고. 자네들은 그 노부부의 안전도 지켜야 하는 셈이야. 여러모로 고생이 많겠어."

"……."

노가미는 입을 한일자로 다문 채로 불현듯 고개를 돌렸다.

11장.
승리와 패배란

1

경찰은 신주쿠 가부키초에서 사라진 캐롤러를 철저히 조사했다.

"아쉽지만 수확은 없었네."

야베 경부는 수사본부를 찾아온 사몬지와 후미코를 향해 어깨를 움츠리며 말했다.

"혹시 도난 차량이었나?"

사몬지가 묻자 야베는 "그래, 맞아" 하고 고개를 끄덕였다.

"엊그제 다이타바시 인근 주차장에서 도난당한 차량이더군. 주인은 스물일곱 살의 회사원이었고 그제 도난 신고도 해서 수상한 점은 전혀 없었어. 차 안에서도 지문은 나오지 않았네. 운전대와 문, 라디오 스위치까지 조사했지만 전부 깨끗하게 닦여 있더군. 하지만 구시다 준이치로와 후타바 다카에

가 그 차로 데라다를 빈 창고에 데려가 약을 써서 자백을 받아 낸 건 확실해."

"증명할 수 있나?"

"남자와 여자가 그 흰색 캐롤러에 기절한 데라다를 태우고 사라진 걸 목격한 사람이 있어. 그 증언을 기초로 구시다와 후타바 다카에를 찾을 생각일세."

"글쎄."

"찾지 못할 거라 보나?"

야베의 말투가 날카로워졌다. 사자들을 잡으려고 설치한 덫이 잘 먹히지 않자 베테랑인 그도 화가 난 듯했다.

사몬지는 손을 내저었다.

"아니, 그게 아니라 구시다와 후타바 다카에 모두 조만간 제 발로 나타날 거야. 브라질 영주 허가를 신청했으니 허가가 나면 나타나기 싫어도 두 사람은 브라질 대사관이나 외무성 에 모습을 드러낼 수밖에 없으니까. 그때 체포할 수 있지 않 을까? 하지만 말이지. 두 사람이 데라다를 위협해 자백을 받 아냈다고 진술해도 그다음에 어떻게 나올 것 같나? 그들은 시 민의 한 사람으로서 사회 정의를 지키기 위해 그렇게 한 거라 고 주장하지 않을까."

"그런 말을 법원에서 받아들일 것 같아?"

"글쎄. 받아들이지 않는다고 해도 두 사람에게 무슨 죄를 물을 수 있지? 자동차 절도, 불법 감금, 협박. 이 정도 아닌가? 심지어 그들이 감금했던 남자는 살인범이었어. 노가미처럼 머리 좋은 변호사가 옆에 붙으면 집행 유예가 붙은 1년 형 정도가 나올지도."

"나도 아네."

야베는 초조한 것처럼 말했다.

"뭘 더 할 수 있겠나?"

"데라다는 지금 뭐 하고 있지?"

"오늘 아침 퇴원과 동시에 재체포했네. 이제 그들을 낚을 미끼로 쓸 수도 없고 표면적으로는 우리가 진범을 잘못 석방한 셈이니 경찰의 큰 실책으로 남을 거야. 골치 아프군. 참, 자백을 받아내기 위해 그들이 사용한 약물은 자네가 말한 그게 맞았어."

"그럼 그들에게 죄가 하나 더 추가되겠군. 약사법 위반. 그래도 집행 유예겠지."

"다시 한번 그들을 덫에 빠뜨릴 수는 없을까? 와펜을 산 사람이 3천만 명이나 되지 않. 조만간 그들 중 한두 명이 또 살해될 수 있어. 그때도 이번과 같은 덫을 설치하면 안 되나?"

"안 되겠지."

"왜지?"

"그때마다 그들이 겁을 먹기는 할 거야. 5천 엔과 맞바꿔 사람들에게 안전을 제공한다고 했으니까. 난 노가미에게도 이미 그 점을 지적했어. 그래도 같은 덫은 깔 수 없어."

"그러니까, 왜?"

"첫째로 그들은 같은 위험을 무릅쓰지 않을 테니까. 첫 번째는 시민의 의무를 다했다는 말로 판사들을 납득시킬 수 있을지 몰라도 두 번이나 같은 일이 반복되면 판사들도 그들과 블루 라이언스의 관계를 의심할 수밖에 없을 테니까. 여론도 마찬가지야. 머리 좋은 그들이 그런 위험을 무릅쓰겠나? 둘째로는 첫 번째 덫을 이미 경찰이 실패했기 때문이야."

"우리를 탓하는 건가?"

"그들이 데라다에게 자백을 받아내려고 할 때 체포했으면 가장 좋았을 텐데."

"빈정거리지 말게. 이제 와서 말해 뭐 하겠나."

야베는 힘없이 탄식을 내쉬었다.

"빈정거리는 게 아니야. 난 엄연한 사실을 말하고 있을 뿐. 그들이 녹음한 데라다의 자백을 조만간 신문사에 보낼 게 뻔해."

"그래도 일본은 민주주의 국가이니 테이프 내용을 발표하지 말라고 신문사를 막을 힘이 우리 경찰에게는 없어."

야베가 혀를 쯧 찼다.

"그리고" 하고 사몬지가 말을 이었다.

"테이프 내용이 신문에 발표되면 경찰의 의도도 드러나겠지. 그것도 모자라 경찰은 데라다가 진범인 걸 알면서도 블루 라이언스를 잡으려고 미끼로 이용했다는 걸 세상 사람들이 다 알게 될 거야. 그런데도 나중에 똑같은 덫을 깔아서 성공할 수 있을 것 같나? 경찰이 이번에는 블루 라이언스의 범행이 틀림없다고 발표해도 또 덫을 깐 거라고 믿을 게 뻔해."

"이봐, 이봐. 이번 작전을 제안한 사람은 바로 자네야."

"그들이 첫 번째 덫에는 반드시 걸려들 거라고 확신했으니까. 그리고 난 경찰의 힘을 신뢰했어. 그들이 자백을 녹음한다고 해도 경찰이 테이프를 압수할 수 있을 거라 믿었지."

"우리도 최선을 다했지만……."

"결국 일을 도모하는 건 사람이지만, 일을 이루는 건 하늘의 뜻인가."

"뭐?"

2

수사본부를 나가 사무실로 돌아가는 길에 후미코가 사몬지를 향해 말했다.

"조금 전에는 말이 너무 심했던 것 같아. 경찰도 최선을 다

한 건 맞잖아."

"나도 알아. 그러니 위로해 줬지. 일을 도모하는 건 사람이지만 일을 이루는 건 하늘의 뜻이라고."

사몬지가 미소 지으며 말했다.

"이미 잔뜩 비꼰 다음에 그러면 뭐 해."

"그렇게 비꼰 것 같지는 않은데."

"비꼬았어. 근데 그 일을 도모하니 뭐니 하는 건 도대체 누가 한 말이야?"

"제갈공명."

"이야. 설마 당신 스스로 제갈공명과 어깨를 나란히 할 천재라고 믿는 거야?"

"당신도 비꼬는 데는 지지 않는군."

사몬지는 대답하고 빙그레 웃었다.

두 사람은 엘리베이터를 타고 36층에 있는 사무실로 돌아갔다.

36층에서 내려다보는 신주쿠 거리는 먹구름 때문에 뿌옇게 흐려 있었다.

후미코는 두 사람 몫의 커피를 끓였다.

"앞으로는 어떻게 될까?"

"현 상황에서 확실하게 말할 수 있는 건 하나야. 그들은 테이프를 신문사에 보낼 거고 신문은 그걸 발표할 거라는 것. 뉴스로서 가치가 충분하니까. 블루 라이언스 이름으로 테이프를 보낸다면 더더욱 그렇지. 현재 일본에서 사람들의 이목을 제일 끄는 건 뭐니 뭐니 해도 블루 라이언스 관련 뉴스니까."

"하지만 블루 라이언스를 자처하며 테이프를 보내는 건 그들 스스로 무덤을 파는 행위 아냐?"

"당신이 무슨 말을 하고 싶은지 알아."

사몬지는 미소 지으며 담배에 불을 붙였다. 똑똑한 여자와 대화하는 건 역시 즐거운 일이다.

"그런 짓을 하면 나중에 구시다와 후타바 다카에가 체포되고 그들이 데라다를 납치해서 자백을 받아낸 게 밝혀졌을 때 자신들이 블루 라이언스임을 자백하는 꼴이나 마찬가지라는 거지?"

"맞아."

후미코는 고개를 끄덕이고 사몬지 앞에 커피를 내려놓았다.

사몬지는 블랙 그대로 커피를 입에 가져가며 말했다.

"과연 그럴까?"

"왜?"

"경찰은 이제 조직의 위신을 걸고 구시다 준이치로와 후타바 다카에 두 사람을 찾아 나설 거야. 그러니 두 사람은 아마 조만간 발견되겠지. 신주쿠 가부키초에서 두 사람과 데라다를 봤다는 증인도 경찰에서 증언을 해 줄 수도 있고. 하지만 두 사람이 그때 이런 말을 한다면 어떨까? 데라다의 자백을 녹음한 테이프를 신문사에 보낸 건 우리가 맞다. 그때 블루 라이언스의 이름을 사용한 건 그게 더 효과가 클 거라 생각했기 때문이고 다른 의도는 없었다. 그럼 경찰은 두 사람이 블루 라이언스가 확실하다는 걸 증명해야 해."

"설마. 그런 일이 일어날까?"

"안타깝지만 충분히 일어날 수 있어. 이미 블루 라이언스 사건이 발생한 후 블루 라이언스의 이름을 들먹이며 신문사와 방송국, 경찰에 전화를 걸어 가짜 정보를 흘린 일이 2백 건 정도 있었다고 하니까. 이런 상황에서 블루 라이언스의 이름을 사용한 것만으로는 죄를 물을 수 없지 않을까? 적어도 그 이름을 사용했다는 것만으로 그들을 진짜 블루 라이언스라고 단정 짓는 건 불가능해."

"그래?"

"그렇다니까."

"흐음."

후미코는 불만스러운 것처럼 콧숨을 내쉬고 커피를 입에 가져갔다.

그대로 말없이 창밖을 바라봤지만 그녀는 잠시 후 "뉴스 할 시간이야"라고 하고 TV 스위치를 켰다.

화면은 나오지만 음성이 들리지 않는다.

"어머!"

후미코가 그렇게 소리친 것은 음성 문제 때문이 아니었다.

"저것 좀 봐!"

후미코가 사몬지를 향해 날카롭게 외쳤다.

"구시다 준이치로와 후타바 다카에가 나오고 있어!"

3

"농담하지 마."

사몬지가 웃으면서 말하고 TV로 고개를 돌린 순간 그의 얼굴에서도 웃음기가 사라졌다.

후미코가 말한 대로 구시다 준이치로와 후타바 다카에가 나란히 화면에 비치고 있었던 것이다.

"소리!"

사몬지가 외쳤다.

후미코가 서둘러 음량 조절 다이얼을 돌렸다.

꺼져 있던 소리가 확 커졌다.

기자 회견 중이었다.

기자 한 명이 카세트테이프를 치켜들고 "여기에 데라다 고지의 자백을 녹음했다는 말씀이시죠?" 하고 정면에 앉은 구시다와 후타바 다카에를 향해 물었다.

"그렇습니다."

구시다가 침착한 목소리로 대답했다.

"이 자백이 사실이라는 근거가 뭡니까?"

다른 기자가 물었다.

구시다는 대표해서 다시 대답했다.

"들어 보면 아시겠지만 범인이 아니면 모를 만한 이야기를 하고 있습니다. 또 경찰은 데라다를 다시 체포했습니다. 그 것 역시 데라다 고지가 진범이자 테이프 속 자백이 진실이라는 증거입니다."

"두 분이 경찰이 풀어 준 데라다 고지를 차에 태워 빈 창고에 데려가서 자백을 받았다는 말씀이시죠?"

"한 가지 더 덧붙이자면 자백을 통해 그가 진범임이 밝혀진 후 테이프와 함께 그의 신병을 경찰에 넘겼습니다."

"왜 그런 행동을 하셨죠?"

"사회 정의를 위해서입니다. 시민의 의무를 다했다고도 할 수 있겠죠. 일가족을 끔찍하게 살해한 흉악범이 제 눈앞을 걸어가는 모습을 본 순간 그를 제압하는 게 시민의 의무라고 생각했습니다."

"차에 태워서 빈 창고에 데려가 자백을 받고 테이프에 녹음하는 건 평범한 시민으로서는 조금 지나친 행동 아닐까요?"

"보통 때라면 그렇겠죠. 이번에는 사정이 전혀 다릅니다. 경찰은 데라다 고지가 진범인 걸 알면서도 일부러 그를 풀어준 것 같았습니다. 그렇다면 경찰에 신고해도 소용없다는 말이니 저희가 직접 그를 붙잡아 자백을 받아낸 겁니다. 전 의사라서 압니다만, 데라다의 인상과 골격, 정신 상태로 보건대 그는 또다시 살인을 저지를 위험성이 매우 높습니다. 그것을 사전에 막기 위해서라면 다소 지나치더라도 이렇게 해야 한다고 판단했습니다."

"아마 지금 이 TV를 보고 계신 분들의 가장 큰 관심사일 텐데, 혹시 두 분은 그 블루 라이언스와 관계가 있습니까?"

"전혀 관련 없습니다."

"두 분이 그 일로 경찰 조사를 받았다는 소문이 돕니다만……."

"그건 사실입니다."

구시다는 단호히 말하고 어이없어하는 눈빛으로 앞에 모인 기자들을 둘러봤다.

"저와 옆에 앉은 후타바 씨는 단순히 IQ가 높다는 이유만으로 블루 라이언스의 일원이 아니냐는 의심을 받았습니다. 다행히 그 의혹은 풀렸지만 제가 보기에 경찰은 블루 라이언스에 지나치게 집착하는 것 같습니다."

"무슨 뜻인지 구체적으로 말씀해 주시겠습니까?"

"이번 일가족 살해 사건은 누가 봐도 개인적인 원한에 의한 살인 사건입니다. 냉정하게 생각하면 그 밖의 다른 가능성은 없는데도 경찰은 블루 라이언스의 소행일 가능성이 있다며 굳이 신문에 발표하고 가장 유력한 용의자인 데라다 고지를 풀어 줬죠. 한때는 범인이라면서 이름까지 발표한 사람을 말입니다. 이것은 두 가지 가능성을 암시합니다. 하나는 경찰이 데라다가 진범임을 알면서도 블루 라이언스를 함정에 빠뜨리기 위해 데라다를 풀어 줬을 가능성. 또 하나는 블루 라이언스가 범인이라는 억측에 사로잡힌 나머지 데라다가 진범인 것을 알아채지 못했을 가능성이죠. 저희는 그 두 가지 모두 매우 위험하다고 판단했습니다. 살인마를 들판에 풀어놓는 꼴이니까요. 그러니 저와 후타바 씨는 데라다를 붙잡아 저희만의 방법으로 그에게 자백을 받아낸 겁니다."

"경찰이 데라다를 석방했을 때 두 분이 우연히 그곳에 있었다는 말인가요?"

"그렇게 생각하셔도 무방합니다."

"하지만 이번 일 때문에 두 분도 몇 가지 범죄를 저지른 게되지 않나요?"

"글쎄요. 무슨 범죄 말이죠?"

구시다는 미소 지으며 기자들을 봤다.

"우선 차를 훔치셨죠?"

"그건 어쩔 수 없었습니다. 데라다를 조용한 곳으로 데려가야 했으니까요."

"그 밖에 불법 감금죄 같은 것도 있겠군요. 또 자백을 받을 때 고문 같은 방법을 동원했다면 그 역시 범죄가 됩니다."

"아뇨. 저희는 그렇게 생각하지 않습니다. 상대는 일가족 다섯 명을 끔찍하게 살해한 흉악범입니다. 다소 거친 방법을 썼어도 그런 건 일종의 긴급 피난에 해당하지 않을까요? 그리고 차를 훔친 것도 차 소유자에게 사후 승낙을 받았습니다. 그러니 죄가 되지 않을 겁니다."

"마지막으로 이번 일에 대해 뭔가 하시고 싶은 말씀 있습니까?"

"네. 이건 경찰 당국에 드리고 싶은 말입니다만, 공을 세우고 싶은 나머지 흉악범을 일부러 풀어 주는 어리석은 짓을 두 번 다시 하지 않기를 바랍니다."

"그 말은 경찰에 대한 도전으로 해석해도 될까요?"

기자들이 술렁거리자 구시다는 히죽 웃었다.

"당치도 않습니다. 일개 시민의 바람일 뿐이에요."

4

"참 놀라운 녀석들이야."

사몬지는 흔들의자를 천천히 움직이며 탄성을 질렀다.

"응, 적이지만 훌륭하네."

후미코도 동의했다.

"배짱이 정말 대단한 것 같아. 저쪽에서 먼저 기자 회견을 할 줄이야. 역시 IQ 140이 넘는 사람들다워."

"하지만 자신감이 지나쳐. 아슬아슬한 줄타기라는 걸 모를 리 없을 텐데."

"그런 상황을 즐기는 게 아닐까?"

"그럴지도."

"저 두 사람은 앞으로 어떻게 될까? 야베 경부는 징역 1년, 집행유예 3년 정도가 나올 거라고 하던데."

"그건 경찰이 그들보다 앞서서 그들을 체포했을 때의 이야기야. 저 두 사람은 스스로 먼저 정체를 밝히고 나섰지. 하물며 간교하게도 경찰에 자수하지 않고 느닷없이 기자 회견을 열어 그 모습을 TV에 생중계하는 방법을 택했어. 이로써 언론과 여론 모두 저 두 사람의 편에 설 거야. 경찰은 잠자코 있을 수 없으니 일단 저들을 체포하겠지만 어쩌면 무죄 방면을 해야 할지도 몰라."

사몬지의 예측은 불행히도 적중했다.

다음 날 오후 야베 경부가 녹초가 된 모습으로 사몬지의 사무소를 찾아왔기 때문이다.

"이제는 정말 두손 두발 다 들었네."

야베는 소파에 앉자마자 깊숙이 한숨을 내쉬었다.

후미코가 그런 야베에게 커피를 권했다.

"힘내세요."

"힘내고 싶지만 도저히 그럴 수가 없습니다. 지금 구시다와 후타바 다카에를 막 풀어 주고 오는 길이에요."

"체포는 한 건가?"

사몬지가 파란 눈으로 야베를 봤다.

"그래. 하지만 그 두 사람을 잘못 건드리면 경찰이 진범인 걸 알면서도 일부러 데라다 고지를 풀어 준 게 드러날 수 있으니 윗선에서 풀어 주라는 지시가 떨어졌어."

"자동차 건은 어떻게 됐지? 구시다는 기자 회견에서 주인에게 사후 승낙을 받았으니 죄가 되지 않을 거라 하던데."

"그 말이 맞네. 도난당한 차 주인은 고마키 요스케라고 하는 회사원인데, 갑자기 태도를 싹 바꿔서 그 두 사람을 원래 알고 있었고 차는 빌려준 거나 마찬가지라고 하더군. 그럼 우리도 어찌할 방법이 있겠나."

"돈을 찔러줬을까?"

"그럴 수도 있고 애초에 이 고마키 요스케라는 작자를 조금 조사해 보니 별로 질이 좋은 사람이 아니어서 뭔가 약점을 잡혔을지도 모르지. 어쨌든 답이 나오지 않는 상황일세."

야베는 보기 드물게 약한 모습을 보였다.

"항복하기에는 아직 이르지 않나?"

사몬지가 격려하듯 야베를 향해 웃어 보여도 야베는 어깨를 움츠렸다.

"무슨 수가 더 있겠나? 자네도 전과 같은 덫은 깔아 봐야 소용없을 거라고 했잖나. 이대로 그들이 잇따라 브라질로 도망치는 걸 넋 놓고 지켜볼 수밖에 없게 됐어. 정말 속수무책이야."

"변호사인 노가미와 의사 구시다, 그리고 후타바 다카에가 블루 라이언스라는 걸 증명할 수는 없나?"

"현시점에는 어렵네. 추측만으로 체포할 수도 없으니."

"그렇군."

사몬지는 흔들의자에서 몸을 일으켜 창문 앞으로 걸어갔다.

팔짱을 끼고 땅거미가 깔린 신주쿠 거리를 내려다본다.

네온사인이 반짝이고 있다. 36층에서 바라보는 네온사인은 언제 봐도 아름다웠다.

"실은 한 가지 묘하게 마음에 걸리는 게 있어."

사몬지는 그대로 창밖을 보며 말했다.

"사건과 관련된 건가?"

야베가 물었다.

"관련은 있지. 자네들이 캐롤러를 쫓고 있을 무렵 나와 후미코는 노가미 법률 사무소에 가서 노가미를 만났어."

"그래. 그게 어쨌다는 말인가?"

"난 그때 노가미를 위협했어. 자네들의 성공은 파멸의 지름길이 될 거라고 하면서 말이야. 지금도 매일 떨고 있을 거야. 3천만 명의 가슴에 와펜을 달아 버린 그 책임감 때문에."

"하지만 떨고 있다고 해서 그들을 체포할 수는 없지. 그리고 구시다와 후타바 다카에는 별로 겁먹은 것처럼 보이지도 않던데."

"자신들은 천재라는 강력한 자존심이 두려움을 짓누르고 있는 거야. 그런데 그때 일 말인데."

사몬지는 후미코 쪽을 바라봤다.

"당신은 눈치 못 챘나?"

"눈치챘어."

"그렇군. 역시."

"당신이 말할 때 줄곧 등을 돌리고 있던 노가미가 갑자기 휙 돌아본 순간 말이지? 그때 노가미의 표정이 무시무시해서 깜짝 놀랐어. 왜 갑자기 그런 표정을 지었을까?"

"무슨 말이지?"

야베는 사몬지와 후미코의 얼굴을 번갈아 보며 물었다.

"조금 전에도 말했다시피 난 그때 노가미를 위협했어. 3천만 명의 목숨을 고작 세 명이 지킬 수 있겠느냐고 했지. 그때 그는 상당히 동요하는 것처럼 보였는데 그런 모습을 우리에게 들키고 싶지 않은지 계속 등을 돌리고 있더군. 그런데 마지막으로 내가 자네들은 미카미 부부의 안전도 지켜야 한다며 여러모로 고생이 많겠다고 하자 갑자기 무시무시한 얼굴로 나를 휙 돌아본 거야. 굉장히 당황하는 게 훤히 보였지. 왜 그렇게 당황하는지 이유가 불분명해서 지금껏 계속 떠올려봤는데……."

"미카미 부부가 혹시 살해되기라도 하면 큰일이라고 생각해서 아닌가? 와펜을 가슴에 단 3천만 명 외에 미카미 부부도 지켜야 한다는 걸 깨닫고 당황한 거지."

야베가 지적했다.

"아니."

사몬지가 딱 잘라 말했다.

"그럼 뭐지?"

"그들은 천재야. 그런 사실을 이제 와서 갑자기 깨달았을 리 없지. 그리고 미카미 부부의 집에는 지금도 형사들이 계속 잠복 중이지 않나."

"물론이지. 그 노부부에게 누가 접촉할 수도 있으니."

"노가미가 그걸 모를 리 없어. 경찰이 잠복 중이라는 건 경찰이 미카미 부부를 지키고 있다는 뜻이 되기도 하지. 그럼 미카미 부부의 안전을 블루 라이언스가 걱정할 필요는 없지 않겠나? 그런데도 노가미는 그때 왜 그렇게 당황했을까."

사몬지는 심각한 표정으로 잠시 생각에 잠겨 있다가 갑자기 수화기를 집어 들더니 노가미 법률 사무소 번호로 다이얼을 돌렸다.

접수창구 여직원이 전화를 받자 사몬지는 목소리를 낮춰 말했다.

"노가미 선생님께 변호를 의뢰하고 싶습니다만."

사몬지가 말하자 여직원은 "죄송합니다. 지금은 수임이 어렵습니다"라고 했다.

"예약이 꽉 차서 그런 건가요? 선생님께 꼭 부탁드리고 싶은데."

─선생님은 내일 오후부터 일주일간 여행을 떠나셔서요. 그래서 유감스럽지만 현재 일을 맡기가 어려운 상황입니다. 선생님이 돌아오신 뒤에 다시 전화 주시겠어요?

"혹시 가시는 곳이 브라질인가요?"

─그건 저도 모르겠네요.

"알겠습니다."

사몬지는 전화를 끊고 야베와 후미코를 향해 싱긋 웃었다.

"이제는 대충 알 것 같군."

5

사몬지는 또다시 흔들의자에 앉아 담배에 불을 붙였다.

"노가미는 브라질로 여행을 간다고 해."

"내빼는 건가?"

야베가 발끈해서 묻자 사몬지는 손을 가로저었다.

"아니. 경찰도 속수무책 중인데 왜 도망치겠나?"

"브라질에 가는 건 확실하지 않나?"

"그래. 그건 사실이겠지. 그러니까 더 흥미로워. 조금 전에 그걸 다시 생각해 보지. 미카미 부부는 경찰이 지켜 주고 있으니 안전해. 하지만 나이가 나이이니 병에 걸려 사망하지 않을 거라는 보장은 없지. 그래서 말인데, 만약 미카미 부부가 사망하면 그 막대한 유산이 어디로 갈까?"

"그야 물론 브라질에 있는 외아들 가즈오가 전 재산을 물려받지 않겠나?"

"그렇다면 블루 라이언스는 미카미 부부가 죽어도 딱히 곤란할 일이 없겠지. 그들은 브라질로 이주해서 미카미 가즈오와 함께 살아갈 테니까. 그런데 노가미는 왜 그렇게 당황했을까?"

"어쩌면……."

옆에서 후미코가 끼어들었다.

"미카미 부부가 죽으면 그 재산을 블루 라이언스가 가져가지 못할 수도."

"그게 무슨 뜻입니까?"

야베가 물었다.

사몬지는 담배를 재떨이에 비벼 껐다.

"브라질에 있는 외아들이 이미 죽지 않았을까 하는 이야기야."

"뭐라고?"

"아예 일리가 없지는 않지. 자, 브라질에 있는 미카미 가즈오가 어느 날 그 막대한 유산을 블루 라이언스 녀석들에게 나눠 주기 싫어졌다고 가정해 봐. 충분히 있을 법한 이야기 아니겠어? 그러다가 블루 라이언스가 문득 그걸 알게 됐고 브라질에 미리 가 있던 마키노 히데키미가 미카미 가즈오를 몰래 죽인 후 그로 위장하고 있다면? 미카미 부부가 건재한 상황에서 부부가 직접 거금을 들고 브라질에 가면 거기서 부부를 처리할 수 있으니 어떻게든 될 거야. 미카미 부부가 만약 일본에서 사망한다면 어떻게 될까? 국가에서는 그 막대한 유산을 상속받을 사람을 면밀히 조사할 게 뻔하지. 그러나 이미 사망한 외아들은 일본에 돌아올 수 없는 상황. 결국 애써 모은 그 거금이 블루 라이언스에게는 한 푼도 떨어지지 않게 된다는 말이야."

"그러니 노가미도 서둘러 브라질로 떠나는 건가?"

"미카미 부부가 만약 사망할 경우에 대비해 현재 브라질에서 미카미 가즈오로 위장해 있는 마키노 히데키미와 상의하러 가는 거겠지. 이건 단언할 수 있어."

"하지만."

야베 경부는 또다시 나직이 탄식했다.

"현재 미카미 부부는 아주 정정해. 브라질 영주 허가가 나올 때까지 두 사람이 급사할 가능성은 없다고 봐야겠지. 게다가 경찰이 그들을 철저히 감시 중이니 누가 그 부부를 죽일 수도 없어."

"아니, 방법은 있어. 자, 이쯤에서 실험을 한번 해 볼까?"

"설마 자네가 그 미카미 부부를 죽이겠다는 건 아니겠지?"

"난 선량한 일반 시민이야. 그런 바보 같은 짓을 할 리 없잖나. 법에 저촉되는 일 따위 안 해. 내가 떠올린 건 아주 간단한 방법이야."

6

다음 날 오전 10시.

미카미 후미요는 여느 때처럼 장바구니를 들고 집을 나섰다.

당연히 사복을 입은 형사가 그녀를 뒤따랐다.

후미요는 집에서 3백 미터 정도 떨어진 슈퍼마켓에 들어가 약 1,200엔어치의 장을 봤다.

후미요가 계산을 마치고 슈퍼에서 나가 몇 발자국 걸었을 때 차량 한 대가 그녀 옆으로 휙 다가왔다.

"미카미 후미요 씨."

창문으로 얼굴을 내밀고 후미요에게 말을 건 사람은 야베 경부였다.

"잠깐 여쭙고 싶은 게 있어서 그런데 서까지 같이 가 주시죠."

야베가 말하자 후미요는 당황한 얼굴로 주변을 두리번거렸다.

"지금 막 장을 보고 돌아가는 길인데……."

"금방 끝날 겁니다."

야베는 차에서 내려 "타시죠" 하고 후미요를 재촉하고 그녀를 미행하던 형사를 향해 OK 사인을 보냈다.

후미요는 마지못해 차에 올라탔다.

차는 곧장 합동 수사본부가 설치된 신주쿠 경찰서로 향했다.

경찰서에 도착하자 야베는 웃는 얼굴로 후미요를 대기실로 안내했다.

"자, 편하게 계셔도 됩니다."

"남편이 걱정할 수 있으니 전화 한 통 해도 될까요?"

후미요는 걱정 섞인 목소리로 말했다.

"이봐, 가서 마실 것 좀 가져와."

야베는 그렇게 소리치고 후미요에게 웃으며 말했다.

"연락은 저희 쪽에서 할 테니 걱정하지 않으셔도 됩니다. 일단 차라도 한잔하시죠. 좋은 차는 아닙니다만."

"대체 무슨 일인가요?"

후미요는 컵에 손을 대지 않고 굳은 표정으로 물었다.

야베는 투박한 손놀림으로 차를 한잔 마시고 입을 뗐다.

"실은 지금 브라질에 있는 아드님에 대해 여쭙고 싶은데요. 그 편지가 도착한 이후 아드님한테서 다른 편지나 연락이 왔나요?"

"아뇨. 하지만 그 아이는 브라질에 잘 있을 테니 걱정하지 않아요. 조만간 영주 허가가 나오면 곧 만날 수 있으니까요."

"브라질에 있는 아드님의 주소를 아십니까?"

"네. 집에 가면 있을 거예요."

"전화는?"

"있어요. 상파울루 시내였어요."

"국제전화를 거신 적은?"

"있어요. 세 번."

"아드님이 받았나요?"

"네."

"세 번 다 직접 받은 겁니까?"

"처음 한 번은 받았고, 이후 두 번은 일하러 갔다고 해서."

"일하러 갔다고 누가 알려 준 겁니까?"

"아들과 함께 사는 젊은 남자였어요. 같은 일본인이고 일도 함께한다고 했어요."

"그 남자의 이름은 들으셨나요?"

"네. 마키노 씨라고 하던데, 혹시 무슨 문제라도 있나요?"

"마키노 씨 말이군요. 혹시 마키노 히데키미라는 이름 아닌가요?"

"글쎄요. 마키노 씨라고만 들어서……."

"알겠습니다. 그럼 다음 질문으로."

야베는 그렇게 말하고 자세를 고쳐 앉았다.

7

미카미 도쿠타로는 공장에서 일을 감독하며 여러 번 손목시계를 확인했다.

이미 오후다. 점심시간도 지나 작업이 막 다시 시작됐다.

"늦는군."

도쿠타로는 이맛살을 찌푸리며 중얼거렸다.

이런 일은 처음이었다. 평소 같으면 후미요가 장을 보고 돌아와 점심 준비를 하고 식사까지 마쳤을 시간이다.

그러나 후미요는 아직 돌아오지 않았다.

'오는 길에 차에 치이기라도 한 건 아니겠지?'

도쿠타로가 그런 생각을 하고 있을 때 전화기가 울렸다.

순간 가슴이 철렁해 황급히 수화기를 들자 귓가에 남자의 낮은 목소리가 들렸다.

—미카미 도쿠타로 씨 맞나?

"그래, 맞네만. 자네는 누군가?"

—누구든 상관없겠지. 조금 전 당신 마누라를 납치했다.

"뭐라고?"

—그렇게 놀랄 것 있나. 그저 납치만 했을 뿐인데.

"누구냐!"

—화이트 라이언스라고 불러 주면 좋겠군. 아무튼 마누라가 무사히 돌아오길 바란다면 지금 당장 은행에 달려가 1천 5백억 엔의 그 돈을 전부 인출해서 우리한테 넘기면 돼.

"후미요는 지금 어딨지?"

—어떤 곳에 무사히 잘 있으니 안심하도록. 자, 어떡할 거야? 돈이 아까워서 마누라를 그냥 못 본 척할 건가?

"후미요를 납치했다는 게 사실인가?"

420

―당신 마누라, 아침 10시에 장을 보러 슈퍼에 가지 않았나? 슈퍼에서 나올 때 납치했지. 아직 집에 돌아오지 않은 게 가장 큰 증거 아니겠어?

"그 돈은 브라질에 있는 우리 외아들이 목장을 하기 위한 자금이야. 그리고 세금도 곧 내야 해."

―그럼 국제 전화를 한 통 걸면 되겠군. 앞으로 두 시간을 주지. 두 시간 후에 전화했는데도 전 재산을 우리에게 넘길 결심이 서지 않았다면 가차 없이 당신 마누라를 죽일 테니 그렇게 알도록 해.

"어이! 이봐! 갑자기 그런 말을 해도……."

도쿠타로가 창백한 얼굴로 외쳤지만 상대는 냉정하게 전화를 끊어 버렸다.

도쿠타로는 수화기를 손에 든 채 그대로 망연자실하게 있었다.

지금까지는 모든 일이 순조롭게 풀렸다. 앞으로 한 달만 있으면 브라질 영주 허가도 나와서 외아들과 가족 셋이 브라질의 드넓은 벌판에서 목장을 할 수 있게 됐는데, 왜 갑자기 이런 일이.

그러나 후미요는 둘도 없는 아내다. 밝고 싹싹한 데다 생활력도 강한 그런 여자는 살아생전 두 번 다시 만날 수 없다. 하지만 그렇다고 지금까지 힘들게 번 돈을 전부 그들에게 줘 버리면 브라질에 있는 외아들에게는 아무것도 해줄 수 없게 된다.

'경찰서에 찾아가 상의해 볼까.'

순간 그런 생각이 떠올랐지만 도쿠타로는 황급히 고개를 흔들었다. 자신이 지금 경찰에 상의할 수 있는 처지가 아닌 것을 떠올렸기 때문이다.

도쿠타로는 공장에서 일하는 사람들에게 "잠깐 나갔다 올게"라고 하고 밖으로 나갔다.

우선 후미요가 자주 가던 슈퍼마켓에 가 보았다.

계산대에 있는 직원이 후미요를 기억해 주었다.

"10시가 조금 넘어서 오셨던 것 같아요. 1,200엔 정도 물건을 사셨는데."

입구 근처에 있는 중년의 여자 직원이 머리를 매만지며 도쿠타로에게 말했다.

"여기서 나간 뒤로는 어디 갔는지 모릅니까?"

"그건 모르겠는데, 얼핏 밖을 보니 부인이 어떤 차에 올라타는 게 보였어요."

"택시인가요?"

"아뇨. 검은 차였고, 남자가 조금 억지로 태우는 것 같았는데."

'역시 납치된 게 맞아.'

도쿠타로는 감사 인사를 하는 것도 잊고 슈퍼에서 나가 근처 공중전화 부스에 들어갔다.

상의할 만한 사람은 오직 한 명밖에 없었다.

도쿠타로는 노가미 법률 사무소의 번호로 다이얼을 돌렸다.

—네, 노가미입니다.

노가미가 전화를 받자마자 도쿠타로는 절박한 목소리로
외쳤다.

"날 좀 도와주게!"

—일본을 떠나기 전까지 제게 전화하지 않겠다고 약속하
셨을 텐데요.

"그건 나도 아네만, 아내가 납치돼 버렸어. 어떡하지?"

—그게 정말입니까?

"정말이야. 아내가 어떤 남자의 차를 타고 사라지는 걸 목
격한 사람이 있고 납치범한테 전화도 걸려 왔어!

—납치범은 어떤 요구를 했죠?

"지금까지 번 돈을 전부 내놓으라고 했어."

—알겠다고 하셨나요?

"집사람은 둘도 없는 내 아내야. 지금껏 28년이나 함께 살
아 온 여자라고. 못 본 척할 수는 없잖나!"

—그 돈은 브라질에서 아드님과 목장을 하려면 반드시 필
요한 자금입니다. 그걸 잊으시면 곤란하죠.

"그러니 브라질에 있는 가즈오에게 전화해서 자초지종을

설명하려고 해. 그런데 요새는 전화를 걸어도 아들이 받지 않고 늘 당신 동료라고 하는 마키노 씨가 전화를 받아서."

―아드님은 지금 일 때문에 바쁩니다. 두 분이 브라질에 오기 전까지 목장의 기초 설계를 하려고 열심히 뛰고 있죠.

"하지만 이렇게 된 마당에 아들에게 양해를 구할 수밖에 없지 않겠나. 아들도 이해해 줄 거야."

―무슨 양해 말이죠?

"어차피 그 돈은 나한테 갑자기 굴러들어 온 공돈이나 마찬가지였어. 마누라를 구하기 위해서라면 얼마든지 내줄 수 있어. 무일푼이 된다 해도 브라질에서 아들과 셋이 열심히 일하면 어떻게든 먹고살 수 있을 거라고. 당신들한테는 면목 없지만 이해해 줘!

―지금 1천 5백억 엔이나 되는 돈을 납치범에게 갖다 바치겠다는 말입니까?

수화기 너머의 노가미의 목소리가 날카로워졌다.

도쿠타로는 송화구에 입을 바짝 갖다 대고 말했다.

"다른 방법이 있나? 있으면 알려 주게!"

―자, 일단 흥분을 가라앉히시고 만나서 상의하지요. 하라주쿠에 '하라주쿠 스카이 코포'라는 10층짜리 아파트가 있습니다. 제가 사적으로 이용하는 곳입니다. 그곳 7층 701호로 지금 바로 와 주십시오. 자세한 이야기는 거기서 하죠.

8

40분 후 도쿠타로는 택시를 타고 하라주쿠에 있는 '하라주쿠 스카이 코포'에 도착했다.

엘리베이터를 타고 올라가 701호 앞에서 문을 두드리자 노가미가 굳은 얼굴로 문을 열어 주었다. 6평 조금 넘는 거실에는 구시다 준이치로와 후타바 다카에도 와 있었다.

"지금 당장 상파울루에 있는 아들과 통화하게 해 줘."

도쿠타로는 그렇게 말하고 방에 있는 전화기에 손을 뻗었다.

20분쯤 지나 상대가 전화를 받았다. 그러나 도쿠타로의 귀에 들린 것은 외아들의 목소리가 아닌 마키노 히데키미의 목소리였다.

─아드님은 지금 일하러 나갔습니다. 돌아오면 아버님께 전화가 왔었다고 전하겠습니다.

여느 때 같으면 도쿠타로도 그렇게 해 달라 하고 수화기를 내려놨겠지만 오늘은 그럴 수 없었다.

"지금 당장 아들을 불러 주게. 중요한 할 이야기가 있어."

─지금은 일 때문에 나가 있어서 바로 부를 수는 없습니다.

"거기는 지금 밤 아닌가? 가즈오는 밤에도 일을 하나?"

도쿠타로의 가슴속에서 의혹이 조금씩 고개를 들기 시작했다.

—밤인 건 맞습니다만 아드님은 부모님이 여기 오시기 전까지 꼭 해 둬야 하는 일이 있다며 밤에도 열심히 일하고 있습니다.

"어쨌든 지금 당장 아들을 바꿔 주게. 정 아들이 전화를 받지 못하는 상황이라면 엄마가 지금 납치됐고 엄마를 구하기 위해 지금까지 모은 돈을 납치범에게 전부 주기로 했다고 대신 전해 줘.

—잠깐만요. 대체 무슨 소리신지.

"난 내 아들 가즈오와 통화하고 싶어. 지난번에 두 번 전화했을 때도 전부 자네가 전화를 받아서 아들은 지금 일하는 중이라고 했어. 그때 내가 전화했다고 아들한테 전했나?

—물론 전했습니다.

"그럼 왜 아들한테 지금껏 한 번도 전화가 없지? 이상하잖아!"

—그건 말이죠. 아드님이 어차피 조만간 만날 거라며…….

"내 아들은 그런 아이가 아니야! 지금 당장 전화를 바꿔 줘! 그러지 않으면……."

그때 갑자기 전화가 뚝 끊겼다.

노가미가 손가락으로 전화기의 버튼을 눌러 끊어 버린 것이다.

"진정하시죠."

노가미는 도쿠타로의 어깨를 감싸며 말했다. 도쿠타로는 그대로 수화기를 손에 든 채로 말했다.

"난 내 아들과 통화하고 싶어. 브라질에 있는 아들이 정말 무사한 거 맞나? 무사하다면 왜 지금껏 나한테 전화 한 통 없지?"

"제가 오늘 밤 상파울루로 떠납니다. 거기서 아드님을 만나서 어떤 상황인지 알아보겠습니다. 그러니 걱정하지 않으셔도 됩니다."

"지금 당장 통화하고 싶어. 곧 납치범에게 또 전화가 걸려올 거라고. 그전까지 아들과 상의해야 해!"

"납치범에게 뭐라고 하시려고요?"

그때 옆에 있던 구시다가 물었다.

도쿠타로는 수화기를 거칠게 탁 내려놓으며 말했다.

"물론 그쪽이 하라는 대로 해야지. 뭐가 됐든 우리 마누라 목숨과 맞바꿀 수는 없으니까. 아들도 이해해 줄 거야!"

"이해 못 해. 절대!"

그렇게 신경질적으로 소리친 사람은 후타바 다카에였다.

"이봐, 영감. 그 돈이 전부 영감 건 줄 알아? 아니, 그걸 떠나 우리 같은 천재들이 모든 지혜를 총동원해서 얻어낸 돈이야! 하필 타이밍 좋게 당신이 만들어 놓은 와펜이 있어서 그걸 조금 이용했을 뿐인데, 뭐? 여편네의 안전을 위해 납치범에게 그 돈을 전부 갖다 바치겠다고?"

후타바 다카에는 이를 드러내며 도쿠타로를 비난했다.

도쿠타로는 지지 않고 외쳤다.

"하지만 그 돈은 지금껏 내가 관리했어!"

"지금 마누라가 납치됐다고 하는 것도 우리랑 돈을 나누기 싫어서 거짓말하는 거 아니야?"

"됐어. 이제는 시간이 없어. 지금 당장 집에 돌아가 범인에게 만나자고 할 거야. 브라질에 있는 내 아들은 분명 이해해 줄 거라고. 그러니 당신들도 이해해 줘. 우리 마누라의 목숨이 걸린 일이야!"

"헛소리하지 마! 그리고 이미 죽어 버린 사람이 이해는 무슨!"

"후타바!"

노가미가 서둘러 후타바 다카에를 제지했지만, 이미 때는 늦었다.

도쿠타로는 안색이 싹 바뀌어 이글거리는 눈으로 후타바 다카에를 노려봤다.

"역시 너희가 우리 아들을 죽였군."

"우리를 배신해 돈을 독차지하려고 당신에게 편지를 보내려는 걸 마키노가 발견했지."

"그래서 죽였나?"

"멍청한 인간은 우리 그룹에 필요 없거든."

"이 자식들!"

도쿠타로가 단숨에 뛰어가 후타바 다카에의 멱살을 움켜쥐었다.

65세 노인답지 않은 힘으로 목을 세게 조르자 후타바가 쉰 소리로 비명을 질렀다.

그때 구시다가 근처에 있던 구리 꽃병으로 도쿠타로의 뒤통수를 후려쳤다.

노인이 바닥에 쓰러졌다. 구시다가 또다시 꽃병을 집어 들려고 하자 노가미는 "죽이지 마! 죽이면 그 돈도 못 얻게 돼!" 하고 고함을 질렀다.

그 순간, 우당탕 소리를 울리며 문이 부서지더니 형사 몇 명과 함께 사몬지가 집 안에 뛰어들었다.

사몬지는 거실을 한 번 둘러보고 얼굴이 창백해진 노가미를 향해 말했다.

"혹시 할 말 있나?"

"아니."

노가미는 고개를 흔들었지만 잠시 후 다시 입을 열었다.

"하나 있는데 들어주겠어?"

"해 봐."

"평소의 나라면 이런 어설픈 덫에는 절대 걸려들지 않았을 거야."

"그렇겠지. 하지만 겁먹은 인간일수록 덫에 걸리기 쉬운 법."

사몬지는 빙그레 미소 짓고 방에 있는 전화기로 수사본부에 있는 야베 경부에게 전화를 걸었다.

"끝났어."

9

36층 높이에서 바라보는 도시 야경에서는 초여름 냄새가 물씬 풍겼다.

후미코는 평소처럼 인스턴트커피를 끓이며 흔들의자에 앉아 있는 사몬지에게 "어떻게 될까?" 하고 물었다.

사몬지는 창밖 야경을 그대로 바라보며 말했다.

"야베 경부 말로는 블루 라이언스 일당은 모두 사형이 확실하다고 해. 미카미 부부는 공범이기는 해도 살인을 저지르지 않았고 외아들을 위해서 그들 지시에 따른 만큼 괜찮은 변호사가 붙으면 5, 6년 형으로 끝날지도 모르지."

"내가 말하는 건 1천 5백억 엔의 행방이야."

"이런, 이런."

사몬지는 웃어 보였다.

"와펜을 산 사람들이 이제 필요 없다며 환불을 원하면 5천 엔씩 돌려줘야겠지. 하지만 사건이 해결되고 2주가 지났는데도 돈을 돌려달라며 미카미 공장에 나타난 사람은 고작 다섯 명이었다는군. 심지어 그중 두 명은 도중에 마음이 바뀌어서 돌아갔고."

"무슨 일일까?"

후미코는 고개를 갸웃거리며 사몬지 앞에 커피 잔을 내려놓았다.

사몬지는 커피에 각설탕을 넣으며 말했다.

"사건이 해결됐으니 이제 그 와펜은 안전을 보장할 수 없게 됐어."

"그럼 더더욱 환불받아야 하는 거 아니야?"

"이제는 골동품으로서 가치가 생겼다는군."

"뭐?"

"심지어 어떤 곳에서는 와펜 가격이 무려 7, 8천 엔이나 한다고 해."

"그럼 그 돈은?"

"여전히 미카미 부부 거지. 물론 세금이 잔뜩 나오겠지만 그래도 4백억 엔쯤 되는 이익이 남게 돼. 그 노부부는 5, 6년의 형기만 마치고 나오면 억만장자가 되는 거야."

"미쳤어, 이 세상은."

"맞아."

사몬지는 고개를 끄덕이고 또다시 네온사인이 반짝이는 신주쿠의 야경을 바라봤다.

"미치기는 했어도 아름다운 곳이지."

시대를 초월해 사랑받는
클래식 미스터리의 재미와 가치

언젠가 자료 검색을 위해 일본 웹사이트를 돌아다니다가 작금의 일본 미스터리 소설계를 과수원에 비유한 글을 본 적이 있습니다. 정확히 기억나지는 않지만 다양한 형식의 재미있는 작품을 풍부하게 즐길 수 있다는 의미에서 과수원에 빗댄 것으로 기억합니다. 광활한 땅 위에 뿌리내린 무성한 과일나무에서 각양각색의 맛 좋은 열매가 가득 열린 과수원. 그 과수원은 바야흐로 수확이 한창인 계절입니다. 2010년대 후반부터 본격적으로 대두하기 시작한 8, 90년대 출생 젊은 작가들, 그리고 '특수 설정 미스터리'로 대표되는 정통과 파격이 조화된 그들의 개성 넘치는 작품은 보기에도 토실토실하고 탐스럽게 무르익은 열매라 할 수 있습니다. 독자들은 언제든 원할 때 원하는 맛 좋은 열매를 따서 배부르게 먹을 수 있습니다. 물론 열매가 저절로 맺히지는 않았습니다. 가지가 휘어지도록 열매를 주렁주렁 매달고도 곧고 튼실하게 우뚝 선 나

무가 있는데 바로 1950~70년대생으로서 미스터리 소설의 다
양화, 대중화, 체계화에 앞장선 수많은 선배 본격, 사회파 미
스터리 작가들입니다. 그들은 다양하고 맛 좋은 열매가 자라
나는 기반이 되는 동시에 그들 스스로도 흔들리지 않는 굳건
함과 아름다운 자태를 뽐내며 지금도 '판'을 가장 단단하게 떠
받치고 있습니다. 하지만 그 나무들도 열매를 맺으려면 필요
한 게 있습니다. 바로 나무가 뿌리내릴 땅입니다. 다행히 과
수원에는 영양분을 듬뿍 머금은 기름지고 비옥한 땅이 마련
돼 있습니다. 오래전부터 스스로 흙과 거름이 되어 땅을 일구
는 데 이바지해 온 수많은 대선배, 거성 작가들이 있었기 때
문입니다. 그리고 본 작품 『화려한 유괴』를 쓴 니시무라 교타
로는 그 가운데에서 가장 비옥하면서도 지금도 살아 숨 쉬는
옥토(沃土)라 할 수 있습니다.

　1930년 출생인 작가 니시무라 교타로는 지금 제가 이 후기
를 쓰는 2021년까지 출간 작품 수 약 7백 편, 누적 발행 부수
2억 부가 넘는 일본 미스터리계의 거장 중의 거장입니다. 그

는 1961년 단편 『검은 기억』으로 데뷔 후 90세가 넘은 지금도 백 엔짜리 볼펜으로 특별 주문한 4백 자 원고지를 하루에 20장씩 쓰며 정력적으로 집필 활동을 이어 가고 있는 현역 작가이기도 합니다. '국민 작가'라는 수식어는 이미 진부한 수준이고 요즘은 이런 사람을 일컬어 시쳇말로 '리빙 레전드'라 부른다던데 일본 미스터리 소설계 안에서는 정확히 그 표현이 들어맞는 존재라 할 수 있겠습니다. 아야츠지 유키토, 아리스가와 아리스 등 일본을 대표하는 수많은 유명 중견 미스터리 작가들이 그의 영향을 받았다고 공언했으며, 특히 1978년 작 『침대특급 살인사건』을 시작으로 하는 그의 '트래블 미스터리' 시리즈는 노스탤지어를 자극하는 일본 명소들의 충실하고 아름다운 묘사, 그리고 열차, 비행기 등 교통수단을 활용한 참신한 트릭으로 유명세를 떨치며 책뿐만 아니라 TV 드라마, 영화로 자주 제작되어 방영되며 지금까지도 일본 전 국민의 사랑을 받고 있습니다. 재미있는 것이 일본 웹을 돌아다니다 보면 '어느 집이건 니시무라 교타로의 책 한 권은 있기 마련'이라는 우스갯소리와 함께 '할아버지 할머니, 또는 부모님 서재 책장에 책이 꽂혀 있어서 우연히 한번 읽어 봤는데 재미있더라' 같은 고백 글도 심심찮게 찾아볼 수 있습니다. 그만큼 그의 작품은 조부모와 부모, 자녀 세대까지 이어져 읽히는, 시대를 초월한 재미와 폭넓은 연령층에 어필하는 대중성이 있다는 방증이라 할 수 있습니다. '국민 작가'라는 타이틀은 허투루 얻을 수 있는 게 아닌 것입니다.

『화려한 유괴』는 그런 니시무라 교타로의 초기작이자 명실상부한 그의 대표작 중 하나입니다. 또 '트래블 미스터리'의 마스코트인 '도쓰가와 경부'와 어깨를 나란히 하는 작가의 또 다른 대표 탐정 캐릭터 '사몬지 스스무'가 등장하는 '사몬지 스스무 탐정 사무소' 시리즈의 두 번째 작품에 해당하는 작품이기도 합니다. '천재 범인 집단이 일본 전 국민 1억 2천만 명을 유괴한다'라는 기발한 발상으로 1977년 첫 출간 당시부터 주목받은 작품은, 이후 2020년에 출간된 완성판에 이르기까지 여러 번 새로운 판본으로 재출간을 거듭하며 독자들의 많은 사랑을 받았습니다. 대중적인 재미를 넘어서 니시무라 교타로의 초기작 중에는 이처럼 과감한 설정과 흥미로운 스토리 전개로 미스터리 애독자들 사이에서도 유독 높은 평가를 받는 작품들이 있는데, 본 작품 『화려한 유괴』는 또 다른 국내 출간작 『살인의 쌍곡선』과 함께 미스터리 애독자들의 '올 타임 베스트 미스터리'로 자주 언급되는 작품이고 니시무라 교타로 스스로 자신의 작품 중 베스트 5로 꼽는 작품이기도 합니다. 미스터리 역사상 가장 거대한 규모의 납치 사건을 그린 과감한 설정도 눈길을 사로잡지만, 무엇보다 책을 한번 들면 좀처럼 놓지 못할 정도로 흥미를 사로잡는 스토리 전개와 짧고 간결한 문장으로 누구나 쉽게 읽을 수 있는 빼어난 가독성, '천재 탐정 vs 천재 범죄 집단'의 치열한 대결 묘사와 니시무라 교타로 작품에서는 빼놓을 수 없는 인간미 넘치는 마무리까지, 여러 면에서 시대를 초월해 사랑받는 클래식 미스터리의 재미와 가치를 모두 지닌 작품입니다. 작품 속에는 당시의 IQ 테스트 붐에 힘입어 천재들의 모습이 그려지는데 저는 책을 읽으며 누구보다 천재는 바로 작가 자신이 아닐까 하는 생각이 들었습니다. 또 고도 경제 성장을 거쳐 버블기 진입 직전 일본에 팽배했던 물신주의, 배금주의를 꼬집으며 작품 속에 당시의 시대상을 고스란히 담아낸 것도 특징입니다. 지금 관점에서는 다소 생소한 여러 설정과 묘사를 20세기 후반 일본의 모습과 분위기를 파악하는 좋은 사료(史料)로써 즐길 수 있습니다.

니시무라 교타로 작가는 2017년 자신의 출간 작품이 6백 편이 넘을 시점에 앞으로 작품 수로 도쿄의 대형 전파탑인 스카이트리의 높이(634미터)를 넘기고 싶다는 욕심을 드러낸 바 있습니다. 그리고 2021년 현재 출간 작품 수 680편을 넘기며 작가의 목표는 그대로 현실이 됐습니다. 2019년 작가는 대표작인 '도쓰가와 경부 시리즈'로 일본 국민에게 사랑받은 대중 소설 시리즈에 수여하는 '요시카와 에이지 문고상'을 수상하며 또다시 큰 화제를 불러 모았는데, 그는 시상식 자리에 정정한 모습으로 나타나 다음과 같이 말하며 사람들에게 감동을 안겼습니다.

"글을 쓰기 시작한 지 30년 가까이 됐지만 아직도 마음은 신인과 같다. 집필 속도가 늦어지면 예전처럼 돌아가지 못하리라는 불안감이 든다. 앞으로도 펜을 놓지 않고 계속 도전하겠다."

미스터리 소설계를 떠받치는 비옥한 땅이 되어 준 것으로 모자라 스스로 나무와 열매까지 맺고 있는 이 노작가의 도전이 어디까지 이어질지는 아무도 알 수 없습니다. 이 『화려한 유괴』를 기점으로 아직 출간되지 않은 작가의 재미있는 작품들이 국내에도 앞으로 꾸준히 소개되어 작가의 무한 도전에 독자 여러분과 함께 발맞추어 나아갈 수 있기를 기원합니다.

2022년 봄

이연승

화려한 유괴

1판 1쇄 인쇄 2022년 3월 7일
1판 1쇄 발행 2022년 3월 24일

지은이 니시무라 교타로　**옮긴이** 이연승

책임편집 민현주　**디자인** 알음알음　**제작** 송승욱　**발행인** 송호준
발행처 블루홀식스　**출판등록** 2016년 4월 5일 제 2016-000100호
주소 경기도 파주시 회동길 483-1　**전화** 031-955-9777　**팩스** 031-955-9779
이메일 blueholesix@naver.com

ISBN 979-11-89571-68-9 03830